KB052172

아스트랄 개그 크로스오버 단편집

맥아더 보살님의 특별한 하루

- 정재환
- 한고요
- 강엄고아
- 그린레보
- ★ 0
- 정도경
- 사피엔스
- 삶이황천길
- 유기농볼셰비키
- 이경희
- 탱탱

황금가지

차례

참고

정재환

「네버 체인지」, 「형사3이 죽었다」 등의 단편이 각각 황금가지와 안전가옥의
앤솔러지에 실렸다. 소설과 시나리오를 쓴다.

회사에 오래된 창고가 하나 있었다.

그 누구도 그곳에 들어간 적 없고, 그 누구도 그 안에 무엇이 있는지 모르며, 그 누구도 앞으로 들어갈 계획이 전혀 없는 그런 창고. 누군가 그것을 가리켜 "저건 뭐예요?"라고 물으면 "어. 창고야."라고 대답해서 창고일 뿐, 그게 정말 그 구실을 하기는 하는 것인지 아는 사람도 단 하나 없었다.

그 창고는 사업팀 한구석에 있는데 가까이 있기는 하지만 팀 직원들 모두 그것을 없는 취급했다. 그건 다른 팀 직원들도 마찬가지라 언제부터인지 간혹 안 쓰는 물건들을 어디 치우거나 보관해야 할 일이라도 생기면 그 안으로 들어갈 생각은 전혀 하지 않고 그 앞에 적당히 던져두는 일이 자연스럽게 반복됐다.

꼴에 문이라고 그 바로 앞쪽만큼은 물건을 쌓아두지 않았는데, 그러다 보니 창고의 문 앞으로 가는 길 양옆으로 폐품들이 길고 높게 쌓여 하나의 작은 통로가 생겼다. 그 광경이 마치 홍해를 가른 모세의 기적을 연상하게 할 만큼 신비로운 구석이 있어, 그 통로를 지나 창고 안으로 들어가면 어딘가 다른 세계로 통할 것만 같은 묘한 느낌을 주기도 했다.

창고의 문은 바깥으로 자물쇠가 걸려 있는데 짝인 열쇠는 원래 없었는지 어디로 사라졌는지 알 수가 없다. 알려고 하는 사람도 없다. 그러니까 창고 입장에서는 여러모로 서운할 만한 취급을 받는 셈이다.

회사를 오래 다닌 직원들이 그 창고 안에 무엇이 있을 거라며 어쩌다 한마디씩 던졌는데 그게 또 허무맹랑한 이야기들뿐이다. 작가팀 맏언니인 주 작가는 창고 안에 노총각 박 부장의 숨겨둔 아들이 있을지 모른다며 정신 나간 소리를 했고, 개발팀장 구 프로는 그 안에 대머리 박 부장의 숨겨둔 가발이 있을 거라며 저 혼자 웃는 농담을 했다. 관리팀 노 과장도 마찬가지였다. 그는 그 안에 어마어마한 양의 금괴가 있을 거라며 쓸데없이 진지한 표정으로 말했다. 이렇듯 그 창고를 이야기할 땐 다들 소설가가 되어서는 되는 대로 나불거렸다.

나로 말할 것 같으면 그 창고에 전혀, 일절, 하나도 관심이 없었다. 하루하루 먹고살기도 버거운 데 그깟 유령 창고 있거나 말거나 신경도 안 썼다. 대머리 노총각 박 부장이 내게 그 창고 정리를 하라는 지시를 내리기 전까지는 말이다.

입사 후 3년간은 물론이고 그 이전에도 대체 사람의 발길이 닿았던 적이 있기나 한 것인지 모를 그 창고를 느닷없이 나보고 정리하라니. 이건 명백히 일주일 전 일어났던 사건의 보복이었다. 아무리 생각해도 떠오르는 이유는 그것 하나뿐이었다.

* * *

박 부장은 사업팀 수장이다. 쉽게 말해 사업팀의 업무는 회사가 만든 게임을 외국에 내다 파는 것인데, 그 일은 우리 회사의 주된 수익원이다. 그중 일본 쪽 사업을 전담해 맡은 박 부장은 회사를 먹여 살린다 말할 수 있을 만큼 굵직한 성과를 여러 번 냈다. 가히 회사의 대들보 같은 존재다. 업무에서만큼은 인정할 수밖에 없을 정도로 존경스러운 구석이 있다. 하지만 창고에 관한 허무맹랑한 소문 대부분에 그가 등장하는 이유는 그의 뛰어난 업무 성과 때문이 아니라 그가 그만큼이나 기묘한 인간이기 때문이다.

박 부장은 비교적 이른 나이에 두 가지 빛나는 성과를

거두었는데, 첫 번째는 회사의 부장 자리에 오른 것이고 두 번째는 완전한 대머리가 된 것이다. 어쩌다 그를 생각할 때면 전자가 부럽다가도 후자를 떠올리고는 늘 고개를 가로젓곤 했다.

그는 그 누구보다도 괴상망측하다. 외모도 그렇지만 하는 행동은 입이 떡 벌어질 정도다. 짓궂은 장난을 일삼고, 허풍도 밥 먹듯 치며, 남들이 일생에 한 번 할까 말까 한 기이한 행동도 날마다 선보인다. 내가 처음 이 회사에 입사해 인사하는 자리에서도 그는 태연히 자기 콧속에서 나온 코딱지를 보란 듯 튕기며 흐리멍덩한 눈으로 날 쳐다봤다.

그가 이른 나이에 머리털이 다 빠져서 성격이 괴상망측해졌는지, 괴상망측한 성격 때문에 머리털이 다 빠졌는지 그 앞뒤 관계는 잘 모르겠다. 관심도 없다. 아무튼 이놈의 인간은 미친놈이다. 회사마다 또라이가 꼭 하나씩 있다던데 우리 회사의 또라이는 단연 박 부장이다.

사업팀에는 그의 직속 부하라 할 만한 자리가 하나 있는데, 그 자리에 3달 이상 버티는 인간을 단 한 번도 보지 못했다. 그렇게 가까이서는 그 누구도 그의 압도적인 괴행을 견디지 못하고 나가떨어졌다.

역사적으로 볼 때 우리 삶의 비극은 꼭 그런 미친놈이 권력을 쥐고 있을 때 일어난다. 직함이야 사업팀 부장이지만 그것은 그저 명함일 뿐, 그는 이 회사의 실질적인 대장이다. 우편물이나 찾으러 가끔 오나 싶은 사장도 그만 보면 굽실거리느라 바쁘다. 회사는 그의 왕국이고 모든 직원은 그의 노예다. 물론 나라고 예외는 아니다.

* * *

원통하게도 나는 작년부터 급격히 머리털이 빠지기 시작했는데 내 나이 고작 서른여덟이었다. 개가 똥을 참지 박부장이 이 좋은 거리를 구경만 할 리 없다. 전부터 그는 발모제 하나를 늘 분신처럼 가지고 다녔는데, 뚜껑에 달린 작은 붓을 병 속에 담근 후 안에 있는 용액을 묻혀 머리에 툭툭 두드려 바르는 약이다. 일본 거래처에서 받은 귀한 물건이라며 한동안 자랑하며 다녔다.

문제는 그가 그것을 자신의 머리에 바를 때 짓는 표정이라든가 행동이 도저히 눈 뜨고 봐주기 힘들다는 점이다. 그 약을 바를 때마다 정말 머리가 나는 상상이라도 하는 건지, 어울리지 않게 천진난만한 표정을 지으며 이상한 운율의 콧노래를 으흥으흥 흥얼거렸다. 남의 시선은 전혀 개의치 않았다.

내 모발 상태를 그 누구보다 빨리 알아챈 그는 그 후부턴 꼭 내 앞으로만 와서 그 짓을 했다. 나는 그런 그를 애써 외면했지만 어쩌다 눈이라도 마주치면 그는 꼭 내게 달라붙어 말했다.

"발라 볼래? 발라 봐!"

그럴 때마다 그의 턱주가리에 주먹을 한 방 꽂아 넣고 싶지만, 먹여 살릴 처자식도 있고, 딱히 어디 불러주는 데도 없어 나는 주먹 대신 비굴한 웃음으로 그 상황을 넘기곤 했다. 하지만 결국 인내심의 한계에 도달한 것이 바로 일주일 전 그 사건이었다.

점심시간이었다. 나와 박 부장을 비롯해 회사 직원 10여 명이 식당에서 나오는 음식을 기다리는 중이었다. 그날도 그는 그 짧은 시간을 이용해 집요하게 작가팀 막내 작가를 귀찮게 했다.

"경 작가. SNS 해? 팔로워 몇? 나랑 친구 할래?"

아마 그녀는 그 어느 때보다 그때 SNS의 백해무익함을 깨달았을 터였다. 박 부장의 수작에 당황한 그녀는 자신의 계정이 실은 해킹됐다고 말하며 박 차장의 마수를 피하려 했다. 사회초년생 아니랄까 봐 꺼져 달란 말을 촌스럽게 돌려 말했다. 박 부장이 그녀의 말뜻을 모를 리 없었다. 표정이 굳은 그가 이전과 달리 차가운 어조로 이해하기 힘든 말을 늘어놓았다.

"해킹해서 뭐? 협박해, 그놈이? 그 말이야, 경 작가. 혹시 이상한 사진 있어? 떳떳이 살아, 떳떳이. 그럼 협박을 하든 말든 뭐가 겁나. 그래, 안 그래?"

갑자기 엉뚱한 이야기를 꺼낸 건 둘째 치고 지금 자신이 내뱉는 말이 성희롱인 건 알기나 할까? 나도 참, 평소처럼 그냥 또 개소리 하는구나 하고 넘어가면 됐는데 그날따라 딸뻘인 작가에게 치근대는 그의 모습이 어지간히 추잡하게 보여 나도 모르게 용감해져 한마디 내뱉고 말았다.

"박 부장님! 그게 아니고 경 작가 말은 개인정보 도용당할까 봐 무섭다. 뭐, 그런 말 같은데요……."

그 와중에 말하다가 자신감이 없어져 말끝을 흐렸다. 실은 입을 놀리기 시작하자마자 아차 싶었다. 이제 내가 그의 표적이 되겠구나.

아니나 다를까. 내 말이 끝나자마자 박 부장은 그녀에 대한 시선을 묵묵히 거두고 날 향해 자세를 고쳐 앉았다. 그 모습이 마치 미사일 발사기가 폭격할 목표물을 바꾸기 위해 윙 하고 기동음을 내며 돌아가는 것 같았다. 그 자리에 있던 모든 직원도 박 부장이 곧 내게 발사할 미사일이 어떤 것일지 기대하는 눈치였다.

한동안 서늘한 눈으로 날 조준하던 박 부장이 곧 자신의 잠바 주머니에서 주섬주섬 그 발모제를 꺼냈다. 그러고는 또 코로 으흥으흥하며 그 짓을 시작했다. 친절한 권유도 빼먹지 않았다.

"발라 볼래? 발라 봐!"

직원들이야 늘 보던 광경이라 대수롭지 않게 넘겼지만

나는 유독 그날만큼은 참기 힘들었다. 당일 아침, 내 머리카락이 한 움큼 빠지는 참상을 목격했기 때문이었다. 한껏 우울해진 상태에 많은 직원이 주목하는 중 그런 모욕을 당하니 평소보다 배는 더 수치스럽고 화가 났다. 결국 나는 잡고 있던 이성의 끈을 던져 버렸다. 거칠게 자리를 박차고 일어나 박 부장을 향해 바락 소리를 내질렀다.

"안 발라! 안 바른다고! 안 발라! 너나 발라! 내가 대머리야? 니가 대머리지! 너도 바르지 마! 머리털 하나 안 나는데 왜 발라! 안 발라!"

나는 들고 있던 밥숟가락을 있는 힘껏 바닥에 내던지고는 그대로 식당을 뛰쳐나왔다.

* * *

나중에 직원들에게 전해 들은 바로는 내가 그렇게 나간 이후 박 부장은 제정신이 아니었다고 한다. 뭐, 언제는 제정신이었냐만은. 얼굴은 시뻘게져서 반찬은 전혀 뜨지도 않고 맨밥만 와그작와그작 씹어 먹었다고.

그렇다고 나라고 마음이 편하냐 하면 그것도 아니었다. 그렇게 쌓인 감정을 토해내면 시원해야 하는데 실은 전혀 그렇지 못했다. 식당을 뛰쳐나오자마자 앞으로 박 부장에게 당할 융단폭격이 생각나 심장이 두근두근했다. 견디지 못할 정도가 되면 퇴사하자는 각오까지 했다.

그 일 이후 박 부장은 내게 아무 해코지 없이 며칠을 그냥 넘어갔는데 그렇다고 그가 나를 향한 칼날을 거둔 것은 전혀 아니올시다였다. 같은 회사에 박 부장이 있어 정상처럼 보이는 주 작가는 나에게 그가 아주 크게 벼르고 있으니 항시 조심하라고 경고했다. 굳이 그녀가 그런 이야기를 해 주지 않더라도 날 바라보는 박 부장의 표정을 보면 누구나 알 수 있었다. '저걸 어떻게 죽일까. 저걸 어떻게 괴롭힐까.' 볼 때마다 그는 얼굴로 말했다. 그리고 그 사건이 일어난 지 딱 일주일 후, 그가 드디어 나에 대한 처분을 결정했다.

점심시간이 끝난 후, 박 부장이 어울리지 않게 진지한 표정을 하며 내게 다가왔다.

"그 말이야. 정 프로. 저번 식당에서 일은 내가 미안하다. 내가 심했다. 그지? 아니. 아니야, 내가 잘못했어. 정 프로도 한참 머리 빠져서 스트레스일 텐데. 내가 그걸 모르는 사람도 아니고. 그래그래. 미안하다. 잊자, 이제. 응. 그래. 그래서 말인데 이제 곧 새해도 오고 우리도 그렇지만 회사도 옛것을 버리고 새로운 시작을 해야 하지 않겠어? 그런 의미로 저 창고 정리를 좀 했으면 하는데. 신입이 정리하기에는 아무래도 버겁지 않겠어? 아이아이, 뭘 버리고 정리해 써야 할지 모를 것 아니야. 그래도 회사 돌아가는 걸 좀 아는 정 프로가 해야 할 것 같아. 알아, 알아. 혼자 하기 힘든 거 아는데 천천히 해, 혼자. 다른 직원들 지금 연말이라 한참 바쁘잖아? 이게 뭐 사람 둘이나 붙어 할 일이야? 아니잖아? 내가 이따 창고 키 줄 테니까. 아이아이. 괜찮아, 괜찮아. 파이팅. 그 말이야. 창고 안쪽에 고철 같은 거 잔뜩 모아둔 거 있는데 그건 하지 마. 그것까지 하면 정 프로 너무 힘들잖아. 거긴 어차피 쓰레기라 나중에 다 버리면 되고. 그 외에는 다 해. 전부. 알았지?”

말을 마친 그는 신나는 뒷모습을 남기고 사무실을 나갔다. 근처의 직원들이 나를 향해 동정의 눈길을 보내는 것이 느껴졌지만 나는 그때 나보다는 그가 불쌍했다. 처음에는 화도 나고 어처구니가 없었지만, 그의 말이 끝날 때쯤엔 그에 대한 동정심만이 마음속에 가득했다.

이토록 딱한 인간이란 말인가? 일주일간 생각해 낸 보복이 겨우 이것이라니. 이렇게 유치한 것이라니. 어휴. 대머리 깎아라.

* * *

퇴근 시간에 맞춰 밖에서 담배를 한 대 태우고 회사에 들어오니 어둠 속 텅 빈 사무실을 박 부장 홀로 지키고 앉아 있었다. 회사 출입문을 내내 주시하던 그는, 내가 들어오는 것을 보고는 자리에서 일어나 나를 향해 웃으며 걸어왔다. 사무실이 어두워서인지 그의 민머리와 하얀 이가 유독 빛났는데 그 모습이 여간 기괴해 보일 수가 없었다. 내 앞에 선 그가 낡고 투박한 열쇠 하나를 건네며 말했다.

"천천히 해, 천천히. 고철들은 그냥 내버려 둬. 정 프로 너무 힘드니까. 다 끝내면 전화해서 보고하고. 알았지?"

들고 있던 열쇠를 내 손에 쥐어 준 그는 신호가 오지도 않은 휴대폰을 꺼내 귀에 대더니 "소고기? 그거 좋지!" 하고 있는 힘껏 호들갑을 떨며 사무실을 빠져나갔다.

어둠 속 홀로 남겨진 나는 폐품으로 쌓인 벽 끝에 있는 창고 문을 망연히 바라보았다. 관리팀도 사업팀도 아닌 내가, 개발팀인 내가, 프로그래머인 내가, 심지어 막내도 아닌 내가 저 창고에 들어갈 것이라고는 그야말로 상상도 못한 일이었다.

억울하고 착잡한 마음을 대충 구겨 정리한 나는 몇 년 동안이나 쌓인 것인지 모를 폐품 벽 사이로 들어가 천천히 창고 문을 향해 나아갔다. 그렇게 걷는 그 짧은 사이, 작은 설렘 하나가 마음을 비집고 들어왔다.

드디어 저 창고 안을 보겠구나. 안에 무언가 특별한 게 있지는 않을까? 다른 세계로 통하는 문이라도 나오지 않을까? 그건 좀 곤란한데. 나는 처자식이 있는데.

그 신비의 문 앞에 선 나는 설레는 마음으로 자물쇠를

잡고 구멍 안에 열쇠를 집어넣었다. 무언가 걸려 잘 들어가지 않았다. 두 번째 시도도 실패하고, 세 번째도 실패하고, 네 번째도 실패했다. 나는 창고 문을 향해 부서져라 열쇠를 집어 던졌다.

* * *

겨우 문을 열고 어둠 속 창고 안으로 한 발을 내딛자 썰렁하고 스산한 기운이 나를 덮쳤다. 짙은 먼지 냄새와 함께 정체 모를 수상한 냄새도 코를 습격했다. 얼굴을 한껏 찌푸린 나는 벽을 더듬어 형광등 스위치부터 찾았다. 차갑고 축축한 벽을 더듬는 기분이 영 찜찜했다. 겨우 스위치를 찾아 불을 켜자 창고 안의 모습이 눈앞에 펼쳐졌다.

글쎄. 뭐라고 표현해야 할까?

지저분하고, 난잡하고, 더럽고, 냄새나고, 어지럽고……. 세상에 모든 부정적인 표현을 다 갖다 붙여도 그 창고를 정확히 표현하기에는 무언가 부족했다. 차라리 욕이나 한번 하고 침 한번 퉤 뱉으면 그게 그 창고를 설명하는 가장 적절한 방법이었다. 적어도 귀신쯤은 당연히 있을 줄 알았는데 그런 분위기는 또 아니었다. 심히 더러운 곳이라 그들도 여기 머물 마음을 접고 서둘러 저승으로 내뺀 모양이었다.

긴 직사각형 모양의 창고는 평수로 치면 10평 정도 되어 보였다. 박 부장이 일러준 대로 그 끝에는 척 봐도 쓸데없는 고철들이 가득 쌓여 있었고, 양옆에는 긴 철제 선반이 마주 보며 나란히 세워져 있었다. 초반에는 꽤 체계적으로 정리했는지 각 선반마다 부서 이름표가 붙어 있었다. 아마 쓰는 칸이 나누어져 있었던 모양이었다.

어느 팀 선반이건 기상천외한 물건들이 가득했는데 그중에 성한 것 하나 찾기가 힘들었다. 유통기한 지난 통조림, 바람 빠진 축구공, 날개 하나 없는 선풍기, 바퀴 빠진 미니카, 찢어진 보드게임 등등. 어디서 이런 걸 다 가져왔는지. 애초에 고장이 나서 이 창고에 들어온 게 아니라 멀쩡한 것도 이 창고 안에 들였더니 이렇게 병신이 된 건 아닐까?

칙칙한 광질을 내뿜던 형광등이 수명을 다했는지 자꾸만 깜빡거려 나는 곧 그것을 꺼 버리고 제법 튼실하게 생긴 회중전등에만 의지해 창고 구석구석을 확인했다. 본격적으로 창고를 뒤지자 그럭저럭 흥미 있는 물건들이 뛰쳐나왔다.

인사팀 이름표가 붙어 있는 선반에서는 먼지 쌓인 파일철 속 박 부장의 10여 년 전 이력서를 발견했는데, 거기 붙어 있는 증명사진이 작품이었다.

세상에! 이력서 사진 속 박 부장은 탐스러운 장발이었다!

아니. 그렇다고 딱히 뭐 잘 생겼다거나, 멋진 건 아니고.

지금과는 다른 방향으로 괴상망측했다. 나는 후에 술자리 안줏감으로 쓸 요량으로 사진을 예쁘게 찍어 두며 혼자 킥킥댔다. 이력서에 적혀 있는 그의 본적은 부산이었는데 평소 박 부장의 말투에서 전혀 사투리가 느껴지지 않아 조금 의외였다. 자기 소개란에는 일본에서 살았던 경험을 한가득 써 놓았는데 결국 요는 지가 잘났다는 말이었다. 게다가 100엔으로 1시간 만에 100만 엔을 만들었다는 둥 거의 신화 같은 소리만 가득했는데, 이 거지 같은 이력서를 보고 박 부장을 뽑은 사장이 과연 제정신이었나 싶을 정도였다.

관리팀 선반에서는 옛 출퇴근 기록지를 발견했다. 그것에 관심을 갖게 된 이유는 바로 옆에 세워둔 커다란 사진 때문이었다. 이력서 속 모습과 달리 그 사진 속엔 다시 익숙한 대머리 박 부장이 있었다. 그의 옆에는 관리팀 노 과장이 서 있었는데, 둘은 서로 어깨동무를 하며 각각 상패를 하나씩 들고는 카메라를 보며 환히 웃고 있었다. 그 둘 뒤로 걸린 현수막에는 '이달의 야근왕'이라는 문구가 적혀 있었다. 그 쓸모없는 시상식을 할 때마다 늘 사진을 찍었는지 그 뒤로도 사진이 여러 장 있었는데, 옷과 표정만 바뀔뿐, 상을 받는 사람은 계속 박 부장과 노 과장이었다. 둘의 표정도 갈수록 굳어져 처음엔 환히 웃으며 사진을 찍은 것과 달리 시간이 갈수록 둘 다 무표정해져서는 아무래도 이딴 시상식 이제 그만두고 싶다는 표정을 하고 있었다. 결국 둘 다 똥 씹은 표정이 찍힌 사진을 끝으로 그 쓸데없는 시상식은 때려치운 듯했다.

과연 당시의 출퇴근 기록지를 확인해 보니, 늘 가장 늦은 퇴근 시각이 찍힌 것은 박 부장이었고, 그 다음이 노 과장이었다. 박 부장이 입사한 날짜와 처음 찍은 사진에 있는 현수막의 날짜를 비교해 보니 두 달 정도 차이 나는 것으로 보아 박 부장은 이 회사에 입사하자마자 쉴 새 없이 야근을 했구나 싶었다. 그러고 보니 대뜸 생각나는 것이 하나 있었다.

박 부장은 그 수많은 악행에도 불구하고 박수 받아 마땅할 만한 업적이 하나 있었는데, 그것은 바로 전 직원의 정시 퇴근을 지향한다는 점이었다. 많은 게임 제작사가 야근을 밥 먹듯 하는 데에 비해 우리 회사는 부득이한 경우를 제외하고는 야근하지 않는 것이 원칙이었다. 그 원칙을 세운 것이 놀랍게도 박 부장이었다. 그는 야근한다고 너희나 회사의 가치가 절대 높아지지 않는다며 저녁 있는 삶을 살라고 늘 강조했다. 언젠가 회식 자리에서 자신의 머리털이 다 빠진 이유가 젊었을 때 야근을 밥 먹듯이 해 스트레스를 받아서라며 어린아이처럼 엉엉 울었다는 사연은 전설처럼 내려오고 있었다. 물론 이 사진을 보니 그건 또 거짓말이었다. 그는 원래 대머리였다. 아무튼 입만 열면 거짓말이다.

개발팀 선반에서는 구 프로의 옛 업무 일지를 발견했다. 초창기 우리 회사의 게임을 만들면서 기록한 업무 일지였는데 같은 프로그래머로서 재미도 있고, 공감되는 내용이 많아 꽤 오랜 시간을 훑어보았다. 그런데 그곳에서도 과거 박 부장의 흔적을 하나 발견할 수 있었다. 일지처럼 기록해 놓은 중간에 박 부장의 이야기가 하나 낙서처럼 휘갈겨 있었다.

어젯밤 내가 본 게 사업팀 박이 맞나? 아무리 생각해 봐도 생긴 건 박이었는데 머리가 풍성! 밖에서는 가발을 쓰고 다니나? 게다가 벤츠?

박 부장이 당시 가발을 쓰고 다녔다 하더라도 그건 이해 못할 일이 아니었다. 그것만큼은 슬픈 사연처럼 내게 다가왔다. 이내 언젠가 구 프로가 창고에 대해 했던 말이 자연스럽게 떠올랐다.

창고에는 대머리 박 부장의 숨겨둔 가발이 있다.

아마도 구 프로는 밖에서 가발 쓴 박 부장의 모습을 보고 그런 말을 한 게 아니었을까?

* * *

　구 프로의 업무 일지에 정신이 팔려 있다가 문득 몇 시인가 싶어 시간을 확인하니 어느새 9시가 넘어가 있었다. 그저 집에 가고만 싶었던 나는 그때부터 창고를 정리할 생각은 하지 않고, 어떻게든 꼼수를 부려 퇴근할 궁리만 했다. 좋은 생각이 나지 않아 머리를 감싸 쥐고 있을 때, 주 작가에게 문자가 왔다. 실은 아까부터 술 먹으러 오라며 계속 문자로 노래를 부르고 있었다. 나는 딱히 그녀와 어울리고 싶은 마음도 기력도 없었지만, 창고 안에 오래 혼자 있으니 왠지 사람 목소리가 그립기도 했고 어쨌든 뭐라도 답은 해 줘야겠다는 생각에 선반에 몸을 기댄 채 그녀에게 전화를 걸었다. 그녀는 내 전화를 기다렸다는 듯이 받았고, 또 기다렸다는 듯이 물었다.

　"다했어?"

　"이거 다하려면 한 달은 해야 해요."

　"그래 정 프로. 빨리 와서 술이나 한잔하자. 아까부터 경 작가가 정 프로만 찾아. 미안하다고."

　"미안할 거 없다고 해요. 경 작가가 시킨 것도 아니고. 오늘은 그냥 들어갈게요. 너무 피곤해서 안 되겠어요."

　주 작가는 집에 들어간다는 내 말에 대답은 하지 않고 이런저런 쓸데없는 이야기만 늘어놨다. 술자리가 지겨워진 모양이었다. 금세 그녀의 이야기에 흥미를 잃은 나는 별생각 없이 눈앞에 있는 광경에 시선을 돌렸다.

바람 빠진 축구공, 한물간 보드게임, 바퀴 없는 미니카. 무슨 애들 장난감이 이렇게…… 어?

불현듯 창고에 대한 소문 하나가 내 머릿속을 스쳐 지나갔다.

창고에 노총각 박 부장의 숨겨둔 아들이 있다.

마침 나는 소문의 근원지인 주 작가와 통화 중이었다. 왜 그녀는 다른 이야기도 아니고 하필 박 부장의 아들이 있다는 말을 했을까? 아무렇게나 내뱉은 농담이었을까? 그녀의 쓸데없는 수다를 대충 대답해 넘긴 나는 대뜸 그녀에게 물었다.

"주 작가님, 저번에 저한테 했던 말 기억해요? 창고 안에 박 부장님 아들이 있다고."

그녀는 내 말을 듣기나 한 건지 꽤 뜸을 들이더니 겨우 답했다.

"……그랬어?"

"네, 그랬어요."

"그래? 기억 안 나는데……. 근데 왜?"

"아니, 그러니까……. 아니다. 아니에요. 저 아무튼 오늘

못 갑니다. 다음에 한잔해요."

역시 그냥 뱉은 말이었구나. 그대로 통화를 끊으려는데 그녀가 뒤늦게 생각난 듯 줄줄이 이야기를 꺼냈다.

"아아! 생각났다! 그거 있잖아, 내가 여기 처음 입사했을 때 술자리에서 박 부장이 꽐라돼 가지구 나 꼬실라고 한 말이 있거든? 지가 이 회사 오기 전에 부산에서 쫌 치는 주먹이었다는 거야. 야쿠자랑 마약도 사고팔고. 돈도 이빠이 벌고. 박 부장 쫌 칠 때 별명이 뭐였다는지 알아? 칼을 잘 써서 야쿠자들이 지를 사시미 박이라고 불렀대. 깔깔. 근데 뭐? 보스의 여자랑 눈이 맞아서 그걸 눈치챈 야쿠자가 자길 죽이려고 했다나. 그래서 마약 하고 돈을 다 챙겨서 부산에서 서울로 도망 왔대. 여기는 일단 위장 취업한 거라고. 나도 이어서 소설 쓴 거지. 알잖아, 박 부장 그거. 깔깔."

말을 마친 주 작가가 숨을 껄떡대며 웃었다. 나도 함께 낄낄거렸다.

"주 작가님 역시 대작가네요. 거기까지 듣고 숨겨둔 아들을 만들어내셨어. 우리 주 작가님이."

"그럼! 아무나 작가 하나! 깔깔."

아마 세상의 모든 소문은 이런 식으로 와전되고 과장된 것이겠지. 마찬가지로 세상의 모든 허풍도 아무렇게나 내 뱉는 말은 아닐 거란 생각이 들었다. 최소한의 사실 위에 그 살을 붙일 것이다. 본적이 부산이어서 부산 이야기를 했을 것이고, 일본 생활을 오래 했으니 야쿠자 이야기가 나왔고, 하는 일이 결국 무엇을 가져다 파는 것이니 마약 거래 같은 허무맹랑한 말도 했겠지. 야쿠자 보스의 여자와 눈이 맞았다는 소리는 대체 무슨 근거일까? 그건 그저 박 부장의 낭만 같은 것일까?

* * *

참나.

그 후로 이상한 일이 벌어졌다. 마치 주 작가가 내게 최면을 건 듯했다. 박 부장이 술자리에서 했다던 그 말은 그냥 넘겨도 될 허풍이 분명했다. 하지만 그 이야기를 들은 이후로 내 모든 생각의 회로가 마치 하나의 관문처럼 꼭 그 이야기를 거쳐 지나갔다. 낡은 장난감을 보고 박 부장의 숨겨둔 아들을 떠올린 것을 시작으로 당시 회사 여직원이 워크숍 가서 찍었나 싶은 빛바랜 사진도 박 부장의 야쿠자 그녀로 보였다. 사무용 커터 칼을 보면 사시미 박이 생각났고, 어디서 본 건 있어 바닥에 굴러다니는 인형을 보면 그 배 속에 마약이라도 숨겨져 있는 게 아닐까 싶었다.

아무리 허풍을 밥 먹듯 씨불이는 박 부장이라도 자신이 주먹이었다거나 마약 거래를 했다거나 하는 이야기는 해도 해도 너무 엉뚱한 소리였다. 주 작가 말로는 자신에게 수작을 걸려고 그런 허풍을 떨었다는데 그건 아마 아니었을 것이다. 대체 여자를 꾀려고 마약을 사고팔았다는 이야기를 하는 남자가 세상에 어디 있단 말인가?

다만 하나. 그 이야기 중 유일하게 박 부장과 어울리는 단어가 있기는 했다.

마약.

그것만큼은 제가 했건, 사고팔았건, 왠지 모르게 고개를 끄덕이게 하는 구석이 있었다.

주 작가의 마법은 바퀴가 하나 빠져 굴러다니는 미니카를 보고 구 프로의 낙서에 적혀 있던 벤츠란 단어를 떠올리게 했다. 그 낙서를 처음 봤을 때는 가발에만 주목했지 벤츠는 그냥 넘겼다. 그것이 비교적 고가의 외제차이긴 하지만 타려고만 한다면 못 살 정도는 아니었다. 당장 우리 회사에도 너덧 명은 벤츠를 타니까. 하지만 곰곰이 생각해 보니 10년 전이라면 이야기가 좀 다른 게 아닌가 싶었다. 10년 전 벤츠는 지금처럼 많은 사람이 쉽게 살 수 있는 차가 아니었다.

나는 구 프로의 업무 일지를 다시 뒤져 낙서가 적혀 있는 날짜를 확인해 보았다. 앞뒤 업무 일지의 날짜로 보아 그 시점은 박 부장이 회사에 입사한 지 약 반년 정도 지난 때였다. 당시 막 시작한 우리 회사가 신입사원에게 줄 연봉이라고는 안 봐도 뻔한데 그가 당시에 무슨 돈으로 벤츠를 샀단 말인가? 집이 부자였을까? 아니면 정말 마약이라도 가져다 팔았을까? 여차하면 직접 했을 수도 있지. 박 부장의 괴상한 표정과 망측한 행동들이 머릿속에 떠오르며 내 생각은 한층 더 힘을 받았다.

그 작은 의심을 머릿속에서 굴리며 관리팀 선반의 폐품들을 깨작거리고 있을 때였다. 이번에야말로 정말 묘한 물건 하나가 튀어나왔다. 그것은 가발이었다. 그런데 머리카락이 있는 가발이 아니었다. 머리카락이 하나도 없는 대머리 가발이었다.

이런 게 왜 회사 창고에 있을까? 기획팀에서 지들 돈 아니라고 별것을 다 사는 모양이지만 과연 이런 것까지 샀을까 싶었다.

대머리 가발을 보자마자 자연스럽게 박 부장 생각이 먼저 났다. 허나 그의 것은 아닐 터였다. 대머리가 대머리 가발이 필요할 리가 없으니까. 가발이란 건 원래 본인의 치부를 가리거나 변장할 때 필요……. 어?

……변장? ……변장! 위장 취업!

갑자기 무언가가 뻔쩍 머릿속을 때렸다. 재빨리 다시 인사팀 선반을 뒤져 박 부장의 이력서 사진을 찾아 자세히 관찰했다. 풍성한 머리숱에 탐스러운 장발. 그 이력서 사진과 '이달의 야근왕' 시상식에 찍은 민머리 사진은 불과 겨우 두 달 차이밖에 나지 않았다. 이력서 사진에 옛 사진을 가져다 썼어도 그래 봐야 반년에서 1년 정도 전의 사진 아니었을까? 그 짧은 사이에 이렇게 급격한 탈모가 이루어지는 게 가능할까? 그렇다면 이력서 사진 속 박 부장의 풍성한 머리는 역시 진짜가 아니라는 결론이 나왔다. 사진 속 박 부장의 머리는 아마 가발이었을 것이다. 가능한 이야기고 수긍이 갔다.

그래. 평소라면 아마 그 정도 생각에서 멈추었을지도 모른다. 하지만 창고 안의 묘한 기운이, 모든 증거가 내게 아까부터 끊임없이 말해 주고 있는 게 하나 있었다. 그게 아니야! 그게 아니고, 박 부장의 풍성한 머리가 진짜야!

그래!

지금 쓰고 있는 가발이 대머리다! 아니, 대머리가 가발이다! 아니, 그러니까 대머리 가발이 가발이고, 박 부장은 사실 풍성한 머리숱을 가지고 있다!

그랬다. 생각해 보면 박 부장의 자신감은 도저히 없는 사람의 그것이 아니었다. 뭐가 있어도 있는 사람의 자신감이었다. 기묘한 행동들도 그랬다. 그게 어디 보통의 삶을 살아 온 인간에게서 나올 수 있는 행동인가? 그동안은 그냥 그러려니 했다. 남들과는 좀 다른 인간이구나. 그런 인간이니까 그런가 보다 하고 넘겼다. 그가 왜 그런 인간이 되었을까 생각해 보지 않았다. 다 이유가 있었다. 그의 서

늘한 눈빛. 저 혼자만 다른 세계에 사는 듯한 행동.

부산에서 그의 별명은 사시미 박이었고 야쿠자와 마약 거래를 했으며, 야쿠자 보스의 여자와 부적절한 관계를 맺었고, 이제는 여기! 내가 다니는 이 회사에 위장 취업해 신분을 숨긴 채 살고 있던 것이다! 여전히 자신을 찾고 있는 야쿠자의 눈을 피해, 대머리 가발을 쓰고…….

때때로 마약도 하면서!

위이잉.

때마침 주 작가와의 통화 후에 선반 위에 올려둔 휴대전화가 맹렬히 진동했다. 고개만 들어 액정만 슬쩍 확인해 보니 전화를 걸어온 이는 박 부장이었다. 독심술이라도 있나? 전화를 받을까 말까 망설이는데, 어쩌다 창고 구석 높게 쌓여 있는 고철들이 내 눈에 들어왔다. 불현듯 박 부장이 내게 재차 신신당부한 말이 머릿속에 떠올랐다.

고철 쪽은 하지 마. 정 프로 힘드니까. 거긴 건드리지 마.

생각해 보면 참 수상한 말이었다. 그는 왜 그런 말을 했을까? 그가 정말 일말의 양심이 남아 있어 나를 배려해서 한 말이었을까?

품. 양심? 배려? 그럴 리 없지, 그 인간이.

나는 알 것 같았다. 그가 왜 그런 말을 했고 지금 무슨 생각으로 이렇게 전화를 걸어오는지. 독심술이 있는 건 그가 아니고 나였다. 나는 맹렬하게 날 부르는 박 부장을 뒤로하고 고철 쪽으로 발걸음을 돌렸다.

* * *

그곳엔 오래된 금고가 하나 있었다.

그게 누구 것이며 그 안에 무엇이 있는지 그것을 열어보지는 않았지만 전부 알 것 같았다. 그 금고를 본 순간 노과장의 말이 전광석화처럼 머리를 때렸다.

박 부장이 독차지해 늘 야근왕 타이틀을 놓쳤던 노 과장은 퇴근하기 전 늘 같은 광경을 보았을 터였다. 텅 빈 사무실. 어둠 속 홀로 책상 앞에 앉아 퇴근할 줄 모르고 회사에 남아 있는 사업팀 박 부장. 그리고 그의 자리 바로 옆에 있던 그 창고!

창고 안에 (박 부장의) 금괴가 있다!

노 과장의 눈엔 박 부장이 마치 창고 안에 중요한 무언가를 숨겨두고 있어 회사를 떠나지 않는 사람처럼 보이지 않았을까? 어쩌면 창고를 들락날락하는 그를 직접 목격했을 수도 있다.

그 금고는 고철들 안쪽에 숨겨져 있었는데 그렇다고 찾지 못할 정도로 숨긴 것은 아니었다. 혹시나 해서 고철 몇 개를 들춰보니 어렵지 않게 그 금고가 모습을 드러낸 정도였다. 분명 금고를 안 보이게 하려고는 한 것 같았지만 아주 꼭꼭 숨겨두지는 않은 느낌이었다.

금고를 둘러쌓은 고철을 다 치운 나는 한동안 그것을 자세히 살펴보았다. 투박한 검은색 정사각형 모양의 금고는 척 봐도 꽤나 오랫동안 그 자리를 지킨 듯이 보였다. 비밀번호를 눌러 금고를 열 수 있는 키패드 형 금고였는데, 회중전등을 가까이 비추어 자세히 보니 숫자 버튼 겉면에 먼지가 가득 쌓여 있었다.

4번 버튼 하나만 빼고.

이것은 동시에 두 가지 사실을 내게 말해 줬다. 첫째, 비밀번호는 4의 연속이다. 둘째, 최근에도 사용했다.

첫 번째보다 두 번째 사실이 더 내게 충격적으로 다가왔다. 아까의 추리로 과거 박 부장이 이곳에 무언가 귀중한 것을 숨겼을 거라는 생각을 하기는 했지만 그게 현재까지도 유효할 거라고는 생각하지 못했다.

모두가 퇴근한 사무실에 홀로 남아 있던 박 부장의 기묘한 표정이 생각났다. 그는 자신의 철학을 앞세워 모두를 각자의 가정에 돌려보내고는 회사에 홀로 남아 혼자만 가지고 있는 황금 열쇠로 자물쇠를 열어 그만의 보물창고 안에 들락날락했던 것이다. 그것도 최근까지!

비밀번호는 대체 왜 이렇게 쉽게 했을까? 잠깐 의문이 들었지만 오래가지는 않았다. 그에게는 창고 자체가 하나의 커다란 금고였을 것이다. 아무도 신경 쓰지 않는 데다가 본인만 열쇠를 가지고 있는데 비밀번호 따위야 심지어 없어도 그만이었을 것이다.

위이잉.

그때 또 박 부장이 날 불렀다. 상황이 상황인지라 휴대전화는 아까보다 더욱 맹렬히 진동했다. 그의 보물 창고 앞에 선 나를 그가 어디서 지켜보기라도 하는 것만 같았다. 무시할까 잠시 고민하다가 연속해 전화를 받지 않으면 아무래도 수상하게 여길 것 같아 우선 그의 전화를 받았다. 그는 내가 전화를 받자마자 다급히 소리를 질렀다.

"정 프로! 왜 전화를 안 받아? 퇴근했어?"

"아니요. 아직."

"아, 아직 창고야?"

"네."

"그렇게 오래 걸려? 그렇게 많아? "

"좀 많네요. 부장님."

"음……. 그래. 그럼 빨리 하고 들어가."

기분 탓일까? 그의 목소리에서 뭐랄까, 어떤 불안함? 조급함? 그런 감정들이 느껴졌다. 나는 문득 그를 떠보고 싶은 생각이 들었다.

"그보다 박 부장님. 제가 갑자기 궁금해서요. 부장님 혹시 이 회사 오시기 전에는 어떤 일 하셨어요?"

"······그건 왜 갑자기?"

"창고 정리하다가 부장님 옛 사진을 보니 갑자기 궁금해지네요."

"그런 게 있어? 나는 일본에서 오래 살았지. 소문 못 들었어? 일본에서 내 신화?"

가만두면 또 저 혼자 허풍을 칠 것이 뻔해 나는 좀 더 요점을 찔러 보기로 했다.

"부장님, 일본에서 오래 생활하셨으면 야쿠자도 보셨겠네요?"

"형동생 했지."

"혹시 부장님 그럼 마약 같은 것도 하셨어요?"

실수였다. "마약 같은 것도 파셨어요?"라고 물어보려 했는데 나도 모르게 '파셨어요'를 '하셨어요'로 물어보고 말았다. 하긴 뭐, 그가 마약을 했다는 의심도 들긴 했으니까. 그의 뒤통수를 치려다가 귀뺨을 쳐 버린 정도의 실수였다.

내 도발에 그가 대답할 말을 찾지 못했는지 한동안 수화기 너머에서는 아무 소리도 들려오지 않았다. 이거 내가 정곡을 찔렀나? 정말 마약을······. 혹시 현재도 하는 건가? 와, 이거 대박 사건이구나. 생각이 거기까지 흐를 때쯤 박 부장이 나지막하게 침묵을 깼다.

"미쳤어?"

미쳤냐고?

"정 프로. 지금 그게 상사한테 할 소리야? 뭐? 마약? 미쳤어? 정 프로야말로 거기서 지금 마약 했어? 마약 같은 소리 하고 자빠졌네. 하……. 그 말이야 정 프로. 뭐? 마약? 하, 나, 참……."

바락 소리 지르는 그의 목소리에 두 가지 생각이 들었다. 첫째로는 그의 말투가 단순히 모른 척이라고 하기에는 분노가 너무 분명히 느껴져 창고 안에서 내가 추리한 모든 게 전부 내 망상이었나 싶었고, 둘째로는 식당 일에 이어 내가 감히 그를 두 번 연속 엿 먹였구나 비로소 실감이 나 이제야말로 사직서를 내야겠다 싶었다. 굳이 내가 관두지 않더라도 수화기 너머 들려오는 그의 분기탱천한 목소리에서 당장 내일이라도 나를 자를 기세가 느껴졌다.

그래. 아무리 그래도 사시미 박이라니. 야쿠자라니. 마약이라니. 대머리가 대머리지 무슨. 어휴, 내가 무슨 생각을……. 아니, 아니지. 그럼 이 금고는 뭐야? 아무리 생각해도 내 앞에 있는 이 금고만큼은 설명할 수가 없었다. 이것은 분명 그의 것이었다. 아까부터 고래고래 소리 지르는 그를 한 방 먹이고 싶던 나는 마지막으로 비장의 무기를 던졌다.

"부장님. 여기 무슨 금고가 하나 있는데요."

한참을 화난 새처럼 앵앵거리던 그가 내 말을 듣자마자 마치 멈춤 버튼을 누른 것처럼 조용해졌다. 놀란 게 분명했다. 마약을 했느냐고 물어보았을 때보다 더 긴 침묵이 이어졌다. 통화가 끊겼나 싶어 통화 상태를 확인해 봤을 정도로 그는 한참을 조용히 있었다. 나 역시 딱히 먼저 말할 생각이 없었다. 그의 반응만이 궁금했을 뿐. 우리는 마치 말하기를 잊어버린 사람들처럼 한동안 침묵했다.

"열었어?"

끝을 알 수 없는 침묵을 깨고 겨우 그가 꺼낸 말이었다. 그의 목소리에 담긴 미묘한 떨림으로 나는 확신할 수 있었다. 그래, 여기 뭐가 있어도 있다.

"아니요. 아직."

그가 한 박자 늦게 시치미를 뗐다.

"무슨 금고 얘기하는지 모르겠네."

무슨 금고는 네 금고지.

"그러니까요. 여기에 뜬금없이 무슨 금고가 있는지 모르겠네요. 아무튼, 부장님도 모르신다는 말이죠? 제가 한번 열어 보려고요."

그가 또 조용해졌다. 내가 열어 볼 거다, 박 부장아. 어때? 내가 열어도 되겠어?

"박 부장님! 박 부장님?"

한참을 말이 없던 그가 갑자기 고압적인 어조로 말했다.

"내가 고철 쪽으로 가지 말라고 했지."

"아, 그쪽에서 냄새가 너무 심하게 나서요. 무슨 돈 냄새가 이렇게 심한지."

나는 물이 새던 주전자를 완전히 엎질러 버렸다. 박 부장은 내가 꺼내는 말 한 마디 한 마디에 충격을 받는지 어디 한번 쉽게 대답하는 법이 없었다.

"그 말이야, 정 프로. 그 금고 비밀번호는 알아?"

"글쎄요. 그건 잘 모르겠네요. 어어? 이게 뭐야? 유독 번호 하나만 먼지가 하나도 없잖아? 왜 그렇지?"

아! 통쾌하다! 이렇게 재밌다! 소리 없이 활짝 웃는데 그가 다시 위협조로 말했다.

"그래. 그 금고 열면 어쩌려고. 그 돈, 정 프로가 쓰려고?"

역시 돈이 있구나! 자, 이제 본론으로 들어가자. 과연 이 금고를 연다고 해도 내가 이 안에 있는 돈을 쓸 수 있을까? 이 돈을 쓰는 순간부터 박 부장에게, 아니. 사시미 박에게 어떤 화를 당할지 모르는데.

"그 돈 쓸 용기 있냐고!"

협박하듯 그가 되물었다. 집에 있는 아내와 두 딸의 얼굴이 떠올랐다. 퇴사하면 당분간이라도 버틸 돈이 필요했다. 전세 대출부터 시작해 애 학원비 등 당장 다음 달부터 나가야 할 돈이 한두 푼이 아니었다. 절박하면 통한다고 나는 되레 용기가 나 감히 사시미 박을 협박했다.

"제가 부장님 경찰에 신고하면 어떻게 될까요? 제가 뭐 그쪽은 잘 모르지만, 부장님 도핑 검사 같은 거 한번 해 보면……"

박 부장은 내 말이 끝나기도 전에 어이가 없는지 어쨌는지 박장대소를 터트렸다. 까르락 웃는 그 소리가 온몸에 털이 쭈뼛할 만큼 소름 끼쳤다. 겨우 웃음을 틀어막은 그가 내게 말했다.

"하, 너 지금 나 협박하냐?"

"돈만 좀 쓸게요. 대신 입 다물고요. 농담 아닙니다."

그는 고민하는지 잠시 아무 말도 없다가 곧 다시 말을 꺼냈다.

"그래. 정 프로. 그렇게 탐나면 그 안에 있는 돈이며 약이며 네 맘대로 한번 해 봐. 어떻게 되나 한번 보자구."

세상에세상에세상에세상에! 이 안에 약도 있다! 그가 주 작가와의 술자리에서 한 말은 진짜였다! 수작 어쩌고가 아니라! 그는 술김에 진실을 털어놓았다. 마치 양치기 소년 이야기처럼 무수한 거짓 속 유일했던 진실 하나가 우리에 겐 또 허풍처럼 들렸던 것이다.

약이 있다는 말까지 들으면 무서울 법도 한데 나는 무섭다는 생각보다 내 추리가 맞았다는 쾌감이 앞서 이 상황이 그저 짜릿하기만 했다.

"그 말이야. 정 프로. 세상엔 쓸 수 있는 돈과 못 쓰는 돈이 있어. 정 프로 달마다 월급 받지? 정 프로가 쓸 돈은 그런 돈이야. 그 금고 안에 있는 돈은 정 프로가 건드릴 수 있는 그런 돈이 아니야. 사람이 감당할 수 있는 돈만 써야지. 욕심을 부려서……."

"그래, 인마. 내가 욕심 한번 부릴게."

"아니! 정 프로! 정 프로!"

박 사시미의 절규를 무시하고 나는 전화를 끊어 버렸다. 그와의 대화가 더는 무의미하다고 느껴졌다. 신고 어쩌고 까지 했으니 그는 내가 이제 돈을 가져가든 안 가져가든 내 목을 노릴 것이었다. 남은 선택지는 이제 하나였다. 금고 안의 모든 돈을 가지고 하와이로 간다. 이것은 그간 그가 나를 괴롭혔던 것에 대한 복수였다. 아니, 나뿐 아니라 모두를 괴롭히고 악행을 저지른 것에 대한 정의구현이자, 인과응보이자, 신의 심판이다.

하와이로 간다고 하면 아내는 좋아하지 않을까? 딸애가 영어를 했나? 거긴 공기가 맑다는데 머리가 좀 덜 빠질까?

나는 떨리는 손을 가까스로 진정시키며 금고의 4번 버튼을 네 번 눌렀다.

* * *

삐리릭. 철컥.

* * *

보물 창고 안 비밀 금고의 문이 열렸다.

세상에!

금고 안에는 과연 1000만 원권이 수두룩하게 쌓여 있었다! 100만 원권도 셀 수 없이 많았다. 10만 원권도. 만 원권도. 1000원권도.

금고 안에는 보드게임에 쓰는 돈이 수두룩하게 쌓여 있었다. 박 부장이 늘 들고 다니던 그 발모제도 안에 들어 있었다. 그 아래 있는 작은 쪽지에는 익숙한 글귀가 쓰여 있었다.

발라 볼래? 발라 봐!

* * *

회사를 빠져나올 때 박 부장에게 문자가 하나 왔다.

발라 봐! 발라 봐!

그러지 않아도 발모제는 가지고 나왔다. 얼마 전 머리털이 한 움큼 떨어져 나간 그 허한 곳에 발모제를 툭툭 발랐다. 박 부장을 보니 이거 뭐 신통치 않아 보이긴 한데…….

그래도 뭐라도 해 봐야지. 내일은 그에게 자세한 사용법을 물어봐야지.

오징어를
위하여

한고요

글 쓰는 금융 자산 운용가. 시장작동인 반걸음의 일원. 선호보다 미지를 택하는 도전을
즐기면서 종종 낭패를 당하지만, "어떻게든 되겠지."라는 말을 입에 달고 살다 보니
정말 어떻게든 살고 있다. 당신의 계좌가 늘 시뻘겋기를 기원한다.

이 사람, 오징어를 닮았다.

나는 지금 소개팅에서 오징어를 마주하고 있다. 이도 저도 아니게 정말 딱 오징어처럼 생긴 사람이다. 당신이 알고 있는 오징어에 대한 이미지, 그러니까 못생긴 사람을 칭할 때 활용하는 단어로서의 오징어가 아니라, 정말 바닷속을 헤엄치는 오징어를 닮은 것이다. 불행히도 그게 그 말이지만, 농담이 아니다. 게다가 오징어가 언제부터 못생김의 대명사였는지 따지는 건 이미 내 고찰 영역에서 벗어난다. 상대가 자신을 오징어라고 소개했기 때문이다. 상상이 가는가? 밑도 끝도 없이 자기가 오징어라니! 보통 첫 만남에선 자신의 이름을 먼저 말하며 머쓱하게 웃기 마련인데, 자기가 오징어임을 먼저 어필한 것이다. 무엇보다 이 사람, 말투가 대단히 이상하다.

"하물며 오징어 볶음에 콜레스테롤이 다량 있다 한들 밥도둑이라는 칭호엔 모자람이 없을 것이오. 래리 페이지와 세르게이 브린이 만든 포털사이트를 통해 오징어볶음을 검색하면 약 600만 개의 페이지가 나오는데, 그것으로 밥도둑이라는 칭호의 타당성을 인정할 만하오. 또한 오징어 볶음은 식사 시간 이외의 시간에도 충분히 소비를 촉진할 만한 힘을 가졌소. 많은 인간이 각자의 부모가 잠든 새벽에 몰래 거실로 나와 오징어를 하나둘 빼먹는다는 걸 미영 씨도 잘 알고 있으리라 생각하오."

만난 지 10분 정도 지났을 무렵, 이 사람은 오징어볶음이 사실 아시아의 쌀을 동나게 하기 위한 한국의 음모라고 주장하고 있었다. 생긴 것처럼 굉장히 독특한 사람이다. 이게 소개팅의 매력이긴 하지. 생전 처음 보는 사람으로부터 건져내는 그 사람의 특징. 그리하여 이어지는 감정은 두 가지 길로 항해한다. 만남 혹은 파국. 나는 이 사람과 어떤 길로 항해할지, 무엇을 타고 나아갈지는 아직 모르지만 (공교롭게도 지금 반찬으로 파가 둥둥 떠 있는 파국이 나왔다.) 어떤 결과여도 상관없다. 내 최우선 목적은 공짜 식사니까.

무슨 소리냐고? 엄마가 강제로 마련한 이 소개팅이 그 목적을 이루기에 적합한 자리란 말이다. 집에서 빈둥거리던 내게, 엄마는 내 등짝을 후려치며 맞선을 제의했다. 그러나 나는 거절했다. "이 집안의 장녀, 굳건하게 외칩니다.

수동적인 만남은 원치 않습니다! 거기에 심지어 결혼이라는 업보를 전제한 만남은 시대착오적으로 무척 옳지 못한 행위입니다, 어머니!"라고 당당히 소리쳤다. 그러자 엄마는 무척 측은한 표정을 짓더니 소개팅이라도 해 보라며 나를 설득했고, 나는 엄마가 추가로 부여한 등짝의 고통을 이기지 못하고 마지못해 소개팅에 나온 것이다. 그런데 오징어라니?

사실 상대에 대하여 엄마에게 얻은 정보라곤 거의 없었다. 우선 내가 제대로 듣질 않았다. 사실상 앉아만 있다가 올 텐데 어떻게 생겼고, 이름이 뭐고, 직업이 뭔지 알게 뭐람? 그래서 어젯밤 엄마가 열정적으로 침을 튀기며 상대에 대해 어필하는 걸, 한 귀로 듣고 한 귀로 흘려버렸다. 사진도 보지 않았다. 어차피 상대가 내 사진을 볼 텐데 먼저 가서 앉아 있으면 알아서 말을 걸어오겠지. 그리하여 내가 챙긴 정보라곤 시간과 장소, 그리고 상대가 소개팅의 모든 비용을 책임진다는 솔깃한 말이었다. 그렇다. 공짜 식사란 말이다.

만나기로 한 날은 바로 오늘이었고, 장소는 바로 횟집이었다. 세상에. 소개팅을 횟집에서 하게 될 줄이야. 물론 이곳 울릉도는 횟집이 무척이나 어울리는 곳이지만, 그렇다고 횟집이라니? 횟집 내부는 대단히 넓은 편인데, 정중앙에는 커다란 철판 모형이 덩그러니 놓여 있다. 사장이 고래를 구워 버릴 목적으로 놓은 것이 틀림없다. 또한 황당하게도 횟집과 전혀 어울리지 않는 클래식이 틀어져 있다. 나 원 참. 이곳이 어느 기업의 전무를 비롯한 임원들이 둘러앉아 "오늘은 우럭이 참 좋군." 하고 허허 웃을 만한 공간도 아닌데 클래식이라니. 횟집 사장은 꽤 괴팍한 양반이 분명하다. 그렇게 이 공간은 아주 우아한 분위기 속에 잠겨, 주방에선 광어와 우럭 따위의 생선들을 해체하고, 홀에선 그들의 살점을 시뻘건 초장에 푹 찍어 먹는 진풍경을 볼 수 있는 곳이다. 나는. 이곳에서. 소개팅을. 하고 있다.

횟집에는 10분 일찍 도착했다. 오징어를 닮은 사람은 나와 거의 비슷한 시간에 횟집 문을 열고 나타났다. 그런데 "혹시 미영 씨?"라는 최소한의 확인조차 없이 내 앞에 털썩 앉는 게 아닌가? 황당했지만, 오징어의 첫마디가 더욱 황당했다.

"나는 오징어요."

이것이 시작이었다. 그리고 상대는 물티슈를 자신의 셔츠와 목 사이로 끼워 넣었다. 아니, 여기가 무슨 레스토랑도 아니고……. 게다가 물티슈를 냅킨처럼 쓰는 사람이 있다는 사실에 나는 속으로 조소했다. 첫인상은 그야말로 빵점이었다.

이어지는 상대의 말은 "성함이 어떻게 되시오?"라는 물음이었다. 이 사람도 나에 대한 정보가 없네? 그런 생각과 함께 내 이름을 말해 주었다. 그러자 상대는 "반갑소, 미영 씨. 내 이름은 오진오요."라며 그제야 머리를 꾸벅였다. 정체가 오징어이며 이름이 오진오라니. 거참 공교로운 조화로군.

사실 평범한 소개팅이었다면 이미 박차고 나왔을 것이다. 엉뚱한 듯한 무례함은 둘째 치더라도, 오징어를 닮았기 때문이다! 물론 나는 공짜로 먹을 생각만이 앞섰지만, 상대가 괜찮다면 만나볼 의향도 약간은 있었다. 그런데 하필 오징어를 닮은 사람이 나타난 것이다. 빌어먹을. 사진이라도 봐둘 걸 그랬다. 그럼 애초에 나오지 않았을 가능성이 있었을 텐데 말이다. 오징어는 왜 인간의 못생김을 대변하는가에 대한 고찰은 앞서 오진오의 독특함으로 상쇄되었지만, 앞으로 얼굴을 마주해야 하는 입장에선 결국 외모에 대하여 생각하지 않을 수 없는 것이다.

알고 있다. 외모만으로 사람을 평가하는 건 좋은 필터링이 아니다. 하지만 우리 솔직해져 보자. 소개팅에 나온 인간치고 상대의 외모를 따지지 않는 인간은 없고, 만약 외모를 따지지 않는다고 주장하는 인간이 있다면, 그건 지구에 다른 목적이 있어 잠입한 외계인이 분명하다. 그렇다. 왜 하필 오징어냔 말이다. 그것만큼은 아니었어야 했다. 만약 이 사람과 만남을 이어간다고 상상해 보라! 장점이라곤 연인이 오징어로 보이는 경험을 하기 위해, 원빈이 주연으로 나오는 영화를 볼 수고가 줄어든다는 것뿐이다.

그렇다고 돈이 많은 것 같지도 않다. 앞서 말했듯 오진오가 모든 비용을 책임지겠다고 했는데, 이 자식……내게 묻지도 따지지도 않고 오징어 회를 시켰다! 물론 얻어먹는 입장이기 때문에 별말은 하지 않았지만, 하필 최근 수확량이 급증해서 다른 횟감보다 상대적으로 싼 오징어라니? 난 최소한 우럭이 먹고 싶었다고! 뭐, 그래. 애초에 남자 만나러 나온 게 아니라 먹으러 나왔다고 생각을…… 아니다. 그런 생각은 곤란하다. 공짜 식사여도 어쨌든 좋은 분위기에서 먹는 게 낫지 않겠는가? 그래. 일단 어울려야 한다.

"그런데 진오 씨는 어디 사세요? 왠지 울릉도 주민은 아니신 것 같아요."

내 질문에 오진오는 온화한 미소를 지었다. 아무리 봐도 역시 오징어다.

"나는 유로파에 살고 있소. 아니, 살고 있었소."

"……유로파요?"

유럽 어딘가에 붙어있는 동네 이름 같았다. 그런데 이어진 오진오의 말은 "목성의 위성이오. 갈릴레이구 마리우스동 1250번지라오."였다. 당연히 농담이겠지만 이 사람, 꽤 진지한 얼굴이다. 보통 남자들이 농담을 준비해 올 땐 반드시 자기가 먼저 실실 웃기 마련 아닌가. 조금 전 오징어볶음이 밥도둑이라는 서푼짜리 철학을 내뱉을 때도 마찬가지로 진지한 얼굴이었다. 혹시 이 사람도 만남엔 별 목적이 없는 걸까? 빨리 장가나 가 버리라는 부모의 성화에 못 이겨 억지로 나온 자리인 걸까? 모르겠다. 어쨌든 맞춰 주자.

"아, 그렇군요. 그곳은 도로명주소가 시행되지 않았나 봐요. 그런데 그렇게 주소를 말해 버리면 불안하지 않나요? 주위에 사람들도 많은데……."

"걱정 마시오. 지금 지구인의 기술로는 방문이 불가능하오. 우리의 기술만이 그 먼 여정을 해결할 수 있소."

처음 본 순간부터 꾸준히 느낀 거지만 역시 독특한 놈이다. 이쯤 되니 장난질에 맞장구칠 만한 오기가 생기기 시작한다. 나도 헛소리 정도는 자신 있다고. 좋다. 어울려 주마.

"그쪽은 지구인이 아니라는 말씀이군요?"

"그렇소. 나는 유로파인이오."

"저런! 그런데 목성이라면 정말 먼 곳이네요. 예전부터가 보고 싶은 곳이었는데 말이에요."

"불행히도, 나도 이제 갈 수 없는 지경이외다."

"그러신가요? 그러고 보니 살고 있었다고 하셨죠? 그럼 무슨 일로 지구에 오시게 된 건가요?"

헛소리를 뱉으니 웃음이 나올 뻔했다. 급히 물을 한 모금 마셨다.

"나는 지구로 도망쳐 왔소."

"그래요? 무슨 범죄라도 저지르셨나요? 아, 탈옥수군요?"

"나는 오징어요."

"저런!"

"지고한 운명을 짊어진 자에겐 적이 많다오."

"그런 슬픈 사연이 있으셨군요. 그런데 유로파인들도 한국말을 쓰나요?"

"그렇지 않소. 한국말은 따로 배웠소."

"어디서 배우나요? 요즘 말투가 아니네요."

"한국에 대해 사전 조사를 해 본 바, 당신들이 가장 많이 읽은 책을 골라 익혔소."

"예? 도대체 뭘 읽은 건데요?"

"삼국지라는 책이오."

나는 잘못 들었나 싶어 고개를 옆으로 살짝 꺾었다. 분명 삼국지라고 말했다. 오진오는 삼국지야말로 책으로부터 파생한 콘텐츠가 다른 책보다 압도적으로 많고, 인간들이 시시때때로 갑론을박을 펼치는 좋은 주제 거리라며 칭송했다. 장난질 치곤 제법이다.

오진오가 물을 한 모금 마셨다.

"혹시 관우를 아시오?"

관우를 아냐고? 나는 피식 웃고 말았다. 어처구니없는 테스트로군. 지금 이 녀석은 사차원인 척 연기하면서 나를 가늠하고 있는 것이 분명하다. 좋다. 상대해 주지.

"흠, 반찬으로 나온 이 달걀찜이 식기 전에 대답하면 될까요?"

"좋은 생각이오. 답은 빠를수록 좋지."

"관우는 조조의 사랑을 받아 다섯 관문을 통과하고 여섯 장수를 베어 버린 대장부지만, 실은 본래 낮은 신분에 당신처럼 고향에서 도망쳐온 이방인이죠."

"아주 훌륭하오!"

오진오의 박수가 터졌다.

"이 정도로 뭘요!"

나도 따라 박수를 쳤다.

"그래서 나는 관우라는 인간에게 몰입할 수밖에 없었소. 나와 비슷한 운명이었기 때문일 것이오. 비록 일방적이고 무정형인 대조에 불과하지만, 나는 관우와 비슷한 운명의 길을 걷고 있는 게 분명하오. 관우에겐 '운명아! 비켜라! 용기 있게 내가 간다!'라는, 그런 마음가짐이 있소. 나 또한 마찬가지라오."

이 자식, 지금 니체의 말을 인용했다. 삼국지를 통해 한국말을 배운 유로파인이 독일인의 사상을 지껄이고 있다. 전혀 어울리지 않는 그 조합에 헛웃음이 나올 지경이다.

오진오가 말을 이어갔다.

"하지만 나는 관우와 다른 점이 있소."

"뭔데요? 설마 수염 말하는 건 아니죠?"

"관우와 달리 나는 낮은 신분이 아니라오."

"오. 그건 참 의외군요."

"신분이란 하나의 족쇄에 불과하오. 하지만 분명한 사실은 어느 신분이냐에 따라 책임감이 다르다는 것이오. 나는 막중한 책임을 갖고 있소이다."

"그럼 뭐 왕이라도 되세요?"

내가 피식 웃으며 물었다. 그때 오진오가 갑자기 표정을 굳히더니, 온몸을 파르르 떨며 주위를 살폈다. 나는 흠칫 놀랐다.

"어, 어떻게 알았소? 티가 나는 게요?"

"……예? 그럴 리가요."

"부디 이 사실은 입 밖으로 꺼내지 말아 주시오."

"……."

나는 할 말을 잃고 말았다. 분위기가 급속도로 어색해졌다. 우리들 사이로 사람들의 온갖 주문 소리, 식기구의 충돌 소리가 지나다녔다. 종업원이 음식을 가득 올린 밀차를 밀며 움직였고, 횟집 문을 열고 들어와 주위를 두리번거리던 한 남자가 자리에 앉으면서 의자 끄는 소리가 한 차례 퍼졌다. 나는 그런 소음 속에서 젓가락으로 애꿎은 갓김치를 뒤적이며 생각했다. 이 자식, 뭔가 이상하다. 자기가 신분을 숨겨야 하는 신세의 왕이며, 그 사실을 누군가에게 들킨 왕이라고 진심으로 생각하는 분위기다. 혹시 정신에 문제가 있는 사람인 걸까? 지금 당장이라도 뛰쳐나가고 싶은 심정이 조금씩 생기기 시작한다. 하지만…… 사람이 나빠 보이진 않는다. 그리고 가장 중요한 공짜 식사가 걸려 있지 않은가. 일단 별일 없이 끝내야 한다. 무슨 말이라도 해 보자.

"저, 진오 씨는 꿈이 뭔가요?"

"꿈이라! 멋진 질문이오. 나는 그것을 이루기 위해 이 여정을 이어왔소. 내 꿈은 바로 태양계의 평화라오."

"이제 보니 낭만주의자셨군요."

"미영 씨는 꿈이 뭐요?"

오진오의 물음에 나는 문득 입을 다물었다. 꿈이라. 그러고 보니 난 뭘 하고 싶은 걸까? 수년째 백수로 살아오면서 그런 주도면밀하고 동시에 허무맹랑해야만 하는 걸 생각해 본 적이 없었다. 물론 망상은 해 봤다. 로또에 당첨되는 것이다. 그렇게만 된다면 롤렉스시계를 손목과 발목에 두 개씩 차고 다니고, 고급 뷔페 집에 가서 물만 마시고 나올 것이며, 요플레 뚜껑에 묻은 요플레를 핥지 않고 버려 볼 텐데……. 아니, 지금 무슨 생각을 하는 거지. 정신 차려야 한다. 지금은 목표가 있지 않은가. 나는 급히 창밖으로 시선을 옮겼다. 점차 날이 저물어가고, 바다가 예쁜 빛으로 빛나고 있다.

"저는 그냥 저 바다를 항해해 보고 싶네요."

"항해라? 미영 씨도 퍽 낭만주의였구려. 그런데 주위가 온통 바다니, 항해는 쉬운 일 아니오?"

"그쪽 유로파에선 항해라는 게 간단한 일인가 본데요. 우리는 그렇지 않다고요. 일단 배가 있어야 해요."

"우리에게 배라는 건 없소."

"그럼요?"

"나는 오징어요."

"거 무슨 앵무새처럼 말씀하시네요."

"하여, 나는 직접 헤엄칠 수 있다오."

"아, 그러실 테지."

"미영 씨도 헤엄을 치면 되지 않겠소?"

"저는 오징어가 아닌 지구인이고요. 지구인이 헤엄을 칠 수 있긴 하지만, 모두에게 그런 이동 능력이 있는 건 아니랍니다."

"내 알기로 지구인들은 다른 생명체를 이용해 이동한다고 들었소만."

"바다에서요? 하! 물론 그런 동화 같은 이야기들이 있죠. 고래라든가 거북이라든가. 그런데 걔네가 내 항해를 도울 것 같진 않단 말이에요."

"일단 부탁을 해 보지 않고선 모르는 거요. 어린아이 같은 소리를 하는구려."

"나이가 어떻게 되시는데요?"

"지구 나이로는 337세요."

"오. 굉장히 오래 사셨네요. 잔치를 몇 번이나 하신 거지."

내가 손가락을 하나둘 접어 보이자, 오진오가 빙긋 웃어 보였다.

"실제론 그것보다 젊소."

"역시 그렇죠?"

"만으로 따지면 336세요."

"장난치냐!"라고 순간 소리칠 뻔했다. 이 자식, 진짜 뭐지?

그때 메인 음식인 오징어 회가 나왔다. 새하얗고 매끈한 오징어 회는 군침 돌 정도로 먹음직스러웠다. 크게 잔뜩 집어서 초장에 푹 찍어서 먹는다면, 이 자식과의 장난질도 참을 수 있을 것 같다. 나는 젓가락을 들었다. 그런데 오진오는 먹을 준비는커녕 멀뚱멀뚱 나만 바라보고 있었다.

"……안 드세요?"

"나는 먹을 수 없소."

"예? 알레르기라도 있으신가요?"

"그렇지 않소."

"아니 그럼 먹을 수 없는 걸 왜 시키셨어요?"

"그쪽이 오징어를 좋아하는지 알고 싶을 뿐이오."

"예?"

"오징어를 좋아하시오?"

"아…… 네. 좋아해요."

"증명해 보이시오."

오진오가 두 손바닥을 보이며 오징어 회를 권유했다. 오징어를 좋아하는지 증명해 보라니. 별 이상한 놈 다 보겠군. 아, 그런 거였나! 순간 내 머릿속이 번뜩였다. 이거야말로 테스트다. 소개팅 자리를 굳이 횟집으로 정하고, 굳이 오징어 회를 시킨 이유가 있었다. 내가 음식을 가리지 않고 잘 먹는지 보려는 수작! 털털한 여자가 좋다며 뼈다귀 해장국집으로 데려가는 멍청이들과 다를 게 없군. 뭐, 까짓것 해 주지. 나는 젓가락으로 오징어를 한 움큼 집어 초장에 푹 찍고 입속으로 구겨 넣었다.

오진오는 쉴 새 없이 오물거리는 나를 아무런 말도 없이 그저 흡족한 표정으로만 바라보고 있었다. 이 자식, 변태인가? 당장 이 오징어 회를 모조리 들이켜고 집에 가고 싶다……. 하지만 참아야 한다. 여기서 깽판을 치고 나가 버리기엔 아직 오징어 회가 많이 남아 있다. 이제 무슨 말을 꺼내야 할까 고민하는 찰나, 마침 횟집에 「엘리제를 위하여」가 흐른다.

"여, 여기 되게 특이하지 않나요? 음악도 그렇고……."

"이 음악은 나도 즐겨 듣는 음악이오."

삼국지로 한국말을 배운 유로파인이 니체를 인용하고, 이젠 베토벤의 음악을 즐겨 듣는다니. 아까부터 꽤 웃기는 설정이로군. 나는 피식 웃어 보였다.

"유로파인들도 이 음악을 알고 있군요?"

"그렇소. 인간들이 개발한, 화물을 운반하기에 적합하도록 만든 이동 수단인 트럭이 후진할 때 나오는 음악이 아니오?"

트럭이 후진할 때 나오는 음악이라고? 나는 오징어를 씹고 있던 입을 멈추고 말았다. 오진오의 발언도 그렇지만, 진짜 문제는 이 자식이 정말 진지하게 대답했다는 사실이다. 진심으로 그렇게 생각한다는 듯한 표정이다. 그런데 요즘도 엘리제를 위하여가 빠꾸할 때 나오나? 차라리 '니나니나니고릴라라' 따위의 가사를 입혀서 전해져 내려온 구전 동요라고 말했다면 웃기라도 했을 텐데.

"지금 건 농담이오."

심지어 농담이었어? 나는 한쪽 눈썹을 슥 올렸다.

"루트비히 판 베토벤의 바가텔 제25번 엘리제를 위하여."

"오, 그렇게 자세히 알고 있으시다니. 이 음악을 많이 좋아하시나 봐요."

"물론이오. 내 고향 유로파에서 자주 들었었지."

"그러고 보니 고향에서 지구로 도망쳐 오셨다고 하셨죠?"

"그렇소."

"무슨 일이 있으셨나 봐요. 도대체 뭐 하는 사람이에요?"

"나는 오징어요."

"어이쿠! 실례! 제가 깜빡했군요. 그랬죠."

"나는 도움이 필요해서 왔소."

"그래요. 다 좋아요. 그런데 도움이 필요하신 오. 징. 어. 씨께서 왜 하필 한국으로 왔고, 굳이 왜 이런 소개팅 자리를 선택한 거죠?"

"소개팅이라는 말은 내가 잘 모르는 바이나, 지나가는 인간 하나 붙잡아서 이야기하는 것보단 이렇게 형식을 갖춘 밥상 앞에서 만나는 쪽이 일을 진행하기에 훨씬 유려하기 때문이오. 만반진수 앞에선 귀신이라 한들 청을 거절하기 어렵지 않겠소?"

"그러니까 저한테 청이 있다는 말씀이죠?"

"그렇소이다. 중요한 일이오."

"무슨 일인데요?"

"지금 태양계는 심각한 위기 상태라오. 내게 태양계를 붕괴시킬 힘이 있는 열쇠가 있소이다. 그리고 그걸 노리는 적들이 있소."

"그거 굉장히 위험한 열쇠군요."

"그렇소. 굉장히 위험하오."

"그렇게나 위험한데 그냥 파괴하시죠?"

"나 스스로는 그럴 수 없소이다."

"거참 유감이군요."

"하지만 열쇠를 없앨 세 가지 방법이 있소."

"방법이 뭔가요?"

"첫 번째 방법은 내 몸을 없애는 것이오."

"그건 꽤 무섭네요."

"내 몸을 없애는 방법은 불로 태우는 것이오. 하지만 나는 불을 다룰 줄 모른다오. 하여, 나 스스로 몸을 없앨 순 없소. 다른 존재의 힘이 필요한 방법이오."

"그렇군요! 자, 다른 방법은요?"

나는 어서 말하라고 재촉하듯 손을 빙빙 돌렸다.

"두 번째 방법은 지구에 위치한 성지로 가서 의식을 치르는 것이오."

"성지가 지구에, 그러니까 한국에 있다는 말인가요?"

"그렇소."

"아니, 그럼 성지로 가시지 왜 여기로 오셨을까?"

내가 비아냥댔다. 오진오가 물 한 모금을 마셨다.

"불행히도, 성지로 가려다 이곳에 불시착한 게요."

"저런!"

"본래 지구의 우두머리라고 알려진 미합중국 대통령을 찾아가려 했으나, 신하들이 말하길 반드시 실험 대상으로 해부당할 거라며 극구 반대하였소. 그런 기관을 산하에 두고 있다고 말이오. '나사'인가 하는."

"거참 유능하고도 충성스러운 신하들을 두셨네요."

"게다가 그 의식에는 선량한 생명체가 곁에 있어야 하오."

"설마 그 선량한 생명체가 저라는 말인가요?"

"그렇소."

"저는 전혀 선량하지 않습니다만."

"자신을 지나친 겸손으로 평가하는 행위는 딱히 좋은 자세가 아니오. 타인의 시선에선 분명하게 보이는 성향 혹은 성과가 있는데, 그걸 부정하면 타인을 부정하는 꼴이나 다름없는 것이오. 그건 지나친 겸손으로 자기중심적 사고를 가리려는 부끄러운 행위라오. 물론 스스로가 착각하는 것일 수도 있소. 하지만 내 분명히 말하리다. 미영 씨는 선량한 인간이오."

이쯤 되니 뭐라고 받아칠지 모를 정도다. 오진오가 계속해서 말을 이어갔다.

"아무튼 나는 성지로 가려다 실패했고, 결국 도움이 필요해서 미영 씨와 마주하고 있는 게요."

"그러니까 저도 진오 씨와 같이 성지로 가서 의식을 치러야 한다 이 말이죠?"

"그렇소."

"의식은 어떤 식으로 진행되나요?"

"성지에서 우리 유로파의 유구한 역사 대대로 내려오는 의식이 있소. 지구인의 의식으로 따지자면…… 그렇군. 제사라고 생각하면 되오."

"저런! 어떡하죠? 저는 기독교인이라 힘들겠는걸요."

"걱정하지 마시오. 미영 씨는 그저 옆에 서서 지켜보고만 있으면 된다오."

"거참 되게 번거로운 행위로군요. 마지막 방법은 뭔가요? 이왕이면 여기서 해결할 수 있었으면 좋겠네요."

"그렇소. 다음 세 번째 방법이 가장 확실한 것이오."

"뭔데요?"

"열쇠를 먹는 것이오."

"열쇠를 먹는다고요?"

"그렇소. 가장 간단한 방법이 아니겠소? 그래서 내가 이곳으로 온 것이오. 이곳이라면 열쇠를 먹을 수 있는 인간이 있을 거라 생각했소."

"그럼 열쇠를 보여 주세요. 그래야 먹든지 말든지 하죠."

그러자 오진오가 벌떡 일어나 오른쪽 다리를 의자에 쿵 올리더니 바지 밑단을 허벅지까지 슥 올렸다. 털 하나 없는 매끈한 다리였다.

"열쇠는 바로 내 다리라오."

"……."

지금 이 자식이 분명 '내 다리'라고 했다. 자신을 오징어라 소개했으니, 즉 오징어 다리가 열쇠라는 말이다. 이 자식, 진짜 미쳤잖아?

"잘 들으시오. 지금, 이 순간 당신이 지구의 대표라고 볼 수 있소. 그렇다면 우리의 태양계가 붕괴하는 걸 막아야 할 의무가 있는 거요. 그런 의무를 저버린다는 건 자살이나 다름없소. 그것은 파괴라오. 파괴 중에서도 가장 큰 파괴인 권리를 파괴하는 것, 즉 자살인 거요. 권리를 파괴하지 마시오. 이른바 칸트의 자신에 대한 완전 의무가 아니겠소?"

이 자식, 무슨 철학이라도 전공한 건가? 이제는 슬슬 짜증이 날 지경이다.

"그래서 도대체 나한테 원하는 게 뭐예요?"

"내 다리를 먹는 걸 원한다오."

"혹시 미쳤어요?"

"어려운 게요? 오징어를 즐겨 먹는 민족이라 들었소만."

"그래서 아까 오징어볶음이 밥도둑이니 뭐니 한 거예요? 오징어 회를 시키고?"

"그렇소."

"이제 이런 장난은 그만하고 싶네요."

"장난이 아니오. 미영 씨는 내 다리를 먹어야 하오."

"아니, 미치지 않고서야 그 다리를 어떻게 먹어요?"

"루쉰은 이렇게 말했소. 게를 처음 먹으려고 한 사람은 큰 용기가 필요했었다네."

"이봐요! 처음 보는 게가 와서 뜬금없이 내 다리 하나 잡숴 보쇼 했을 때 그걸 받아들이는 건 용기가 아니라 객기라고요!"

"나는 오징어요."

"알아!"

"원한다면 초장 정도는 발라 드리리다."

"오! 젠장!"

나는 두 손으로 머리를 감싸 쥐고 고개를 푹 숙였다. 이 정도로 미친놈일 줄이야……. 그런데 내가 소리를 쳐서 그런지 사람들이 우리 쪽을 힐끗힐끗 쳐다보았다. 민망하다.

"죄, 죄송해요. 저 잠시 화장실 좀……."

나는 급히 자리에서 일어나 화장실로 향했다. 담배를 피우고 싶었으나 금연 구역이라 참아야 했다. 나는 라이터를 만지작거리며 세면대 거울 앞에 서서 내 모습을 바라봤다. 뭔가에 홀려 멍한 표정이었다. 이건 정말 아닌 것 같다고 생각하는 그때 마침 엄마한테 전화가 왔다.

"야! 미영! 어디야!"

"몰라! 끊어!"

나는 짜증을 내며 전화를 끊었다. 젠장! 엄마는 왜 저런 미친 인간을 소개한 걸까? 그냥 그만두고 싶다. 하지만 오징어 회를 단 한 젓가락밖에 못 먹었다고! 이렇게 되면 공짜 식사라는 내 최우선 목적이 망하는 셈이다. 일단 차분해지자. 그렇게 고개를 끄덕인 나는 옷과 머리를 간단히 정리하고, 굳게 입술을 다문 뒤 오진오에게 돌아갔다. 오진오는 이제 말라 버린 물티슈를 여전히 목에 끼워 넣은 채로 곧게 앉아 있었다. 나는 큼큼 헛기침하며 자리에 앉았다. 이제 오징어 회에 집중하자.

"미영 씨께서 망설이는 것 같으니 대가를 주겠소. 하긴 태양계를 구하는 일인데 당연히 해 줘야겠지."

젓가락을 들려는 순간 오진오가 말했다. 또 무슨 헛소리일까?

"오. 황금이라도 주는 건가요?"

"그렇지 않소. 황금 따위로 비교할 만한 가치가 아니오."

"유로파엔 황금이 많나 보군요."

"우리 유로파에는 황금이라는 게 없소."

"저런! 황금이 없다니 그거 슬프네요. 그쪽 정부는 비자금 조성을 뭐로 합니까?"

"우리 유로파에는 목성의 강력한 힘에 굴복하지 않기 위해 역사 대대로 내려오는 여러 가지 전통 의식이 있소. 쉬운 동작으로 끝나는 간단한 의식부터 정해진 절차를 엄격히 따라야 하는 복잡한 의식까지 아주 다양하오."

"그 의식이 도대체 뭘 가져다주나요?"

"원하는 꿈을 이루어준다오."

"그건 꽤 구미가 당기는 말이군요. 그런데 꿈을 이루어준다는 의식이라면서, 왜 고향에서 의식을 치르지 않고 여기에 오셨나요?"

"그럴 겨를이 없었소. 나를 노리는 적들을 피해야 했소이다."

"아 참, 그랬었죠."

"지금 원하는 게 있소?"

"저는 지금 몹시 배가 고프니까 배부른 상태로 행복해지고 싶군요."

"좋소. 그럼 내 동작을 따라 하시오."

오진오가 벌떡 일어났다. 이내 잠시 허공을 응시하더니, 불현듯 왼팔로 눈을 가리고 오른팔은 왼손 끝이 향한 곳과 똑같은 방향으로 쭉 뻗었다. 동네 싸구려 에어로빅 센터에서 급조한 아침 체조 영상에도 없을 그야말로 괴상한 자세였다. 나는 멍하니 바라만 볼 수밖에 없었다. 아니, 그냥 앞에 있는 오징어 회에 집중하면 되는 걸 이 미친놈이 미친 짓을 선보이고 있는 것이다.

"안 따라 하시오?"

"도대체 그쪽 정체가 뭐예요?"

"나는 오징어요."

"아, 젠장."

"보아하니 믿지 못하는 게로군."

"당연한 거 아니에요?"

"우리의 의식은 요지부동한 과학으로 하나하나 따져 만든 명명백백한 동작이니 믿어도 괜찮소."

"대대로 내려오는 전통 의식이라면서요!"

"아니, 이처럼 간단한 동작뿐이오. 어려울 게 없잖소?"

나는 고개를 푹 숙이고 한숨을 내쉬었다. 그냥 집에 갈까?

"그럼 앉아서 따라 해 보시오. 절반은 효과가 있을게요."

오진오가 다시 똑같은 포즈를 취했다. 내 살다 살다 저런 미친놈은 처음 본다. 문제는 점차 주위의 시선이 몰리고 있다는 사실이었다. 젠장! 포즈는 오진오가 취하고 있는데 쪽팔린 건 내 몫이라니! 그런데 오진오는 내가 따라 할 때까지 멈출 생각이 없어 보였다. 나는 주위를 여러 번 둘러보고 마지못해 엉거주춤 따라 했다. 그러자 오진오가 왼팔을 살짝 내리며 나를 쏘아봤다.

"아니, 아니. 그쪽은 반대로 해야 맞소."

"집어치워!"

나는 짜증을 내며 자세를 풀었다. 이 자식, 진짜 한 대 후려갈길까?

"아무래도 미영 씨의 시점이 너무 높이 있는 게로군."

"예?"

오진오가 주위를 두리번거리더니 횟집 중앙에 있는 큰 철판 모형으로 저벅저벅 걸어갔다. 그리고 그 철판 위에 올라갔다. 맙소사. 지금 저 자식이 뭘 하려는 거지.

"거기서 잘 보시오!"

오진오는 철판 위에서 포즈를 취했다. 그리고 그는 두 눈은 모두 가려야 하고, 팔의 각도는 37도이며, 뻗은 팔꿈

치가 꺾여선 안 된다 소리쳤다. 횟집 내 시선이 모두 그에게 쏠렸다. 나는 황급히 뛰쳐나가 오진오를 끌어내렸다.

"뭐 하시는 거예요!"

"잘 보이지 않았소?"

"보고 싶지 않거든요!"

멀리서 사장이 도끼눈을 뜬 채 우릴 바라보고 있었다. 나는 황급히 오진오를 끌고 자리로 돌아왔다. 젠장. 배만 더 고파졌다.

"또 원하는 게 있소?"

"없어요."

"흔치 않은 기회라오."

"그냥 집에 가고 싶어요."

"내 그대를 위해 친히 의식을 알려줬거늘."

"전혀 알고 싶지 않은 방법이라고요!"

"지금 입에 군침이 돌지 않소?"

"아니, 어떻게 그걸?"

"의식을 따라 했기 때문이오."

"배불러지고 싶다니까요? 효과가 없잖아요!"

"그건 앉아서 했기 때문에 절반만 발현된 것이오."

"오, 하느님……."

그때였다. 횟집 문이 벌컥 열리더니 검은 양복을 입은 사람이 등장했다. 오진오가 크게 놀랐다.

"이런! 어떻게 알고 여기에!"

"뭐, 뭐가요! 또 뭔데!"

나는 몸을 순간 움츠려 황급히 주위를 살폈다.

"저기요! 저기!"

사장이 오진오를 향해 삿대질하며 소리쳤다. 양복쟁이가 우리에게 다가오기 시작했다.

"사장의 짓이었군!"

오진오가 소리치곤 목에 끼워놓은 물티슈를 뺐다. 말라버린 물티슈가 힘없이 흐느적거리며 바닥으로 떨어졌다. 이윽고 오진오가 칵 가래침을 모으더니 양복쟁이에게 뱉었다. 걸쭉한 액체가 정확히 양복쟁이의 두 눈에 달라붙었다. 양복쟁이가 갸악 소리를 내며 바닥에 나뒹굴었다. 오진오가 나를 바라보더니, 엄지를 척 올렸다.

"먹물이오."

맙소사.

"자, 이제 여길 벗어나야 하오. 나를 믿소?"

"예?"

"나를 믿느냐고 물었소."

네가 알라딘이냐! 내가 미간을 구기자 오진오는 내 오른손을 덥석 잡고 움직이기 시작했다. 나는 엉겁결에 오진오와 함께 횟집을 나섰다. 쓰러졌던 양복쟁이가 일어나 우리를 쫓아오기 시작했다. 사장이 현상금 내놓지 않고 어딜 가냐며 놈의 멱살을 잡았다.

밖은 어느새 어두웠다. 나는 오진오와 손을 잡은 채 밤길을 뛰었다. 누군가와 손을 잡고 뛰어 본 적이 있던가. 그것도 정처 없이 밤바다 향기를 맡으면서 말이다. 하지만, 이딴 냄새는 바라지 않았다고! 나는 그저 맛있는 음식 냄새를 원했다고!

오진오의 손은 전혀 따뜻하지 않고 미끈거렸다. 게다가 조금 전에 사장과 양복쟁이가 정말로 오진오를 노렸다. 그렇다면, 이 사람은 진짜 외계인인가? 정말 외계인이라고?

그때 전화벨 소리가 울렸다. 나는 왼손으로 전화기를 꺼냈다. 엄마였다.

"야! 이것아! 너 진짜 이러기냐!"

"뭐, 뭐가?"

"아무리 싫다고 해도 잠깐은 앉아 있었어야지! 아예 펑크 내는 게 어디 있어! 엄마 체면 구기게!"

"뭐?"

나는 급히 전화를 끊었다. 이게 도대체 무슨 상황인 거지? 내가 펑크를 냈다고? 설마…….

"지, 진오 씨! 잠깐만요! 당신 저랑 소개팅하러 나온 사람 아니었어요?"

"도대체 소개팅이 무엇이오?"

오진오가 의아한 눈으로 나를 바라봤다. 이런 빌어먹을!

내가 만나야 할 사람은 이 사람이 아니었던 것인가! 어쩐지 처음부터 이상했다. 내가 누군지 묻지도 않은 채 내 앞에 앉더니만…….

그때 우리는 바다 앞까지 도착했다. 더 이상 길이 없었다. 나와 오진오는 달리는 것을 멈췄다. 나는 가쁜 숨을 몰아쉬었다. 그때 오진오가 바지 밑단을 쑥 올렸다.

"자, 미영 씨. 시간이 없소. 내 다리를 드시오."

"미안해요. 나는 도저히 당신 다리를 먹을 수 없어요!"

"혹시 초장이 없어서 그러시오?"

"아니라고!"

"정 이 방법이 힘들다면, 그렇다면 우리는 성지로 가야 하오."

"도대체 성지가 어딘데요?"

내가 묻자 오진오가 손가락으로 바다를 가리켰다.

"이곳에서 동남쪽으로 뱃길을 따라 200리를 가면 나오는 곳이오."

"동남쪽으로 뱃길을 따라 200리요?"

"울릉도 동남쪽 뱃길 따라 200리."

독도였냐! 나는 오른손으로 이마를 짚었다. 어지러웠다. 오, 하느님! 도대체 왜 저에게 이런 시련을 주시는 겁니까? 그렇게 들리지도 않을 불만을 토로하는 와중, 오진오가 내 손을 끌어당겼다.

"자, 어서 갑시다."

"하, 하지만 배가 없잖아요! 당신은 헤엄을 칠 수 있겠지만, 나는 아니라니까요?"

"나는 오징어요."

오진오가 별거 아니라는 듯한 표정을 짓더니, 거침없이 바다로 들어갔다.

"자, 내 등에 타시오!"

"……"

"어서! 적들이 쫓아오고 있소!"

나는 잠시 머뭇거리다가 눈을 질끈 감고 오진오의 등에 올라탔다. 오진오는 다리를 굽혔다 폈다 하면서 앞으로 나아가기 시작했다. 이런 젠장! 빌어먹을! 아까 즉흥으로 내뱉은 꿈이 이루어지는 순간이다. 항해다. 항해인 것이다. 그런데 오징어라니! 배는커녕 고래도 아니고 거북이도 아니고 하필이면 오징어라니! 오징어를 타고 바다를 항해하다니! 부자가 되고 싶다고 할걸!

우리는 그렇게 독도로 향했다. 오진오의 질주에 달빛을 머금은 바다가 찰랑거렸다. 그때, 뒤쪽으로 배 한 척이 빠르게 돌진해 왔다. 횟집 사장이었다. 그는 오징어잡이 배를 끌고 나타나 "계산은 해야지, 이 자식들아!"라고 소리쳤다. 나와 오진오가 동시에 고개만 돌려 사장 쪽을 바라봤다. 순간 사장이 집어등을 더욱 크게 밝혔다. 눈부신 빛에 오진오가 크윽 소리를 내며 눈을 찡그렸다. 그런데 갑자기 오진오가 빛을 향해 움직이기 시작했다. 나는 당황했다.

"어, 어디 가요! 그쪽으로 가면 잡혀요!"

"나, 나는 오징어요. 비, 빛에 끌리는 종족이라오."

아, 젠장.

"크윽."

오진오는 불가항력에 어쩔 줄 몰라 하며 당황했다.

"어떡해요! 이대로는 잡히겠다고요!"

"이, 이렇게 된 이상 열쇠를 불태워야겠소."

"뭐, 뭐라고요? 그게 무슨 소리예요!"

"내가 붙잡히면 저 사장은 반드시 적들에게 나를 넘길 것이오. 미영 씨도 이제 적들이 원하는 게 뭔지 알고 있을 거요. 바로 내 다리요. 태양계를 붕괴시킬 열쇠란 말이오. 이제 방법은 하나요! 불태워 없애는 거요!"

"여기서 어떻게 불태워요!"

"다시 육지로 돌아가겠소!"

"지, 지금 빛에 끌려가고 있잖아요!"

"내 눈을 가리시오!"

나는 급히 오진오의 두 눈을 가렸다. 그러자 오진오가 방향을 휙 바꾸고 다시 울릉도로 향하기 시작했다. 사장의 배는 우리를 빠르게 지나쳐 갔다. "야, 이 자식들아!"라는 사장의 외침이 멀리 흩어졌다.

오랜 시간이 지나지 않아 우리는 다시 울릉도 땅을 밟았다. 나는 땅에 무릎 꿇고 숨을 몰아쉬었다. 어지러웠다. 젖은 모래가 기분 나쁘게 축축했다. 이 모든 상황이 받아들이기 힘들었다. 그때 오진오가 내 앞에 척 서더니 바지 밑단을 쭉 올렸다. 이런 젠장.

"자, 이젠 정말 마지막 방법이오. 하지만 나 스스로는 불가능하오. 미영 씨의 도움이 필요하오."

오진오가 자신의 다리에 가래침을 뱉었다. 검고 걸쭉한 액체가 하얀 피부에 흘러내렸다.

"내 먹물엔 휘발성이 있소. 자, 어서 내 다리에 불을 붙이시오."

나는 멍한 얼굴로 주머니에서 라이터를 꺼냈다. 하지만 오진오의 다리에 불을 붙일 수 없었다. 어떻게 사람 다리를 지질 수 있겠는가. 그렇게 굳어 버린 나를 향해 오진오가 다그쳤다.

"어서!"

"으으……."

멀리서 사장의 오징어잡이 배 불빛이 보였다. "계산해라, 자식들아!"라는 사장의 외침이 점점 다가왔다.

"시간이 없소!"

"저, 정말, 정말, 이 방법뿐이에요?"

"걱정하지 마시오! 앞으로 수많은 오징어를 보며 나를

기억하면 되오!"

"그게 아니잖아, 이 미친놈아!"

"미친놈? 이런! 오해가 있었나 보구려."

"이런 젠장! 당신 같은 남자는 전 우주를 뒤져도 당신이 유일할 거야!"

"미영 씨."

"뭐!"

"나는 암컷이오."

"뭐?"

나는 크게 놀라는 바람에 들고 있던 라이터를 놓치고 말았다. 라이터가 오진오의 발등에 툭 부딪혔다. 어느새 발등까지 흘러내려 온 오진오의 먹물에 불이 붙었고, 빠른 속도로 오진오의 다리 위까지 타 올라갔다.

"으, 윽!"

오진오가 방방 뛰며 고통을 호소했다.

"앗, 뜨거워!"

오진오는 그렇게 소리치곤 급히 바닷속으로 들어갔다. 나는 멍하니 그 모습을 바라만 봤다. 도대체 뭐냐! 뭐냐고! 장렬히 죽을 것처럼 말하더니! 그렇게 오진오는 한 가닥의 흔적만 내게 남기고 사라졌다. 그건 냄새였다. 젠장…… 빌어먹을 정도로 맛있는 냄새다…….

나는 그대로 기절하고 말았다.

임여사의
수명
연장기

강엄고아

마법이 난무하고 용이 횡행하는 세상을 꿈꾸며 여러 판타지 소설을 읽다가 상대적으로 우리나라 토종 신과 괴물들이 등장하는 소설이 적은 데 대해 깊이 아쉬운 마음을 담고 직접 쓰기 시작했다. 우리나라를 배경으로 한 토종 판타지 단편들과 SF 단편을 썼고, 현재는 토종 신과 괴물들을 최대한 많이 끌어내 보여 주자는 목표로 한국 판타지 장편을 집필 중이다. 얼마 전에 환상문학웹진 《거울》에 필진으로 합류했다.

인황사자(人皇使者)는 곧 망자(亡者)가 될 여자의 뒤에 섰다. 컴퓨터 앞에 앉아 있는 여자는 흘러내리는 머리를 극악무도하게 생긴 이빨이 성성한 집게핀으로 대충 끌어올려 집었고, 어깨는 축 처져 있었으며, 배에 힘이 하나도 없는지 등은 구부정한 채 충혈된 눈으로 모니터만 뚫어져라 쳐다보고 있었다. 모니터 옆에는 빈 커피잔이 몇 개 있었다. 언제 마셨는지 잔 안에는 마지막 남은 몇 방울의 커피잔해가 말라붙어 있었다. 어떤 잔에는 구겨진 휴지가 담겨 있었다. 심지어 잔들 주위에도 구겨진 휴지들이 여기저기 널려 있었다. 그중엔 유명 햄버거 상표가 찍힌 냅킨도 있었다. 아니나 다를까 책상 한쪽에는 햄버거 세트에 딸려 온 작은 감자튀김 봉지가 누워 있고, 그 안엔 다 먹지 못한 감자 조각 몇 개가 들어앉아 있었다. 그 옆에는 다 먹은 햄버거 포장지가 동그랗게 뭉쳐져 있었다.

책상 위를 대충 훑어보던 인황사자는 모니터 아래에 누워 있는 휴대폰을 슬쩍 보았다. 사용하지 않을 땐 시계 기능만 켜져 있는지, 휴대폰은 꺼지지도 않고 시시각각 변하는 현재 시각을 알려 주었다. 시각을 확인한 인황사자가 열려 있는 방문 너머 부엌 쪽을 보며 천황사자(天皇使者)에게 손가락 다섯 개를 펴 보였다. 조왕신(竈王神)과 실랑이 중이던 천황사자는 인황사자의 손가락이 뜻하는 바가 무엇인지 알았다는 뜻으로 고개를 끄덕여 보였다.

삼사자(三使者)가 혼을 거두러 망자의 집으로 갈 때마다 늘 있는 대거리였다. 요즘은 사람들이 병원에서 죽는 일이 많아서 이런 대거리를 피할 수 있지만, 오늘처럼 집에서 급사(急死)하는 경우엔 집을 지키는 여러 가신(家神)들과 한참 실랑이가 벌어졌다. 가신들을 마주치지 않기 위해 며칠 전부터 집 주변을 살펴 가신들에게 들키지 않을 장소를 찾았고, 마침내 여자가 일하는 방의 벽을 통과해 집 안으로 들어가는 데 성공했다. 그러나 활짝 열린 방문으로 부엌이 보였고 부엌을 지키는 조왕신과 눈이 마주치고 말았다. 조왕신이 큰소리로 호통치자 가신의 우두머리인 성주신(城主神)까지 나타나 여자와 삼사자 사이를 가로막았다. 천황사자와 지황사자가 적배지(赤牌旨)에 적힌 여자의 사주와 이름을 보여 주며 성주신을 데리고 방 밖으로 나간 덕에 인황사자는 겨우 여자 뒤에 설 수 있게 된 것이었다. 비록 힘에 밀려 저승사자들에게 끌려 나왔지만, 성주신과 조왕신은 내 보호 아래 있는 사람을 절대로 저승사자에게 내어 줄 수 없다는 의지를 담아 고래고래 소리 질렀다.

인황사자가 천황사자에게 다섯 손가락을 펴서 알려준 대로 아직 여자에게는 5분이라는 시간이 남아 있었다. 인황사자는 할 일도 없는 5분 동안 이 여자가 읽고 있는 걸 동무 삼아 같이 읽어 줄 요량으로 여자가 멍청하니 보고 있는 모니터를 바라보았다.

명사는 우진의 판결문을 읽어 내려갔다.

"일직사자 한우진은 저승사자의 본분을 망각하고⋯⋯."

모니터에 올려져 있는 글을 두 줄도 채 읽지 않았지만 인황사자는 기시감을 느꼈다.

'명사? 일직사자? 저승사자?'

소설인 듯 보이는 글에 저승사자라는 제 직업이 떡하니 박혀 있어서가 아니었다. '일직사자 한우진'이라는 글자가 너무나 친숙했다. 한우진은 인황사자가 1년 넘게 푹 빠져서 읽고 있는 웹소설의 주인공 이름이었다. 일주일에 세 편씩 올라오던 소설이 서너 달 전부터 일주일에 두 편으로 줄어든 바람에 아쉬움을 삼키며 읽고 있는 글이었다.

처음엔 『저승사자와의 로맨스』라는 유치한 제목에 별로 재미를 기대하진 않았다. 그저 인간은 저승사자를 어떻게 묘사할까라는 호기심으로 읽기 시작했을 뿐인데, 저승사자인 남자 주인공과 인간인 여자 주인공이 만들어가는 아슬아슬하고 달달한 로맨스에 퐁당 빠져 이제는 다음 편 기다리는 낙으로 산다고 해도 과언이 아닐 정도가 되었다.

『저승사자와의 로맨스』를 읽는 저승사자가 비단 이 인황사자만은 아니었다. 대한민국에서 죽는 사람이 하루에 800여 명이었다. 1명을 저승으로 데려가기 위해 사자 3명이 움직였다. 죽음의 형태에 따라 별도로 필요한 사자가 또 여럿이었다. 예를 들면, 객지에서 사고나 질병을 얻어 죽은 자를 데려가는 객사사자, 화재로 죽은 자를 데려가는 화덕사자, 교도소에서 생을 마감한 자를 데려가는 무죄사자, 날아온 돌에 맞아 비명횡사한 자를 데려가는 탄석사자 등이 그들이었다. 이러저러한 이유로 저승길에 오른 망자를 사자들은 인간의 시간으로 49일간 일곱 지옥을 데리고 다니며 시왕으로부터 선악의 심판을 받도록 안내했다. 망자를 심판하는 10명의 시왕을 보좌하는 사자가 또 여럿이었다. 그러자니 저승사자의 수가 이 나라에만 12만에 이르렀다.

『저승사자와의 로맨스』는 그 제목 덕에 저승사자들에게 관심을 끌었고, 그 아슬아슬하고 달달한 스토리 덕에 그들 사이에서 흑사병처럼 강력한 전염력으로 빠르게 번져 이제는 안 읽는 사자는 대화에서 제외될 정도였다. 이 소설은 비록 코인을 주는 유료 독자는 아니었으나 저승에만 10만에 가까운 구독자를 가진 인기 소설이었다.

인황사자는 그런 재미난 소설을 죽음 직전까지 읽고 있는 이 여자를 정말 행운아라고 생각하며 계속 읽어 내려갔다. 사흘 전 최신 편을 본 인황사자는 당연히 제가 읽었던 부분일 거라 생각했는데, 지금 읽고 있는 내용이 너무나 생소해 잠시 당황했다.

'다음 편은 4시간 후에나 올라올 텐데?'

이 글을 쓰는 작가는 매주 월요일과 목요일 새벽 6시에 글을 올렸다. 지금이 목요일 새벽 2시에 가까웠으니 아직 다음 편이 올라올 시간이 못 되었다. 그런데 지금 이 여자가 보고 있는 내용은 월요일에 읽었던 글의 다음 편이 분명했다. 작가가 시간을 잘못 안 것인가? 인황사자는 의아해하며 계속 읽었다. 여자가 사망할 시각이 지났다는 사실도 눈치채지 못한 채 읽는 데만 집중했다.

갑자기 여자가 인터넷을 열더니 읽고 있던 글을 전부 복사해 한 웹소설 플랫폼으로 옮겼다. 예약 시간을 '06시 00분'으로 설정하고 '등록하기' 버튼을 클릭했다. 인황사자의 눈과 입이 접시만 해졌다.

"이, 이, 이, 이!"

인황사자는 말을 제대로 잇지 못하고 딸꾹질처럼 '이'만 반복했다. 인황사자의 모습을 본 천황사자가 조왕신에게 잡힌 채 부엌에서 소리쳤다.

"이보게, 인황사자! 그 여잔 이 씨가 아니라 임 씨일세. 이런! 이름과 생년월일을 아직 못 외운 겐가? 지황사자! 그 적배지를 어서 인황사자에게 전해 주게."

거실에서 성주신과 옥신각신하던 지황사자는 여자가 있는 큰방으로 가기 위해 몸을 돌렸지만, 성주신이 냉큼 그의 멱살을 움켜쥐었다.

"얼렁뚱땅 어딜 가려고? 내가 네놈을 호락호락 보내 줄 것 같으냐?"

지황사자는 제 멱살을 쥐고 있는 성주신의 손을 잡고 살살 달래보려 했다.

"어허! 이거 말로 해도 되실 걸 어찌 이리 힘으로 우격다짐을 하려 하십니까? 이런 추태는 고매한 성주신의 이름에 먹칠하는 행동 아니겠습니까? 그러니 이거 놓고 말로 하십시오. 저 미련한 우리 후배가 일머리가 모자라 오늘 모셔갈 고객님 이름도 못 왼다잖습니까?"

"안 된다, 이놈아! 그 적배지를 넘겨주면 저놈이 초혼(招魂)을 할 것이 아니냐? 어림없다, 이놈!"

성주신이 사력을 다해 지황사자를 잡고 있으니 지황사자는 인황사자에게 적배지를 줄 방법이 없었다. 천황사자

또한 조왕신에게 팔을 붙들려 도와주러 갈 처지가 못 되었다. 결국 인황사자가 지황사자에게로 와 적배지를 낚아챘다. 성주신은 놀라 지황사자의 먹살을 놓고 인황사자를 잡으려 했으나 이번에는 지황사자가 뒤에서 성주신을 끌어안았다.

"인황사자! 어서 가서 초오혼을, 이름 세 번, 읍⋯⋯."

지황사자는 성주신과 몸싸움을 하며 인황사자에게 저승으로 데려갈 여자의 이름을 세 번 부르라고 안간힘을 써 말하려 했지만, 성주신이 입을 틀어막는 바람에 끝내 말을 맺지 못했다. 성주신은 허리를 지황사자에게 잡힌 채 한 손으로는 지황사자의 입을 막고 밀어내면서 다른 손으로는 인황사자가 들고 있는 적배지를 빼앗으려고 허우적거렸다. 그러나 인황사자는 딱 성주신의 손이 닿지 않을 만큼만 떨어져서 적배지에 쓰인 이름을 읽었다.

"임, 영, 례!"

"안 돼! 이 음험한 저승사자 놈들아, 그 불쌍한 여인을 데려가지 마라. 바람나서 이혼한 남편놈을 아직도 사랑해서, 그 써글놈을 잊으려고 일 중독에 빠져 제 몸 돌볼 생각도 못하고 저리도 힘들게 생을 버텨내는 저 가녀린 생명이 가엾지도 않느냐?"

조왕신이 천황사자의 팔을 끌어안고 울부짖었다. 집 안에서 벌어지는 두 가신과 저승사자들의 소란 속에서도 인황사자는 다른 세상일인 양 너무나 평안하게 적배지를 보고 중얼거렸다.

"작가님! 위대한 당신을 173회 만에 영접합니다. 당신의 성스러운 존함이 임영례였습니다."

인황사자는 눈물까지 글썽이며 읊조렸다.

"여보게 인황사자! 지금 뭐 하는 겐가? 어서 초혼을 하지 않고 왜 그러고 서 있나? 우리도 더 이상 버티기 힘드네. 어서 이름을 부르게."

천황사자가 소리쳤다. 지황사자도 막힌 입으로 인황사자를 향해 뭐라 외쳤다.

"선배님들! 내 오늘 생일도 아닌데 더 이상 귀할 것 없는 큰 선물을 받았습니다. 저기 컴퓨터 앞에 앉아 있는 여인이 바로 『저승사자와의 로맨스』를 쓰고 있는 임여사 작가님이시랍니다."

인황사자의 말에 놀란 지황사자는 성주신의 허리를 잡고 뒤로 당기던 팔을 놓아 버렸다. 그 바람에 성주신은 균형을 잃고 앞으로 고꾸라지고 말았다. 천황사자도 조왕신과의 힘겨루기를 갑자기 멈추는 바람에 조왕신과 함께 뒤로 자빠졌다. 성주신과 조왕신은 "아이고, 나 죽네!" 하며 저승사자들에게 욕지기를 내뱉었다. 천황사자와 지황사자는 얼른 인황사자 앞에 모였다.

"자세히 말해 보게."

"저분께서 임종하실 시간이 아직 5분 정도 남아 있어서 시간이나 때울 겸 모니터에 떠 있는 글을 읽었지요. 그런데 그게 오늘 올라올 『저승사자와의 로맨스』 173회의 내용이더란 말입니다. 그래서 '작가님이 일이 있어서 좀 일찍 올린 겐가?' 하고 있었는데……. 아, 글쎄!"

인황사자는 이 부분에서 침을 한 번 삼켰다.

"아, 글쎄 뭐란 말인가?"

지황사자가 침 한 번 삼키는 찰나의 시간을 못 참고 재촉했다.

"아, 글쎄! 읽고 있던 글을 마우스로 쭈욱 드래그해서 복사를 하더니, 인터넷을 열고 웹소설 플랫폼에 들어가서 붙여넣기를 한 다음에 예약 시간을 새벽 6시로 설정하고 등록하기 버튼을 따악 누르더란 말이지요."

'따악'에서 인황사자는 손가락으로 마우스를 클릭하는 시늉까지 했다. 지황사자는 "으허허헉!"하며 숨넘어가는 소리를 냈다. 천황사자는 무슨 말인지 이해를 못했는지 고개를 갸우뚱했다.

"그게 뭐 어쨌다는 말인가?"

"이런! 이 형님, 연식 오래된 티를 내시네. 후배님 말은 오늘 우리가 모셔가려던 고객님이 바로 『저승사자와의 로맨스』 작가님이시란 말이오. 오늘 올라올 173편을 올렸단 말이잖소?"

지황사자가 답답하다는 투로 말했다. 천황사자는 이제 이해가 갔는지 입을 쩌억 벌렸다.

　"그러면 우리가 오늘 그 귀한 분을 저승으로 모셔갈 뻔했단 말인가?"

　"이제 이해가 가시오, 형님? 하마터면 우리 오늘 두 번 죽을 뻔했소."

　"그렇지요, 선배님들. 임여사 작가님이 작품을 못 끝내고 돌아가셨는데, 그분을 모신 사자가 우리라고 소문나면 다른 사자들이 우리를 가만두겠습니까?"

　천황사자와 지황사자는 십년감수했다는 표정으로 말없이 고개를 끄덕이며 동의를 표했다. 나 죽는다며 악을 쓰던 성주신과 조왕신은 저승사자들의 대화에 그들을 향해 돌진하던 몸짓을 멈추고 조용히 관망하기 시작했다.

　"그러면 어찌한단 말인가? 이미 적배지에 작가님의 존함이 있는데 안 모실 수도 없고, 모셔가자니 향후 우리의 거취가 걱정이니 말일세."

　천황사자와 지황사자는 정말 난감한 얼굴이 되었다. 그러나 인황사자는 단호한 표정으로 둘에게 말했다.

　"절대 모셔갈 수 없지요."

　"이보게, 우리라고 모시고 싶겠는가? 우리도 뒷이야기가 몹시 궁금하단 말일세. 허나 이분의 명이 다한 것을 어찌겠는가? 우리의 본분을 잊어선 안 되네."

천황사자가 인황사자를 타일렀다.

"작가님을 모시지 말자는 게 아닙니다. 『저승사자와의 로맨스』가 완결될 때까지만 모셔가는 걸 유예하자는 겁니다."

"어허, 이 사람! 천황 형님의 재량으로 유예할 수 있는 기간이 고작 사흘이란 걸 잊었는가?"

지황사자가 인황사자를 꾸짖었다.

"그 사흘을 최대한 활용해야지요."

인황사자는 뜻을 굽히지 않았다.

"그깟 사흘 안에 완결이 날 리가 만무하지 않은가? 3일이면 다음 편도 못 나오네."

천황사자도 인황사자에게 어림도 없는 소리 말라고 했다.

"선배님들! 우리는 그 사흘을 최대한 활용해야 합니다."

인황사자는 천황사자와 지황사자의 손을 잡고 호소했다.

"3일 동안 작가님이 계속 글을 쓰실 방안을 마련해야겠지요."

천황사자와 지황사자는 이게 무슨 귀신 씻나락 까먹는 소리냐는 표정으로 인황사자를 바라보았다. 인황사자는 눈을 빛내며 둘을 마주보았다. 셋은 그렇게 몇 초간 서로 눈빛을 교환했다.

"자네……. 뭔가 있는 듯하이. 묘안이라도 있는 겐가?"

지황사자가 미심쩍은 표정을 숨기지 않고 물었다.

"『저승사자와의 로맨스』를 구독하는 사자들이 몇만입니

다. 그들이 바라는 건 언제나 다음 편이지요. 수만의 사자들의 그런 한결같은 마음을 모아 명부차사님께 전하면 명부차사님도 작가님의 수명 연장을 고려해 보지 않으시겠습니까?"

"명부차사님께 상소를 올리자는 말인가?"

천황사자가 눈을 크게 뜨고 물었다.

"요즘 인간들이 청와대에 국민청원을 올리듯이 우리도 명부차사님께 청원을 넣는 겁니다. 최대한 많은 사자들의 서명을 받아서요."

"그게 되겠는가?"

천황사자는 그렇게 물으면서도 속으로는 가능성을 타진해 보고 있었다.

"말이 안 되는 건 아닌 것 같습니다, 형님. 인황 후배 말대로 서명을 받자고 들면 많은 사자들이 너도나도 붓을 들고 달려들 겁니다. 형님만 해도 당장 저 방으로 달려가 173화를 열어 보고 싶으시지요?"

지황사자의 말에 천황사자는 선뜻 대답하지 못하고 머뭇거렸다.

"거 보십쇼. 다음 편이 올라오길 기다리는 사자가 어디 형님뿐이겠습니까?"

천황사자는 이제 가능성을 타진해 보는 단계를 넘어 어떻게 하면 한 명이라도 더 서명을 받을까를 고민하기 시작했다. 지황사자와 인황사자는 천황사자의 입에서 '사흘 유예하세.'라는 말이 나오길 기다렸다. 삼사자들이 조용해지자 조왕신이 조용히 물었다.

"그러면 오늘은 영례를 데려가지 않는 거지?"

이놈, 저놈 하며 육두문자를 날리고 악을 쓰던 모습은 온데간데없고, 얼굴에 미소까지 띠며 나긋나긋하게 묻는 조왕신이었다.

드디어 결심을 굳힌 천황사자가 말했다.

"좋습니다. 일단, 모셔가는 건 사흘을 유예하도록 하겠습니다."

말을 하자마자 천황사자와 지황사자는 얼른 영례가 앉아 있는 곳으로 달려가 모니터를 쳐다보았다. 그러나 영례가 충혈된 눈으로 보고 있는 것은 낯설기만 한 글이었다. 당황한 천황사자가 거실의 인황사자에게 소리쳤다.

"이보게 인황! 여기 보이는 것은 『저승사자와의 로맨스』가 아닌 것 같네."

인황사자는 방으로 들어와 모니터를 확인했다.

"이것이 대관절 무엇인지 저도 잘 모르겠습니다."

인황사자도 어리둥절하기는 마찬가지였다. 모니터의 글을 읽던 영례는 앙상한 손을 움직여 화면 아래 빈 공간에 글을 채워 나갔다.

"분명 작가님이 쓰고 계신 글인데……. 가신님들께선 이게 무엇인지 알고 계십니까?"

인황사자가 거실의 두 가신에게 물었다. 성주신과 조왕신이 방으로 들어와 말했다.

"영례가 쓰고 있는 소설이 아니더냐?"

"『저승사자와의 로맨스』가 아닌데요?"

"보면 모르겠느냐? 다른 소설이잖느냐? 쯧쯧!"

"작가님이 다른 소설도 쓰십니까?"

사자들은 놀란 얼굴로 물었다.

"아까도 말하지 않았느냐? 일 중독이라고! 영례는 몇 달 전 바람난 남편과 이혼한 후부터 일 중독에 빠졌다. 그 염병할 놈을 아직도 사랑해서 그놈을 잊으려고 자꾸 일을 벌이는구나. 너희가 좋아한다는 『저승사자와의 로맨스』 말고도 연재 중인 글이 두 편에 어느 웹 매거진이라는 곳에서 여러 작가들을 모아 단편집을 만든다는데 끼어서 단편 하나를 퇴고 중이고, 한 포털사이트에는 매주 에세이를 한 편씩 올리고 있다. 그러니 잠잘 시간도 모자라 카페인과 패스트푸드에 절어서 몰골이 저렇게 되었단다."

성주신은 말끝에 깊은 한숨을 내쉬었다.

인황사자가 물었다.

"뭔가 좀 이상합니다? 제가 혹시 작가님의 다른 작품이 있을까 하고 작가님 필명으로 찾아봤을 땐 다른 작품은 없더란 말입니다."

"영례가 장르마다 필명을 다르게 쓰느니라. 너희가 보는 연애 소설은 '임여사', 연재 중인 두 편의 미스터리 스릴러물은 'A작가', 단편은 '그때그여자', 에세이는 본명을 쓰고 있다. 모두 처음 글 올릴 때 머릿속에 막 떠오른 이름으로 대충 지었지."

조왕신의 설명을 들은 삼사자는 "아아!"를 합창했다.

"어허! 이거 큰일입니다. 저리 몸을 혹사하다 돌아가시기라도 하면 어쩝니까?"

천황사자가 걱정 가득한 눈으로 영례를 보며 말했다.

"그래서 너희들이 여기 와 있는 게 아니냐?"

성주신의 눈빛이 일순간 서늘해졌다.

"송구합니다."

천황사자는 얼른 눈을 내리깔고 고개 숙여 사과했다.

"으이그! 우리가 안 모셔가는데 어떻게 돌아가신단 말입니까?"

지황사자가 천황사자를 핀잔했다.

"이대로 가다간 우리가 모셔가지 않아도 작가님은 곧 글을 쓸 수 없는 지경에 이를 것입니다. 지금 내장기관들이 다 파업하기 일보 직전일 것입니다."

"이거 참 큰일일세."

인황사자의 진단에 천황사자와 지황사자는 한숨 섞인 탄식만 했다.

"대책을 세워야지요."

인황사자는 고심했다. 나머지 두 사자들과 가신들은 인황사자의 입에서 묘안이 나오길 기대하는 눈치였다. 그러나 인황사자는 아무 말 없이 주머니에서 핸드폰을 꺼냈다.

"너희도 핸드폰을 갖고 다니느냐?"

조왕신이 눈을 동그랗게 뜨고 물었다.

"두 분 가신들께선 집 안에서 집안사람들만 돌보시니 이게 필요 없으시겠지만, 저희처럼 외근을 주로 하는 사자들에겐 핸드폰이 참 요긴한 물건입니다. 쉬는 시간엔 이걸로 책도 읽고 게임도 할 수 있으니 이젠 이게 없으면 그렇게 무료하고 무기력할 수가 없습니다."

지황사자가 제 핸드폰을 보여 주며 자랑하듯 말했다.

"영례도 컴퓨터 아니면 핸드폰만 들여다보고 살던데, 그 조그만 것이 참으로 요물이구만. 그런데 인황사자 너는 지금 핸드폰으로 무엇을 하려는 것이냐?"

조왕신이 인황사자에게 물었지만 인황사자는 장문의 메시지를 쓰느라 얼른 대답하지 못했다. 그래도 조왕신은 재촉하지 않고 기다렸다. 인황사자가 분명 영례를 살릴 비책을 마련하고 있는 중이라 생각했기 때문이었다. 2분 정도 메시지를 쓰던 인황사자가 드디어 입을 열었다.

"일단 단톡방에 이 상황을 알렸습니다. 『저승사자와의 로맨스』 작가님이 돌아가시게 생겼다는 소식과 소설의 결말을 보려면 사자들의 도움이 필요하다는 말들을 적었습니다."

인황사자의 말이 끝나기가 무섭게 핸드폰이 "까똑!"이라고 말했다. 인황사자는 핸드폰을 보고 흐뭇하게 웃었다.

"뭔가?"

천황사자가 궁금해 물었다.

"작가님이 글을 완결지을 수 있도록 반드시 살려야 한다는 말들이 계속 올라오고 있습니다. 인황사자 단톡방이라 인원이 3만이 넘으니 읽을 틈도 없이 메시지들이 죽죽 올라가고 있습니다."

곧이어 천황사자와 지황사자의 핸드폰도 각자 메시지 알림음을 냈다.

"누가 자네 글을 퍼 날랐군. 지황사자 단톡방도 지금 난리라네."

"천황사자 단톡방도 정신없네."

삼사자가 정신없이 올라가는 메시지를 읽느라 핸드폰에 몰두하고 있자 성주신이 냅다 소리 질렀다.

"이놈들아! 어서 영례를 살릴 방도를 강구해야지, 그 요물에 정신 팔려서 이 아까운 시간을 버릴 참이냐? 그러니 너희가 하급 신인 게다."

성주신의 일갈에 사자들은 얼른 핸드폰을 주머니에 집어넣었다. 그러나 핸드폰들은 주머니에 들어가서도 제 할 일을 열심히 하느라 시끄럽게 떠들어 댔다. 가신들이 눈을 부라리자 사자들은 단톡방 알림을 무음으로 바꿨다.

"인황사자들 중에 괜찮은 생각을 올린 친구가 있습니다."

인황사자가 무시무시한 가신들의 눈을 피해 천황사자를 보고 말했다.

"무언가?"

천황사자가 물었다.

"작가님을 병원에 입원시켜서 검진을 받게 하는 겁니다."

"우리가 무슨 수로 작가님을 입원시킨단 말인가?"

"제가 잠시 생각해 보았는데 말입니다."

인황사자는 말을 끊고 조왕신을 바라보았다.

"날 왜 보느냐? 그런 그윽한 눈으로 보면 내가 너에게 반하기라도 한다더냐?"

조왕신은 새침하게 말했다.

"제가 어찌 감히 조왕신님을 홀리겠습니까? 저는 다만, 작가님이 입원하시는데 조왕신님께서 일조하시면 좋겠다는 바람이었습니다."

"내가?"

모두 인황사자를 재촉의 눈빛으로 보았다.

"저 싱크대를 보아하니 그간 작가님께서 작품에만 전념하시느라 전혀 돌보지 않은 모습이 역력합니다. 그럼에도 아직까지 작가님께서 무탈하신 걸 보면 조왕신님이 얼마나 부엌을 살뜰히 보살피셨는지 짐작이 가고도 남습니다."

"에휴! 영례가 그간 쌓아놓은 설거지 거리가 며칠 전부터 생기기 시작한 건지 기억도 안 난다. 너무 오래되어 곰팡이가 슬려는 것을 내가 기함으로 내쫓고, 냉장고 안에도 음식들이 오래되어 대장균이 창궐하려는 것을 살기로 누르고 있는 참이다."

인황사자가 조왕신을 치하하자 조왕신은 그간의 노고를 하소연하며 자화자찬에 빠졌다. 그러자 성주신도 거기에 동참했다.

"어디 부엌뿐이겠느냐? 오래전 화장실이 지붕 아래로 들어온 이래로 측간신 고것이 조왕신과는 함께 못 있겠다고 집을 나가 버리는 바람에 내가 화장실까지 돌보고 있지 않겠느냐?"

그대로 두면 두 가신의 하소연이 3일을 넘길 듯하자 인황사자가 얼른 말을 막았다.

"예, 여부가 있겠습니까? 두 분의 고단한 정성이 작가님을 지금껏 버티게 해 주시고, 저희들이 작가님의 작품을 꾸준히 읽을 수 있게 만들었다는 걸 저희가 왜 모르겠습니까? 그러나 작가님의 몸이 이제 한계에 다다랐으니 어서 병원으로 모셔야겠지요? 사람이 병원에 가려면 어디가 아파야 하지 않겠습니까? 혈전이 쌓인다고 몸이 아픈 걸 알겠습니까? 하지만 상한 음식을 먹으면 당연히 토사광란이

나고 119를 부르겠지요?"

그제야 조왕신은 자신이 해야 할 일을 깨달았다.

"네가 무슨 말을 하려는지 알겠구나. 나만 믿거라. 119 누를 힘만 남겨놓고 기운이 쏙 빠지게 하마."

조왕신이 굳게 약속하자 지황사자가 인황사자에게 물었다.

"인황 후배! 우린 무얼 하면 되겠나?"

"인간의 명줄을 관장하시는 분이 명부차사님이시니 그분도 『저승사자와의 로맨스』를 읽는지 알아봐야 할 것 같습니다. 그분이 우리처럼 다음 편을 절실히 기다려야 우리 뜻에 동참하실 것 아닙니까?"

그러자 천황사자가 얼른 핸드폰을 꺼내며 말했다.

"천황사자 중에 명부차사님과 말벗하는 친구가 있네. 그 친구에게 한번 물어보지."

천황사자가 문자를 보낸 후, 모두 천황사자의 핸드폰만 노려보았다. 기다림의 정적 속에 방 안을 울리는 건 영례의 앙상한 손가락이 자판 위로 춤을 추는 소리뿐이었다.

"그 친구란 놈은 그리 바쁜 게냐? 왜 이리 답을 안 주는 것이야?"

조왕신이 기다리다 못해 다그쳐 물었다.

"조왕신님, 조금만 여유를 가지십시오. 문자 보낸 지 아직 1분도 안 되었습니다."

천황사자는 다그치는 조왕신에게 짜증이 났지만 감히 표는 내지 못하고 인황사자에게 물었다.

"그런데 만약 명부차사님이 『저승사자와의 로맨스』를 안 읽으시면 어쩌지?"

"제 예상으론 80퍼센트의 확률로 읽으실 것 같습니다. 왜냐하면 제가 아는 여자 사자들은 모두 읽고 있거든요. 혹시 그 친구분도 여자분입니까?"

"그렇다네."

"다행입니다. 만약 명부차사님이 그 소설을 안 읽으시면 읽어 보라고 권유하는데 아무래도 같은 여자분이 유리하지요. 공감대 형성도 잘 되고……. 그런데 문자가 안 오고 있네요. 대책 없이 마냥 기다리기만 할 게 아니라 우리도 가면서 각자 할 일을 나누는 게 어떻겠습니까?"

"아니, 그냥 간단 말이냐?"

삼사자가 간다는 말에 성주신이 놀라 물었다.

"저희도 어서 가서 작가님의 명을 늘이기 위한 대책을 세우고 행동에 옮겨야지요. 저희가 가면 무슨 문제라도 있습니까?"

"명부차사가 그 소설을 읽는지 안 읽는지 알려는 주고 가야 할 것 아니냐?"

그 결과를 안다고 성주신이나 조왕신이 상황에 도움될 것은 없었다. 단지, 가신들도 궁금해 조바심이 나고 있어

답을 재촉하는 것이었다.

"문자가 아니 오는 걸 어쩌겠습니까? 결과는 나중에 시간이 되는 사자를 보내 알려드리겠습니다."

삼사자가 막 사라지려는 순간 천황사자의 핸드폰에서 문자 알림음이 울렸다. 성주신은 반쯤 사리지고 있는 천황사자의 소매를 얼른 잡았다. 삼사자의 흐려지던 형체가 다시 분명해졌다. 장문의 글이었는지 천황사자는 스크롤을 올리며 한참을 읽어 내려갔다.

"음! 이 친구 말은 다행히 명부차사님께서도 『저승사자와의 로맨스』 구독자시랍니다. 아까 인황 후배가 단톡방에 올렸던 글을 명부차사님께서도 보신 모양입니다. 명부차사님께선 수많은 독자들에게 즐거움을 주던 작가가 타계하는 것은 대단히 안타까운 일이며 본인 또한 독자로서 슬픔을 금할 길 없지만, 작가의 주어진 운명을 아무리 명부차사라도 사사로이 바꿀 수는 없는 것이라고 하십니다."

성주신과 조왕신의 낯빛이 어두워졌다. 지황사자와 인황사자라고 다르진 않았다.

"친구는 끝에 명부차사님께선 완결이 너무 궁금하다시며 한숨을 수십 차례 내쉬고 방 안을 불안하게 서성이신다고 했습니다."

천황사자의 말이 끝나자 인황사자가 밝은 목소리로 말했다.

"그러면 되었습니다. 명부차사님도 작가님이 소설을 완결 지으시길 갈망하십니다. 우리와 뜻이 같으시지요. 다만, 작가님의 명을 늘이려면 위에다 고할 명분이 필요하신 겁니다. 그 명분을 우리가 만들어 드리면 되는 겁니다."

"명분을 어떻게 만드는가?"

지황사자가 인황사자에게 물었다.

"아까도 말씀드렸다시피 청원…… 상소를 올리는 겁니다. 최대한 많은 사자들의 서명을 받아서요. 사자의 3분의 2 정도만 되어도 명부차사님이 뒷일을 감당하시기 수월해지실 겁니다."

"옳거니! 자네가 역시 앞으로 저승을 이끌 동량일세."

인황사자의 설명을 들은 지황사자는 인황사자의 어깨를 두드리며 좋아했다.

"저 인황사자는 생전에 뭐 하던 놈이냐?"

조왕신이 천황사자에게 물었다.

"독립운동하다 일본군에게 잡혀 온갖 고신을 받고 죽었습니다."

"음! 역시 싹수가 된 놈이로구나."

조왕신과 성주신이 고개를 끄덕였다.

"우리 후배가 그 당시에 몇 안 되는 미국 유학파입니다. 엘리트 중의 엘리트지요."

지황사자는 인황사자를 추켜세웠다.

"그럴 거 같았다. 훌륭한 작품을 쓰는 작가를 알아보고 아끼는 마음을 보고 분명 범상치 않은 놈이라 생각했다."

성주신과 조왕신도 인황사자를 칭찬했다. 지황사자의 후배 자랑이 계속 이어질 낌새를 보이자 인황사자는 얼른 두 선배 사자들의 소매를 이끌었다.

"가신님들, 저희는 작가님을 위해 중차대한 일을 하러 이만 자리를 떠야 할 것 같습니다."

"그래, 그래. 큰일 하러 가야 하니 내 더는 붙잡지 않을 것이다. 부디 뜻하는 바를 꼭 이루거라."

성주신과 조왕신은 손까지 흔들어주며 배웅했다.

* * *

저승으로 돌아온 삼사자는 각자 단톡방에 글을 올려 당장 모일 수 있는 사자들부터 소집시킨 뒤 서명을 받았다. 사자들이 한달음에 달려오는 바람에 한꺼번에 많은 수가 모여 길게 줄을 서야 했지만 아무도 불평하지 않았다. 그저 임여사 작가가 『저승사자와의 로맨스』를 완결 지을 수 있길 바라는 마음뿐이었다. 몇 분 늦게 도착한 어느 사자는 망자를 데리러 갈 시간이 다 돼 간다며 기다란 줄을 보고 발을 동동 굴렀다. 그러자 줄을 선 사자들이 그를 앞으로, 앞으로 보내 먼저 서명을 할 수 있게 해 주었다. 이미

명이 다한 영례를 살리려는 저승사자들의 열망이 응급실 의사보다 뜨거웠기에 가능했던 일이었다.

서명의 행렬이 몇 시간에 걸쳐 줄어 갔다. 당장 시간이 되는 사자들은 거의 다 서명을 받은 것 같았다. 그래도 겨우 수천이었다. 저승사자는 망자를 데리고 일곱 지옥을 무려 49일 동안 다니기 때문에 대다수 사자들이 지옥에 있었다. 영례를 담당하고 있는 삼사자는 서명지를 세 뭉치로 나눠 가졌다. 셋이 흩어져서 일곱 지옥을 누비며 서명을 받으러 다닐 계획이었다. 시간은 3일도 채 남지 않았다. 남은 시간 동안 목표한 서명을 다 받는다는 건 어쩌면 불가능할 수도 있었다. 천황사자와 지황사자는 낯빛이 무거웠다. 삼사자 주변에는 서명을 마치고도 아직 가지 않은 많은 사자들이 응원의 목소리를 높이고 있었다. 두 선배 사자들의 한숨 소리를 들으며 인황사자가 갑자기 서명을 받던 책상 위로 올라가 소리쳤다.

"여기 모여 뜻을 함께 해 주신 차사님들 감사합니다. 많은 분들이 기꺼이 달려와 줄을 서는 수고를 아끼지 않았지만, 지금까지 서명해 주신 분들은 전체 저승사자의 1할도 되지 않습니다. 우리의 의지를 관철시키려면 3분의 2는 동참해 주셔야 하는데, 우리 셋이 일곱 지옥을 뛰어다닌다 해도 3일도 채 안 남은 시간 안에 수만의 서명을 받는 게 어쩌면 불가능할 수도 있습니다."

더 이상의 말은 필요 없었다. 인황사자가 다음 말을 하기도 전에 여기저기서 사자들이 손을 들으며 외쳤다.

"나에게도 몇 장 주시오. 도산지옥(刀山地獄)은 내가 다녀오겠소."

"나도 주시오. 나는 화탕지옥(火湯地獄)을 담당하리다."

사자들이 저마다 다녀올 지옥 이름을 부르며 서명지를 받아 갔다. 지원자가 워낙 많아 한 지옥을 여러 명의 사자들이 돌아다니며 서명을 받을 수 있게 되었다.

"이거 원! 지옥에 있는 사자들 서명 받아 오는 데 하루도 안 걸리게 생겼구면."

천황사자는 눈에 눈물까지 글썽이며 감격했다. 서명지를 받아 든 사자들은 혹시 다른 말이 더 있을까 하고 기다리기도 했지만 성질 급한 사자 몇은 서명지를 받자마자 지옥으로 사라지기도 했다. 서명지를 다 나눠 준 인황사자는 다시 소리쳤다.

"여러 차사님들 덕분에 우리의 하나된 마음을 명부차사님께 보여드리는 건 방도가 생겼습니다. 이제 서명지와 함께 올릴 청원문을 써 주실 분이 필요합니다. 생전에 대과에 급제하셨거나, 변호사 출신이거나, 문학상 하나 정도는 타 본 작가이셨던 분 계십니까?"

몇 명의 사자가 조용히 손을 든 반면 한 사자가 요란하게 소리를 질러 댔다.

"여기 옆에 계신 차사님을 천거하오. 이분은 고려 때 정 2품 내사시랑을 지내신 분이오. 이분의 글은 문장이 유려하면서도 군더더기 없이 단아하여 읽는 이들 모두 탄복하게 만듭니다."

그 말에 손을 들었던 사자들이 슬그머니 손을 내렸다. 이렇게 서명과 청원문까지 해결되었다.

다음 날, 삼사자는 지옥으로 간 사자들이 서명을 받아 오길 기다리는 동안 영례의 집에 들러 가신들이 맡은 임무를 잘 이행하고 있는지 확인했다. 가신들은 사자들을 보자 경계하는 눈빛이었지만 처음 봤을 때처럼 악다구니를 퍼붓진 않았다. 조왕신이 식기와 음식들에 손을 써둔 덕분에 영례는 계속 화장실을 들락거리는 중이었다.

"설사로 끝내시면 안 됩니다. 꼭 병원으로 모셔야 합니다."

"걱정 마라, 이놈들아. 시간이 지날수록 복통이 점점 더 심해져서 걷기도 힘들어질 것이다. 영례가 아프면 내 가슴이 찢어지지만 영례를 오래 살려두기 위해 내 순간의 고통을 감내하는 중이다."

영례를 가장 살리고 싶어 하는 건 역시 가신들이었다. 그 마음을 알기에 삼사자는 그들을 믿고 조용히 저승으로 돌아왔다.

* * *

천황사자의 권한으로 영례의 죽음을 유예할 수 있는 마지막 날이 되었다. 많은 사자들의 도움으로 목표치를 상회하는 서명을 받은 삼사자는 서명지를 첨부한 청원문을 명부차사에게 올렸다. 청원문을 읽은 명부차사는 필체와 필력에 탄성을 내뱉었다.

"한 획, 한 획에 너희들의 간절함이 녹아 있는 명문이로다. 내가 명부차사의 임을 맡고 두 번째로 이런 상소를 받아 보는구나."

명부차사는 두껍게 쌓여 있는 서명지 위에 손을 올렸다.

"내 다시는 인간의 정해진 수명을 어기는 일이 없게 하리라 다짐했거늘 너희들의 마음이 너무나 절절하고, 의지가 그 끝이 보이지 않을 만큼 높으니 내 다짐이 속절없이 녹아내리는구나. 임영례의 수명을 『저승사자와의 로맨스』가 완결될 때까지로 연장하겠노라. 이는 다만 너희의 의지만 고려한 것이 아니라, 고된 일을 하는 틈틈이 임영례의 글을 읽으며 고단함을 풀고 다시 맡은 바 임무에 충실할 힘을 보충하여 열심히 일하라는 뜻이다."

삼사자는 명부차사 앞이라는 사실도 잊고 서로 끌어안고 펄쩍펄쩍 뛰며 소리 질렀다. 명부차사의 헛기침 소리에 정신을 차린 삼사자는 감사의 인사를 올리고 나오자마자 단톡방에 이 소식을 알렸다. 『저승사자와의 로맨스』를 구독하는 모든 사자들이 저승과 이승에서, 그리고 지옥에서 함께 환호했다.

* * *

월요일 아침 『저승사자와의 로맨스』 174화를 기대하며 웹소설 플랫폼을 연 저승사자들은 깊은 실망감에 젖었다. 작가의 건강상의 이유로 당분간 휴재한다는 알림이 떴기 때문이었다. 저승사자들의 실망은 금세 다음 편에 대한 기대로 승화했다. 건강을 쥐어짜 가며 쓴 글보다 한결 좋아진 몸으로 쓰는 글이 훨씬 좋을 것이라 서로 이야기하며 기대감을 부추겼다.

영례의 담당 차사들은 얼결에 49일의 휴가가 생겼다. 휴가 기간 동안 수시로 영례의 집에 들러 가신들의 눈총을 받으면서도 영례의 건강을 살폈다. 며칠간 병원에 입원했던 영례는 퇴원 후 스스로 건강을 돌보기 시작했다. 입원하면서 받은 검진 결과가 너무 참담했기 때문이었다. 게다가 생전에 의사였던 저승사자 하나가 영례의 담당의사에게 잠깐 빙의해 잔뜩 겁을 주기까지 했다. 영례는 이미 떠난 사람 그리워하며 제 건강을 해쳐 봐야 저만 손해라는 생각을 하게 되면서 틈틈이 운동도 하고 일도 줄여나갔다. 덕분에 일주일에 두 편씩 올라오던『저승사자와의 로맨스』는 일주일에 한 편으로 줄었다.

* * *

『저승사자와의 로맨스』가 200화를 바라보던 어느 날, 인황사자가 지황사자에게 물었다.

"예전에 명부차사님이 그러셨지요? 인간의 수명을 늘여 달라는 상소를 받은 게 이번에 두 번째라고. 처음은 누구였습니까?"

"이순신일세."

"예에?"

지황사자의 입에서 나온 뜻밖의 이름에 인황사자의 입은 함지박만 해졌다.

"이순신이 원래는 괴악한 무리들의 고신을 받고 죽을 운명이었지. 하지만 그때 이 나라를 걱정한 저승사자들이 한마음으로 왜놈들을 내쫓을 때까지만 살려 달라고 했다네."

"아아!"

인황사자는 얼이 빠진 얼굴로 탄복했다. 그러다 정신을 차리고 또 물었다.

"그러면 임 작가님이 이순신 장군님과 같은 반열에 오르신 겁니까?"

지황사자는 이 무슨 해괴한 소리냐는 표정으로 인황사
자를 쳐다보았다.

"작가와 장군은 카테고리가 다르네. 비교를 삼가시게."

* * *

저승사자들의 본분을 망각한 청원 소동이 있은 지 2년
이 지났다. 영례는 본 적도 들은 적도 없는 저승사자들의
성원에 힘입어 『저승사자와의 로맨스』를 무사히 완결 지었
다. 삼사자는 명부차사의 명을 받아 영례의 혼백을 거두러
갔다. 2년 전처럼 영례를 지키는 가신들이 격렬하게 저지
할 거라 예상했는데, 의외로 순순히 삼사자를 맞이했다. 삼
사자는 가신들에게 감사를 표하고 영례의 뒤에 섰다. 영례
는 오늘도 컴퓨터 앞에 앉아 글을 쓰고 있었지만 2년 전보
다 혈색도 좋아지고, 손가락에 살도 약간 붙어 있었다.

"작가님을 모심에 있어 모두 성심을 다해야 할 것이네."

천황사자가 두 후배 사자들에게 주의를 당부했다. 영례
에게 약속된 시간이 이제 몇 분 남지 않았다. 그 몇 분 동
안 인황사자는 별 뜻 없이 영례가 쓰고 있는 글을 보았다.
모니터에 채워지는 글을 읽던 인황사자는 오른손을 들어
모니터를 가리켰다.

"이, 이, 이, 이!"

인황사자는 말도 제대로 못 하고 딸꾹질처럼 '이'만 반복했다.

"작가님 앞에서 이 무슨 망동인가?"

지황사자가 인황사자를 꾸짖었다.

"큰일 났습니다, 선배님들! 이 글 한번 읽어 보십시오."

"뭔데 그러나? 유서라도 된단 말인가?"

천황사자와 지황사자는 모니터 앞으로 고개를 들이밀고 글을 읽어 내려갔다. 잠시 후, 두 사자 모두 인황사자와 같은 표정이 되었다. 아연실색한 삼사자와 달리 성주신과 조왕신은 여유만만한 미소를 지었다.

"뭔지 아시겠지요?"

인황사자가 외쳐 묻자 천황사자가 넋이 나간 얼굴로 허공에 대고 한숨을 뿜어내듯이 말했다.

"시즌투(2)로세."

영례가 쓰고 있는 글은 『저승사자와의 로맨스』에서 서브 주인공이었던 인물들을 주인공으로 격상시킨 두 번째 시즌이었다.

삼사자는 제 머리를 쥐어뜯으며 번뇌했다.

죽음에 이르는 병,
발기부전!
그대로
놔두시 💔
겠습니까?

그린레보

대학 졸업과 사회생활을 거쳐 현재 조상님과 나 자신의 유산으로 유유히 생활 중.

모 만화의 녹색머리 캐릭터를 존경해서 필명도 그 관련으로 지었지만 결과적으로

그 캐릭터에게 누가 되는 짓을 한 거 아닐까란 생각이 들기 시작했다. 지금은

주술사들이 돌아가면서 싸우는 만화의 안대를 한 선생님 캐릭터를 존경하고 있다.

1.

절체절명이라 인식한 순간 머리에 떠오른 것은 멀리 두고 온 본가의 고기 굽는 냄새도, 흐지부지 헤어진 남친도, 148번째 자소서의 수정안도, 완결되지 못한 내 존잘님의 작품들도, 그러게 담배 좀 작작 피울걸 하는 반성도 아니라, 같은 시간대에 편의점에서 일하는 알바 선배의 조언대로 부적이라도 마련해서 붙였어야 한다는 후회였다. 그랬다면 저런 흉한 꼴을 한 귀신에게 농락당하며 죽임당하는 일은 없었을지도 모르는데.

처음부터 더듬어 보자.

"흡연은 발기부전증 개선에 도움을 주지 않습니다."

첫날, 그것은 내 방에 갑자기 나타났다.

"그래도 피우시겠습니까?"

시무룩한 모습을 한 그것은 흰 러닝셔츠에, 희디흰 삼각 팬티를 입고 있었다. 팬티의 불룩한 중심부 라인이 굵은 솔기로 강조되고 있었다.

내가 막 한 개비를 꺼내려던 담뱃갑의 경고 이미지와 같은 차림이었다. 경고 이미지에서는 중요 부위가 고개 숙인 담뱃재로 가려져 있어서 흰 팬티 차림인지 아예 벗었는지 알 수 없게 되어 있었지만.

"으아아아아악!"

나는 비명을 지르며 허우적대다가 재활용품 수거장에서 주워 온 듀오백 의자로부터 굴러떨어졌다. 그 와중에 쥐고 있던 담뱃대가 부러져 가루를 날렸다.

침입자는 쓰러진 나를 내려다보며 반복했다. 음울한 목소리였다.

"그래도 피우시겠습니까?"

나는 그 남자와 별 차이 없는 차림이었다. 노브라에 면 캐미솔. 캐미솔 바지는 하도 주름이 잡혀 자락이 골반까지 말려 올라가 팬티나 다름없는 꼴이 되어 있었다. 생각해 보라. 그런 꼴을 하고서 깊은 밤 혼자 월세방에서 자소서를 수정한답시고 낑낑거리고 있는 여자에게, 중요 부위가 불룩하게 솟아오른 팬티 바람의 남자가 나타난 것이다.

갑자기, 정말 부지불식간에 등장했다. 분명 문단속은 했는데. 몰래 문을 따고 들어왔을까? 내 키패드 번호를 어깨 너머로 외운 옆집 사람일지도 몰랐다. 아니면 거실의 베란 다에서? 철봉으로 막힌 틈을 벌리고 들어왔나? 아니면 자 소서에 몰두하는 동안, 책상 바로 옆의 창문을 통해 들어 왔나?

공황이 왔다. 목숨의 위험을 느꼈다.

방금 내지른 비명으로 누군가 이변을 알고 달려와 주지 않을까 하는 기대가 잠깐 스쳤으나 바로 폐기했다. 건조된 지 50년은 되어 보이는 빌라 2층에 자리한 이 방은 창 너 머가 바로 유흥가였다. 자칫했으면 홍등가로 불렸음 직한 분위기의 거리였다. 창문 없는 '다방'과 술집이 즐비하여 밤이면 밤마다 알싸하고 비린 공기가 감도는 이곳에 여성 의 비명 따위는 찹찹 뿌린 양념이나 다름없었다. 옆 호의 주민들? 더 나빴다. 부부싸움 하는 소리며 신음이며 온갖 소리가 다 문간을 넘는 이곳에서는 남의 방에서 들리는 비명 따위는 애초에 무시하도록 조건화되기 마련이었다.

안 그래도 어릴 적부터 예민하여 조그만 텔레비전 소음 이나 방문 틈으로 비쳐드는 불빛에도 잠을 설치곤 하던 내 가 어째서 이런 곳에 셋방을 얻었느냐면, 보증금과 월세가 정말, 말도 안 되게 쌌기 때문이었다. 방 하나에 화장실 하 나, 거실 겸 부엌으로 실평수 19평인 빌라의 월세가 거의 고시원 수준이었다. 아무리 밖의 환경이 좋지 않다 해도 지나치게 싸지 않은가 싶어서 망설여졌지만, 계약 당시 나는 찬물 더운물 가릴 처지가 못 되었다. 대학 졸업과 함께 본가로부터 원조가 칼같이 끊겨 말 그대로 나 혼자 힘으로 생활할 수밖에 없었던 것이다.

싼 곳에 입주한 대가로 한동안 불면증을 얻었지만, 진료비와 약값으로 나간 돈을 생각하더라도 남는 장사였다. 들어온 지 6개월이 넘어가는 지금은 거친 밤에 강력한 수면제로 대처하며 나름 잠자는 요령이 생겼다. 아르바이트는 어차피 새벽에서 낮 동안 했고 험악한 저녁 시간에 나돌아다닐 일이 없었다. 안전 문제야 뭐, 불면증과 함께 감당해야 할 리스크라고 생각했다. 단속만 제대로 하고 다니면 별일이야 있겠어 싶기도 했다.

진짜 안이한 생각이었다. 이렇게 당당히 주거 침입을 당한 뒤에야 후회해 봤자 너무 늦은 셈이었다.

처음에 나는 남자가 살아 있는 인간인 줄만 알았다. 반사회적인 욕망을 풀려고 혈안이 되어 있는 짐승 말이다.

뒤늦게 도망치려 했으나 듀오백에서 굴러떨어질 때 이상하게 꺾인 다리가 찌르르 아프기만 하고 잘 움직이지 않았다. 정신이 드니 남자는 딱 내 앞을 가로막고 있었다. 정면에 깨끗한 팬티의 솔기가 있었다. 나는 다시 꺅 비명을 지르며 고개를 돌렸다.

"저기, 담배요."

음울한 목소리가 다시 들렸다. 나는 가능한 몸을 움츠린 채로 남자의 얼굴을 곁눈질했다. 이렇다 할 특징이 없는, 밉지도 곱지도 않은 인상이었지만 어쩐지 그 얼굴을 보고 있으니 긴장이 점점 풀려 갔다. 나는 용기를 내서 침입자의 얼굴을 살폈다. 거기에는 어떤 폭력적인 기색은커녕, 패기라곤 한 조각도 없었다. 비 맞은 잡종 강아지처럼 완전히 기가 죽어 있었다.

강하게 나가면 퇴치 가능할지도 모른다는, 본능적인 직감이 스쳤다. 그리고 괴상한 상황에 대한 분노가 함께 터져 버렸다.

"피울 거다, 왜!"

나는 빽 소리쳤다. 그 바람에 흰 팬티의 남자가 주춤 물러났다. 나는 책상 위를 손으로 더듬어 담뱃갑과 라이터를 집은 후, 새 담배에 불을 붙여 물었다. 심장이 쿵쿵대는 리듬대로 얕게 빨아들였다가 내뱉자 연기 때문만은 아닌 눈물이 났다. 내가 지금 뭘 하는 거지?

침입자가 주워섬겼다.

"아…… 그러니까, 발기부전이신 분은 흡연하면 증세만 더 심해지는데…… 그러니까 저…….."

그는 꼴깍 침을 삼키더니 말했다.

"저, 저도 한 대 주실 수 있나요."

담배 연기 가득한 내 방에 적지 않은 시간 동안 침묵이 흘렸다. 그걸 깬 건 침입자였다.

"아, 저기 죄송한데요, 제 소개가 늦었네요. 저는 실은 발기부전의 요정이라."

"뭐라고요?"

"발기부전의 요정입니다. 처음 뵙겠습니다."

패기 없이 움츠리고 있던 그가 가슴을 펴는 시늉을 하다가 말았다.

이게 무슨 소리야? 나는 상황 파악이 안 되어 눈물이 그렁그렁한 눈으로 멍하니 앉아 있었다. 그러고 있자니 자칭 발기부전의 요정이 "저어." 하고 이쪽으로 손을 뻗어왔다. 나는 흠칫 놀라 뒤로 엉덩이를 뺐지만, 벽에 막혀 뒤로 갈 곳이 없었다.

내 눈에 차오르는 게 당혹감 더하기 일종의 절망감이라는 사실을 그제야 눈치챈 듯했다. 발기부전의 요정이 서둘러 손을 거둬들이고, 새삼스럽게 자신의 몰골을 스캔하더니 이렇게 말했다.

"아, 죄송합니다. 많이 놀라셨죠. 근데 부디 안심하세요. 저, 발기부전이라서요. 아가씨를 덮치거나 하는 일은 물리적으로 불가능하답니다."

도대체 어째서인지 자랑스러워하는 기색까지 섞인 아무 말이었다.

순간 남자가 방심 중이라 느꼈다. 머리보다 손이 먼저 움

직였다. 머리 위로 책상 끄트머리를 더듬은 나는 분리수거
장에서 주워 온 옛날 스타일의 묵직한 유리 재떨이를 찾아
냈고, 그것을 남자의 머리를 겨냥해 던졌다.

재떨이는 재와 꽁초를 뿌리며 날아갔다. 그러고는 남자
의 머리를 쓱 통과하여 벽에 부딪히더니 떨어져 굴렀다.

나는 눈을 의심했다.

"아, 저는 요정이라."

"으아아아악!"

손에 잡히는 대로 집어던졌다. 물고 있던 담배. 펜. 마우
스. 박카스 빈 병. 머그컵. 스프레이식 살충제. 코 푼 휴지.
존잘님의 완결되지 않은 단행본을 붙잡아 던지기 직전, 나
는 겨우 정신을 차렸다. 모든 기물을 피하지도 않고 통과
시킨 자칭 요정의 몸을 자세히 보았다. 아주 살짝, 흰 러닝
셔츠 너머로 내 방의 풍경이 비치고 있었다.

"요정입니다."

자칭 요정이 미안하다는 듯이 중얼거렸다.

"저, 그러니까, 한 대만……"

나는 그의 요청을 다 듣지 못했다. 졸도했기 때문이었다.

다음 날, 엉망이 된 방에서 의자와 벽에 낀 채 자다 깨
어난 나는 어젯밤 있었던 일을 고약한 꿈으로 생각하고 넘
기려 했다. 내가 집어던진 사물들은 거의 맨바닥을 구르고
있었다. 하나를 제외하곤.

방바닥 한가운데 유리 재떨이가 고이 놓여 있었다. 흘러넘쳤던 꽁초와 재를 깔끔하게 담은 채로.

꿈인가 생시인가. 다가가서 재떨이를 집어들었다. 재떨이 밑에 종이쪽지가 끼워져 있었다. 종이는 내 책상에 있던 스프링노트에서 찢어낸 것 같았다. 펴 보자 담뱃재를 손가락에 묻혀 쓴 듯한 필체로 이렇게 적혀 있었다.

'담배 한 대 빌렸습니다. 감사합니다. 하지만 흡연은 정말 좋지 않으니 끊으시는 게 좋습니다. 발기부전의 요정으로부터.'

나중에 화장실에서 살펴봤지만 내 몸에는 무언가 난폭한 짓을 당한 흔적은 전혀 없었다. 자칭 발기부전의 요정은 내 방에 갑자기 들어와서는, 담배 한 대를 얻어 피우고 흩어진 담뱃재를 잘 정리한 후 예의 바른 편지까지 남긴 후 그냥 사라진 것이다.

몸이 부르르 떨렸다. 무섭고 혼란스러웠다. 그러나 그 이상으로, 어이가 없었다.

편의점으로 출근하여 선배 언니와 만난 나는 손님이 없는 시간에 참지 못하고 어제 있었던 일을 털어놓았다. "정말 이상한 꿈을 꿨는데요." 하고 운을 떼곤 단숨에, 에필로그 격인 종이쪽지의 내용까지 뱉어 놓으니 새삼스럽게 뭐하는 짓인가 싶었다. 분명히 존재했던 종이쪽지조차 사실은 거짓이 아니었던가 가물가물했다. 그냥 한바탕 개꿈 아니었을까?

그런데 언니의 반응이 의외로 심각했다.

"너 XX빌라 산댔지? 혹시 X동 아냐?"

내가 어떻게 알았냐는 뜻을 담아 고개를 끄덕이자, 언니는 그럴 줄 알았다는 듯이 같은 동작을 했다. 그리고 연유를 풀어놓았다.

편의점 알바를 하기 전에 언니는 몇 블록 건너 이자카야에서 일했었는데, 손님들이 하는 이야기가 곧잘 들렸다고 한다. 그중 내가 사는 XX빌라 X동의 한 방 이야기는 서로 다른 부동산 사람들에게서 회자되곤 하는 단골 괴담이었단다. 정확한 호수까지는 언급되지 않거나 언급되어도 잘 들리지 않았기에 몰랐지만, 그 방은 세를 놓으면 세입자가 들어오는 족족 비명횡사하거나 자살하거나 했기에, 업자들 사이에서는 웬만해서는 손님을 중개하지 않는다고 했다. 물론 그런 사고가 이어지는 사이에 집값이 뚝뚝 떨어졌으니 중개료로 얼마 못 챙긴다는 이유도 있었을 것이다.

사람이 죽어 가기 시작한 건 어디에선 10년도 전부터라 했고, 어디에서는 5년 사이에 10명은 죽었다고 했다. 공통적으로 공유되는 것은 그 방에 낯모르는 남자가 출현한다는 세입자들의 목격담이었다. 세입자들은 하나같이, 사고 혹은 자살로 죽기 직전에 자기 방에 러닝셔츠에 팬티 바람의 남자가 침입했다고 소란을 피운다고 했다.

"헛소문 같은데요. 자기들도 우스갯소리로 하는 거겠죠."

너무나도 황당한 이야기라 일단 부정해 보았지만 언니는 여전히 심각했다. 혹시 나를 놀리려는 걸까? 그렇다면 화를 내야 할 것 같았다. 하지만 미간을 찌푸린 언니에게서 웃음을 참는 기색은 전혀 느껴지지 않았다.

"네가 그 빌라 산다고 해서 설마 설마 했는데, 너 혹시 보증금이랑 월세 거저먹는 수준으로 들어가지 않았어?"

"그건……."

……그랬다. 언니는 내 반응으로, 그 소문의 귀신 나오는 방이 내 방임을 확신한 것 같았다.

"그렇게 싼 곳을 덜컥 나오긴 아쉽겠지. 큰일 나기 전에 점집이라도 가서 부적 떼는 건 어때? 아, 오늘은 우리 집에서 잘래?"

제안은 고마웠지만 거절했다. 언니의 방에서 잘 정도로 우리가 친한 사이라는 생각도 들지 않았을뿐더러, 남의 집에서 잔다는 일 자체가 나에겐 큰 스트레스로 다가왔기 때문이었다. 빌어먹게 예민한 체질 덕에 나는 잠자리가 바뀌면 한숨도 자지 못하거나 가위에 눌리거나 했기에, 학교에서 여행을 갈 때나 친척 집에 갈 때는 울며 겨자 먹기를 할 수밖에 없었다. 지금은 수면제가 있다지만, 어딜 가든 결국 약의 힘으로 잠들 바에야 남의 방에서 자느니 그냥 귀신 붙은 내 방에서 자는 게 나았다.

그리고 아직은 실감이 나지 않았다는 이유도 있었다. 체험의 생생함과 그를 뒷받침하는 묘한 괴담을 듣고도, 단지 몸이 피곤하고 정신적으로도 지쳤으니 헛것을 본 것뿐이리라고 생각했다.

아니면 차라리, 괴담에 등장하는 다른 세입자들 같은 최후라도 맞았으면 좋겠다고 내심 바라고 있었는지도 모르겠다.

어쨌거나 자칭 요정은 그날 밤에도 찾아왔다.

2.

내가 쓰던 자소서가 소설을 넘어 유서로 변질되어 가고 있을 때 그것은 나타났다.

"저는 엄격한 아버지와……."

"으아악, 깜짝이야!"

"자상한 어머니 슬하에서 밑으로는 남동생 한 명을 두고, 남동생은 어릴 적에는 똘똘했으나 마의 중학교 2학년 시기를 버티지 못하고 흡연부터 배우더니 엇나갔습니다. 목원가든의 2대째 사장인 아버지는 요리인으로서 술담배는커녕 미각을 해친다며 믹스커피도 입에 대시지 않는 분입니다. 그런 아버지에게 반항하기 위해 동생은 일찍부터 담배에 손을 댄 것입니다. 그래도 아버지보다는 낫죠, 적어도 가족들에게 손을 올리지는 않았으니까요. 사실 우리 아버지는 존나 개새끼고 목원가든 죽어라 태어나서 죄송합니다시발?"

"으아악! 뭘 쳐 읽고 있는 거야!"

문단속은 전날보다 더 단단히 해 뒀다. 현관문에는 달린 채로 쓰지 않던 체인락까지 걸어 놨고, 베란다며 창문들은 이중으로 잠가 놨다. 그런데도 흰 팬티의 요정은 홀연히 내 방에 나타났다.

요정은 내가 한창 몰입하여 써 내려 가고 있던 꼴사나운 문장을 쓱 훑어보고는 고개를 가로저었다. 말없이 그저. 나는 쿨함을 가장하며 담배 연기를 뱉곤 휴대폰을 손도끼처럼 쥐었다.

"경찰 부를 거예요."

"불러봐야 소용없다는 걸 알 텐데요."

요정은 계속 고개를 저으며 힘없이 방 한구석을 가리켰다. 거기에는 화장대가 있었다. 이쪽을 향한 거울면이 듀오백 의자에서 아슬아슬 떨어지지 않고 균형을 지킨 내 모습을 비추고 있었다. 요정의 뒤쪽 벽도. 요정의 모습만이 비치지 않았다.

"요정이니까요."

"그놈의 요정은 시발!"

다행인 건, 내가 그나마 이번에는 옷을 제대로 챙겨 입고 있다는 것이었다. 6000원짜리 길거리표 캐미솔은 고이 옷장에 처박아두고, 나는 티셔츠에 후드 재킷, 면바지를 입고 있었다. 나는 후드 재킷을 벗어 요정에게 던졌다.

"옷이라도 좀 걸치면 안 돼요?"

요정은 얼결에 재킷을 붙잡고 시무룩하게 옷감을 들여다보았다. 그러고는 "실례하겠습니다." 하곤 어설프게 꼼지락거리며 소매에 팔을 꿰었다.

어제와 마찬가지로 해의는커녕 패기라곤 손톱만큼도 느껴지지 않는 모습이었다. 적어도 내 몸에 별 관심이 없다는 건 똑똑히 전해져 왔다. 불룩한 팬티 중심부도, 딱히 뭔가 서서 그렇다기보다는 부라리큰인 것 같았다. 나는 심호흡했다.

"당신은 뭐죠? 왜 나한테 보이는 거예요?"

내 질문에 남자는 끈질긴 자기소개를 되풀이했다.

"저는 발기부전의 요정입니다. 발기부전인 사람에게 붙습니다."

"붙어……? 지금 붙는다고 했어요? 그러니까, 귀신이 들리는 것처럼?"

"귀신이라니 듣기 험한 말씀을 하시네요. 요정이라니까요. 요, 정."

정신이 나갈 것 같았지만, 방금 들은 중요한 사항 하나를 캐물어야 했다.

"아니 그건 됐고. 발기부전인 사람에게 붙는다고요?"

"네."

"그러니까, 발기부전인 사람에게 나타난다는 거죠?"

"말하자면 그렇죠."

"아니, 시발 나는 여자라고!"

쾅! 책상을 내리쳤다. 이건 확실히 내가 화를 내도 되는 타이밍이었다.

"주소 잘못 찾았어! 이 골목에 안 서는 아재들 쎄고 쎈 것 같구만 왜 나한테 찾아와! 저어기 골목 들어가시면 비아그라랑 돼지발정제 몰래 파는 데 있으니까 거기로나 가보든지!"

"아…… . 하지만 제가 틀릴 리는 없는걸요."

요정은 주눅이 든 눈치였으나 대꾸는 꼬박꼬박 잘했다.

"발기부전에 남녀는 없습니다. 아가씨에게 내가 보이고, 내가 아가씨랑 있으면 기분이 매우 편안해지는 걸 보면 아가씨는 틀림없는 발기부전입니다."

"그것도 중증의." 하고 기어들듯 마무리하면서, 기분 탓인지 요정이 내 사타구니를 흘깃한 것 같았다. 나는 방어적으로 움츠렸다.

"아니, 애초에 달려 있지도 않은 게 어떻게 부전이 돼!"

"아뇨, 그런 문제가 아닙니다. 남녀의 문제가 아닙니다.

누구나 여기에 에어좆 하나쯤은 갖고 있기 마련이거든요."

요정은 자신의 가슴을 동동(탕탕이 아니었다.) 두드렸다.

"……"

이게 말이야 방구야.

요정 왈, 발기부전이라 함은 진짜로 신체에 달려 있는 그것이 서지 않는 증상만을 말하는 것이 아니라는 거였다. 좀 더 정신적이고 상징적인 차원에서의 현상이란다. 사람이라면 누구나 가슴에 품고 있는 상징적인 거시기가 아무리 해도 서지 않게 되는 것. 그것이 요정이 말하는 발기부전증이었다.

그 설정인지 설명에 따르면 나라는 인간은 상당히 고약한 발기부전증에 빠져 있다고 했다. 요정인 자신이 들러붙을 정도로.

거기까지 듣는데도 정신이 아득해졌지만, 나는 필사적으로 설정 구멍을 찾았다.

"잠깐만, 당신 이 빌라에 들러붙은 귀신 아니었어요? 여기서 팬티 바람의 남자를 본 사람이 몇 명이나 사고를 당하거나 죽었다는 얘기를 들었는데."

"그건 인과가 조금 얽혀 있는데요."

어느 날 갑자기 발생한 괴이가 곧잘 그러듯이, 요정도 자신이 어째서 이 빌라 한 호에 나타났는지 몰랐다. 그는 존재함과 동시에 이 빌라에 있었다. 그리고 거기 사는 사람이 심각한 발기부전임을 알고 들러붙었다. 발기부전의 희생자는 얼마 안 가 사라지고, 다른 사람이 들어왔는데 그 역시 발기부전이었다. 또 그에게 들러붙고 얼마 안 가 새로운 희생자도 사라지고, 또 다른 사람이……라는 패턴이 반복되다 보니 발기부전의 업보 같은 게 쌓여서 내가 사는 호가 발기부전 요정 출몰 스팟이 되어 발기부전의 희생자를 끌어들이는 작용을 하게 된 것 같았다.

참고로 변을 당하기 전에 이 집을 떠나더라도 발기부전의 저주는 계속되어 죽는 결말에는 변함이 없다고 했다. 요정의 힘없는 설명이 이어지는 동안 길게 재를 끈 담뱃대를 재떨이에 눌러 끄고 나는 새 담배에 불을 붙였다. 라이터가 찰칵 소리를 내자 요정의 시커멓게 죽어 있던 눈에 번뜩 불빛이 반짝였다. 어라?

나는 손가락으로 미간의 주름을 억지로 펴며 연기를 뱉었다.

"음, 그러니까 정리하자면 아저씨는 발기부전 스팟에 출몰하는 지박령 같은 거고…… 아저씨가 들러붙은 사람은 얼마 안 돼서 죽는데, 이제 나에게 아저씨가 보이니까 곧 내 차례란 거네요."

요정은 목울대를 꿀꺽 올리며 나를 바라보았다. 정확히는 내 입술에 꽂힌 담배를. 그 시선을 눈치챈 나는 일부러 천천히 담뱃갑에서 새 담배를 꺼냈다.

"도무지 받아들일 수 없는 것투성이지만 그렇다 치고, 그럼 저기요."

"네?"

"담배 드릴 테니까, 안 나타나시면 안 돼요?"

"앗, 감사합니다!"

요정이 갑자기 움직였다. 흠칫하는데, 요정은 새로 뽑은 한 대를 쥔 내 손가락 밑에서 담뱃갑과 라이터를 낚아채곤 다시 예의 바르게 거리를 벌리고 섰다.

요정은 담배를 맛있게 피우고 재는 왼손에 털며 말했다.

"아, 그래도 안 나타나는 건 안 됩니다."

"뭐요?"

"그게, 나타나고 안 나타나고도 제 맘대로 하는 게 아니라 저절로 그렇게 되는 거라서."

뭐 이런 게 다 있어!

괜히 담배만 빼앗겼다. 기가 막혀 순간 혈압이 머리꼭지까지 올랐다. 남의 속은 모르고 요정은 만족한 듯, 세상 나른한 얼굴로 담배를 음미하고 있었다. 그 맥빠진 얼굴을 보며 나는 필사적으로 냉정하려고 노력했다.

이 변태 요정은 위협적이지 않았다. 오히려 지금까지는 꽤 순순히 내 질문에 답해 주고 있었다. 이 상황에 대한 가장 냉정한 해석은 내가 미쳐서 이상한 걸 보고 혼자 쇼하고 있다는 것이겠지만, 솔직히 실감도 나지 않는 죽음의 위기보다 내가 정말 미쳤다는 가능성을 검토하는 쪽이 훨씬 끔찍하다. 차라리 죽음에 이르는 발기부전 괴담이 진짜라고 치는 편이 내겐 현실적으로 마음 편하다. 진짜라고 친다면, 그럼 어떻게든 살아날 방도를 찾아야 하지 않겠는가. 그래, 이것이 진취성이다. 난제를 향하는 마음가짐이다. 실습 면접 빡센 걸로 본다고 치자. 내 문제 해결 능력을 시험할 기회다.

"이제까지 아저씨가 들러붙었던 사람들은 보통, 처음 나타난 후 얼마만에 사라졌나요?"

"흐음, 어디 보자. 정확히는 모르겠지만 열 명은 됐던 거 같은데요, 보통 일주일 안에 그렇게 됐지요."

"이 집을 떠나도요?"

"이곳을 떠난다 하더라도 한번 들러붙은 상대가 어디를 가든 저는 따라갑니다."

"사람들의 죽음은 아저씨가 일으키는 건가요?"

"어휴, 그건 아니에요. 저한테 그런 능력은 없어요. 내가 보일 정도로 발기부전인 사람은 거의 불능 상태 문턱까지 갔다고 보시면 됩니다. 생명력이 고갈되기 직전인 거죠. 그러므로 내가 나타난다는 건 이어질 결과를 예고하는 징조에 지나지 않아요. 첫 닭의 목을 쳐도 새벽은 오거든요."

담배 때문일까, 묘하게 요설조가 되었다. 사람의 죽음을 새벽에 비유하는 센스는 좀 많이 별로지만.

"그럼 어떻게 하면 죽음을 피할 수 있죠?"

죽음을 피하다니 허허허, 죽음은 운명입니다. 파이널 데스티네이션이죠, 이런 대답이 나올 것도 조금 각오했지만, 요정은 선뜻 명쾌한 해답을 내밀었다.

"발기부전을 치료하면 됩니다."

아니! 이렇게 간단할 수가! 이마라도 탁 치면 참 산뜻한 엔딩이었을 텐데. 대답은 무척 명쾌했지만, 내 머릿속은 그러지 못했다.

"발기부전을 치료한다고요?"

"네."

"어떻게요?"

나한테 진짜로 달려 있었더라면 비뇨기과에 가서 해결하거나 뒷골목의 수상한 비아그라라도 사먹으면 끝났겠지만, 그렇게 간단한 문제가 아닌 것이다.

요정은 눈을 가늘게 뜨고 푸르게 흐르는 담배 연기를 황홀하게 바라보며 천천히 일러주었다.

"아가씨의 가슴 깊은 곳에 있는 에어좆을 발딱 세우기만 하면 됩니다."

"미쳤나 이게!"

참지 못하고 나는 또 잡히는 대로 집어던졌다. 날아간 펜은 아니나 다를까 요정의 형체를 통과하여 구겨진 이불보로 떨어졌다.

요정은 차분하게 왼손으로 재를 받으며 말했다.

"잘 생각해 보십시오. 아가씨가 발기부전이 된 건 하루이틀 일이 아닐 겁니다. 마지막으로 가슴속 에어좃이 발딱거리는 경험을 한 게 언제였죠? 설레고, 흥분되고, 어떻게든 뭔가 하고 싶어서 내장이 움찔거리는 느낌을 잊어버린 지 얼마나 되었죠? 아가씨는 그 느낌을 잃어버렸기 때문에 여기 온 겁니다. 이전 입주자들과 마찬가지로."

"……"

"아가씨의 생사는 어차피 내 소관이 아닙니다. 아가씨같은 중증 발기부전과 함께 있으면 편하긴 하지만, 아가씨가 아니더라도 발기부전은 많으니까요. 저한테 이렇게 잘 해 주시기도 하니, 살고 싶으시다면 저도 성의껏 조언을 드리겠습니다."

잘해 주다니, 내가? 설마 저 담배 때문에?

이제껏 아무도 담배를 준 적 없냐고 묻자 요정은 시무룩하게 고개를 끄덕였다. 하긴 누가 반의반투명한 귀신에게 담배를 물릴 생각을 하겠어.

"아, 알겠어요. 알겠어……. 그러니까 내, 그 가슴속의 그것이 발딱 서려면 어떻게 해야 하는 거죠?"

나는 재떨이를 내밀며 물었다. 요정은 공손히 그것을 받아들고 왼손의 재를 털어넣었다. 그러고는 숫제 보살 같은 은은한 미소로 대답했다.

"그건 아가씨 자신의 가슴에 물어야 합니다."

3.

그리하여 나는 헤어진 남친을 만나기로 마음먹었다.

'그리하여'라고 하기에는 설명을 몇 단계 건너뛴 것 같다. 망측한 요정과의 세컨드 엔카운터 다음 날, 나는 정보 수집과 사색에 골몰했다. 우선 정보 수집. 알바 비는 시간에 부동산에 찾아가(나를 중개해 준 곳은 가지 않았다. 사람 죽어 나가는 방 얘기를 꺼내면 항의하는 줄 알고 방어적으로 나올 것 같아서였다.) 셋방을 찾는 척하며 선배 언니가 말해 준 소문이 정말 돌고 있는지 확인했다. 50대로 보이는 아주머니 중개인은 의외로 덥석 떡밥을 물었다. 귀신 붙은 빌라의 소문은 정말로 있었다. 내가 다른 곳에서 XX빌라 몇 동 얼마에 내놓은 집을 봤다고 운을 떼자마자 젊은 처녀가 그런 재수 옴 붙은 데 들면 큰일 난다고 호들갑을 떨었다. 아주머니는 7년 사이에 그 집 세입자만 열 명이 죽어 나갔다고 알고 있었다. 투신 자살을 하거나 뒷골목에서 사고가 나서 머리가 깨졌다거나, 심지어는 내가 쓰는 바로 그 방 문고리에서 목을 맸다고도 했다. 이런 집을 내놓다니, 새삼 집주인과 업자에게 화가 나서 표정 관리가 안 됐지만 아주머니는 내가 겁먹은 줄 안 모양인지 말끝에 가서는 뿌듯해하는 얼굴이 되었다.

다른 곳에서도 구체적인 숫자는 달랐지만 대충 비슷한 소리를 들었다. 죽음에 이르는 발기부전 설은 일단 정설로 쳐도 좋을 것 같았다. 자, 그렇다면 다음 문제는 좀 더 철학적인 것이었다.

발기부전이란 무엇인가?

다음 날에도 어김없이 나타난 요정과 가슴속의 에어…… 그것에 관해 좀 더 구체적으로 캐내기 위해 대화를 주고받았으나, 영 요령부득이었다. 생명력이라거나, 맥박이 바운스 바운스라거나, 심쿵하는 그런 거라는 등 뜬구름 잡는 소리만 늘어놓았다.

건강 백과사전에 의하면 발기부전이란 "만족스러운 성생활을 누리는 데 충분한 발기를 얻지 못하거나 유지할 수 없는 상태가 지속되는 것"이라는데, 여기서 '성생활'을 '삶'으로 치환하고, '발기'를 '의욕' 쯤으로 바꾸면 요정이 말하는 정신적이고 상징적인 발기부전증에 얼추 가깝지 않을까 싶었다. 그러고 보면 프로이트는 살고자 하는 에너지가 에로스, 성적인 충동에서 나온다고 역설했던가? 모든 욕망이 성욕에서 기인한다는 범성애론은 현대인인 내가 봐도 기괴하기 짝이 없는 요설이지만, 발기부전이란 이유로 시한부 선고를 당한 입장에선 검토할 가치가 충분했다.

내 맥박을 바운스바운스하게 하고, 심쿵하게 하는 삶의 의욕(에로스).

연애 생각이 난 것은 매우 자연스러운 수순이었다.

준수는 밥 한번 먹자는 내 카톡에 평일은 힘들다는 답을 보내왔다. 대형 물산 기업 영업직으로 합격한 지 6개월이 되어 가니, 야근이라거나 접대라거나 하면서 정신없는 나날을 보내고 있겠지. 토요일도 어렵다고 하여, 겨우 일요일에 약속을 잡았다.

일요일. 요정이 나에게 나타난 건 화요일 밤이었다. 파이널 데스티네이션의 기한인 '대략 일주일'에 근접한 시한이다. 전화를 걸어서 좀 더 앞으로 당길 수 없냐고 사정이라도 했어야 하나. 그러나 한쪽은 알바족 신세가 되고 한쪽은 당당한 대기업 신입사원이 된 후 흐지부지 만나지 않게 된 관계의 상대에게 갑자기 전화를 걸어 제발 빨리 만나 달라고 할 용기는 도무지 나지 않았다.

남친과의 조우를 기다리는 동안 나는 내 방에서 스쿼트를 하고, 팩을 하고, 손발톱에 100만 년만에 에나멜 칠을 했다. 그리고 자기 몸을 돌본다는 발상으로부터 내가 한동안 상당히 멀리 와 있었다는 사실을 깨닫게 됐다. 거울에 비치는 얼굴은 20대 한창나이답지 않게 푸석푸석하고, 눈빛은 시꺼멓게 죽어 있고, 팔다리는 뾰족하게 말랐는데 아랫배만 도독하게 기름이 올라 있었다.

야. 너 뭐냐.

왜 살아 있는 거냐.

거울 속의 내가 자신의 얼굴을 양손으로 철썩 때렸다.

"정신 차려! 걔랑 나 아직 끝난 사이 아니야! 그냥 한동안 소원했을 뿐이라고. 다시 할 수 있어. 다시……."

고칠 수 있다, 끝난 게 아니라고 나는 중얼거렸다. 준수와는 대학교 동아리에서 만났다. 준수가 2년 선배. 군복무를 마치고 돌아온 준수는 복학생이라고 하기에는 너무 상큼하고 깍듯하며 담백한 태도를 갖고 있었다. 이름처럼 준수한 인물이었다. 이렇게 잘생기고 매너 좋은 인싸 선배가 어째서 만화 동아리 같은 아싸들의 집합소 같은 곳에 들었는지 의아할 정도였다. 초등학교 때부터 라이트노벨과 만화를 좋아해 왔고, 정원 300여 명에 여학생 비율이 10프로 남짓 되는 기계공학부에 오기까지 남중 남고를 거쳐 단련된 초식남이라는 배경을 듣고 아…… 싶었다. 현실 여자보다 만화 속의 여캐를 좋아하는 유였는데, 그러는 동시에 놀랍게도 현실 여자를 현실적인 인간으로 대하는 초절 기교를 습득한 사람이었다. 나는 준수가 나를 여자로 보지 않았기에 좋아하게 되었다.

내가 먼저 고백했다. 그리고 예스 노를 듣지 않고 관계를 밀어붙였다. 어어 하는 사이에 우리는 사귀는 사이처럼 되어 있었다. 인공적인 연애 관계였다. 사람과 사람 사이에

인공적이지 않은 관계가 어디 있을까 싶지만. 그러니 인공적으로 다시 잇는 것도 얼마든지 가능할 터였다.

오랜만에 마주하는 연인이 과연 나를 좋아하긴 했을까 하는 의문을 떠올리는 일이란 발기부전의 철학적 의미를 묻는 질문보다도, 어떤 의미에선 난감했다.

"오랜만이다. 잘 지냈어?"

살가운 상투구와 함께 준수는 나타났다.

일요일. 나는 100만 년 만에 빡센 화장을 하고 빡센 원피스를 입고(옛날같지 않게 허리 부분이 엄청 끼는 기분이 들었다.) 가격이 빡센 파스타 집에 앉아 있었다. 며칠간 출몰했던 발기부전 요정과의 이것저것은 과감히 생략하기로 하자. "나, 소원해진 남친이랑 다시 만나기로 했어요.""그것이 당신의 가슴이 원하는 것이라면." 정도의 대화가 재미없이 늘어지고 반복되는 며칠 밤이었을 뿐이니까. 담배를 피우며 나를 물끄러미 바라보는 요정은 어딘가 슬픈 눈치였지만, 그 슬픔이 의미하는 게 뭔지는 딱히 알고 싶지도 않았다.

"여기도 오랜만이네. 아, 그립다아."

탄성처럼 말꼬리를 늘이며 가게 안을 휘휘 둘러보는 준수의 태도를 그린라이트로 해석하면 되는 걸까.

"나도 그립네."

짐짓 의미심장한 척 나는 말을 받았다. 준수의 준수한 눈이 예쁘게 휘어졌다. 이 파스타집은 우리가 한창 연애할 때 몇 번 와 본 적 있는 곳이었다.

그 시절이 그리워. 다시 너랑 잘해 보고 싶어.

그런 분위기 조성으로 몰고 가려던 내 의도는, 준수가 메뉴판을 뒤지지도 않고 한 다음 말에 박살이 나 버렸다.

"이번에 서울 올라온 거야? 놀러?"

"엉?"

무슨 소리냐는 뜻을 한껏 담아 눈을 깜박이자, 전직 공대생도 로봇처럼 눈을 껌벅였다.

"어? 너 본가로 내려간 거 아니었어?"

"아니, 아닌데……. 나 계속 서울 있었는데."

"아……."

준수는 눈에 띄게 당황해하며 미안하다고 고개를 숙였다.

"미안, 네가 하도 연락이 없어서, 그냥 본가 내려가서 목원가든 이어받은 줄 알았어."

피가 거꾸로 솟는 기분이었다. "야!" 하고 고함을 지르려다 참았다.

"내가, 거길 왜 가."

"아니, 네가 그랬잖아. 취업 번번이 미끄러져서 그때 술 잔뜩 마시고는, 나도 사장님 할 수 있다고, 이렇게 된 거 고향으로 내려가서 목원가든 후계 수업이나 받을 거라고 했잖아. 그 후로 한 번도 연락이 없었고."

그랬던가? 준수와 마지막으로 만나던 밤 확실히 만취했

던 기억은 났다. 하지만 내가 그런 헛소리를 지껄였단 말인가.

"너희 아버지, 학사 학위 있는 후계가 자기 가게 잇기를 원한다고 했잖아. 동생은 고졸이라 물건너갔으니 네가 당신 뒤를 잇길 바라신다고. 그래서 서울에서 취업하는 것도 집에서 반대했었지? 그러고 보니 서울에서 어떻게 지낸 거야? 생활비 원조도 다 끊어졌다고 했잖아. 네가 살던 집도, 찾아가 보니까 다른 사람이 살고 있더라. 그래서 네가 마음 접고 고향으로 내려간 줄 알았어."

준수와 마지막으로 연락했던 때가 언제더라. 예전 집에서 나오기로 하고, 새 월세방을 찾을 무렵이었다. 아주 추울 때였다. 2월? 3월? 오후 늦게 전화를 한 나에게 준수는 "미안해, 지금 너무 바빠. 나중에 말하자."라고 했었지. 그 배경음으로 와자지껄 떠들썩한, 회식 중인 듯한 사람들의 꽥꽥대는 소음이 깔렸고. 그 이후 나는 준수에게 다시는 연락하지 않았다. 준수가 내게 연락해 와도 씹었다.

얘랑은 이제 끝이구나, 실감했기 때문에.

가슴이 차가워졌다.

"그럼 서울에서 취업한 거야?"

"아니. 편의점에서 알바하면서 지내고 있어."

나는 건조하게 대답했다. 준수의 선량해 보이는 눈매가 축 처졌다.

"하반기 공채 준비?"

"응."

"그렇구나. 잘됐으면 좋겠다."

준수는 닫힌 메뉴판 위에 두 손을 올려놓고 진심 어린 얼굴을 내게 향했다.

"근데 있잖아. 공채 잘 안 된다 하더라도, 너한테는 목원 가든이 있어."

너무 부담 갖지 말라는 뜻으로 하는 소리일 터였다. 하지만 내 가슴은 더욱 차가워졌다.

"네가 거길 얼마나 싫어하는지는 알아, 많이 들었으니까. 하지만 네가 얼마나 싫어하든, 너에겐 확실히 보장된 안전 지대가 있는 거잖아. 세상엔 그런 게 없는 사람이 더 많지."

"나도 그랬고." 하면서 준수는 목을 비틀곤 한 손으로 제 어깨를 매만졌다. 그 동작에서 묻어나는 건, 그리움도 옛 여친을 만난 설렘도 아닌 피곤함뿐이었다.

"나도 정 안 돼서 맞지도 않는 영업직 같은 거 하고 있고. 야, 내가 영업맨이라니 상상해 봤어? 나 모르는 사람한 테서 온 전화 받는 것도 부담스러워하는 놈이었잖아. 근데 어쩌겠어. 그것밖에 동아줄이 없었는걸."

준수는 단련된 영업맨이라기에는 너무 어설퍼 보이는 미소를 지었다.

"미안, 갑자기 만나자고 연락해 와서 엄청 놀랐어. 솔직히, 화났어. 그동안 내 연락이고 뭐고 다 씹어 놓고선 염치가 있어야지, 면전에서 욕이라도 해 주려고 했는데……. 네 얼굴이 너무 어두워서 그것도 못하겠네."

"준수야, 나는……."

"네가 어떻게 지냈는지, 얼굴 보니 알겠어. 잘 못 지냈겠지. 나도 그래. 잘 못 지내고 있어. 근데 말이야, 내 입장에서는, 널 보는 게 정말 화가 나."

준수는 피식 웃으며 내 차가워진 가슴에 비수를 꽂았다.

"애초에 너, 다른 일도 별로 하고 싶지도 않잖아. 원서 뺑뺑이 돌리다가 아무 데나 합격하면 된다고? 그게 목원가든 일과 뭐가 달라. 원치도 않는 직장에 최말단으로 들어가느니 너네 아버지랑 화해하고 사장 수업 받을 거야, 나라면."

오랜만에 만난 연인이 나를 정말 좋아하긴 했는지 의심하는 것보다 더 당혹스러운 일이 있다면, 내가 그 오랜만에 만난 연인을 정말 좋아한 적이 있기는 한지 자문하는 일일 거였다. 나는 차가웠고, 차가웠으며, 차가워지고 있었다.

"미안. 너랑 같이 밥 먹을 기분이 도저히 아니네. 먼저 일어날게. 잘 지내고, 다신 연락하지 말았으면 좋겠어."

준수는 물컵에 입을 대지도, 메뉴판을 열지도 않은 채 자리에서 떠났다. 재회하고 나서 엘티이급 퇴장이었다. 자기 할 말만 하고 꺼지다니. 좀 더 분위기를 부드럽게 만들

사교적 스킬 같은 걸 발휘해도 되지 않나? 사회인이면서. 영업직이면서.

저러니까 잘 못 지낸다고 하는 거겠지. 나는 펑펑 울고, 운 만큼 물을 마셨다. 아무것도 시키지 않고 자리만 차지한 민폐 손님에게 직원이 다가왔다가 비누 거품 같은 말을 몇 마디 하고 안절부절못하며 퇴장했다. 플로어매니저인 듯한 직원과 함께 다시 와서는 부드럽게 내 팔을 잡고 일으켰다. 나는 좋은 향수 냄새가 나는 직원이 내준 부드러운 티슈에 코를 킹 풀었다.

실패했다.

나는 너덜너덜해져서 자취방으로 돌아왔다.

맥박이 바운스바운스, 심쿵하는 에로스, 실패했다.

4.

"어떻게 이럴 수가 있어!"

키패드를 열고 들어오자마자 나는 울며불며 무너졌다. 슬픔과는 다른 감정 때문에. 쪽팔렸다. 내 얕은 수작이.

"그러게 자신의 가슴에 물어야 한다고 하지 않았습니까."

팬티 바람의 요정이 나에게 스윽 담뱃갑과 라이터를 내밀었다. 나는 콧물을 들이켜고 담배에 불을 붙였다. 엿 같은 힐은 대충 던져놓고 무릎걸음으로 내 방으로 들어가 이불을 뒤집어썼다.

"그러다 이불에 불붙어요."

이불이 머리에서 치워졌다. 요정이 이번에는 유리 재떨이를 내밀고 있었다. 나는 어허허헝 하며 재떨이에 담배를 댔다. 재를 떨지 않아도 손이 알아서 발발 떨려서 재를 떨어뜨렸다.

"남친분과의 연애가 아가씨가 진정으로 바라는 거였습니까?"

나는 고개를 저었다. 그런 게 아니었다. 우리는 이미 끝난 사이였다. 한때 진수는 내 가슴을 뛰게 했다. 진수의 살갗이 내 살갗에 닿는 느낌이 행복했다. 아직 시간이 많이 남은 줄 알았던, 한창 대학교 재학 중의 일이었다. 하지만 지금은 아니었다. 언제부터인가 아니었다.

"지금 아가씨를 살게 하는 게 뭐지요? 취업에 대한 열망인가요?"

요정이 꺼진 내 노트북 화면을 턱짓했다.

아니. 나는 재차 고개를 가로저었다. 나는 딱히 하고 싶은 일이 없었다. 취업 영전하신 선배님들의 호출에 고깃집이나 술집으로 모였을 때도, 그들의 무용담에 설레거나 자극받는 일은 없었다. 단지 도망치고 있었다. 싫은 것으로부터. 목원가든, 내 집으로부터.

그리 드물지도 않은 이야기였다. 아빠는 폭군이었다. 이웃에게는 그럭저럭 사귈 만한 동네 잘나가는 고깃집 사장님이었을지 몰라도, 우리 가족에게는 인간 백정이나 마찬가지였다. 젊은 시절 직접 도축을 하기도 했던 아빠는 소만큼이나 사람 잡는 데도 일가견이 있었다. 사장 부인은 사장 부인답게 가게 일은 손대지 말고 집안일이나 맡기면 된다고, 동네 사람들에겐 호기롭게 큰소리치던 아빠. 날이면 날마다 잡아 엄마 얼굴에서 멍이며 생채기가 사라질 날이 없으니, 여편네 내놓기 동네 부끄러워 카운터조차 맡길 수가 없다며 악담을 하던 입과 같은 입으로 그렇게 말했었다.

우리 남매가 어렸을 때 아빠는 나를 대학에 보내지 않으려 했다. 똘똘한 남동생을 잘 키워서 자신이 문턱에도 가 본 적 없는 대학교의 경영학과나 식품학과 같은 델 졸업시킨 후 대졸 간판 단 사장님으로 세우는 것이 아빠의 야망이었다. 하지만 남동생은 훌륭히 엇나가 버렸고, 고등학교조차 제대로 졸업하지 못했다. 진수에게는 고등학교는 졸업한 걸로 말했었지만, 사실은 퇴학당한 이후 집을 나가 버려서 지금 어디서 뭘 하는지도 모르는 상태였다. 아마 집에서는 나도 동생과 비슷한 가출 상태로 취급하고 있는 게 아닐까 싶지만, 마지막 남은 야망의 대체제인 나를 아빠가 쉽게 포기할 거라 생각하진 않는다. 마음만 먹는다면 흥신소든 뭐든 동원하여 내 소재지를 수색하는 것쯤 일도 아니지 않을까.

"남친분과 잘되고 있을 때는 그래도 희망이 있었겠지만…… 지금의 아가씨에게 반드시 살고 싶은 이유가 있습니까."

모르겠다. 정신이 들고 보니 막다른 골목. 학생 신분이던 시절에는 그래도 뭔가 있었던 거 같은데. 뭔가. 잘나가는 커리어우먼 같은 게 되고 싶기도 하고. 새끈한 백 하나 딱 들고 세미정장을 차려입고 치열한 눈빛으로 도시를 가로지르는 그런 멋진 언니가 되어 보고도 싶었고. 세상에 재미있는 것이 꽤 많았던 것 같기도 하다. 지금은 넷플릭스 보기도 지겨운데, 그때는 드라마라거나, 만화라거나, 소설이라거나…… 아. 그러고 보면 진수와 대화의 물꼬를 튼 계기는 우리 존잘님이었지.

내 고개가 저도 모르게 책상 위로 향했다. 취업 시험 관련 참고서들이며 노트, 쓴 휴지 등이 즐비하게 늘어진 그곳의 정신 사나운 분위기와 어울리지 않는 아이템이 하나 있었다. 가죽 장정에 금박 은박을 박은 표지의, 700페이지가 넘는 하드커버 소설. 원래 상중하로 예정되어 있었으나 상중이 합본되어 한정판으로 출간되고, 그 후 10년 넘게 후속권 발간 예정이 없는 전설의 아이템이다. 퀴어 판타지 문학으로 홍보되었으나 실체는 하드코어 BL이었다. 지금 생각하면 어떻게 정식 ISBN을 달고 출간되었는지 신기하지만, 2000년대 초반에는 의외로 불가능하지 않은 일이었다. "남자도 그런 거 읽어요?" 하니, "조금 식겁하는 장면도 있지만 심리 묘사가 너무 뛰어나서요, 정신 차리면 정신없이 읽고 있어요."라고 새파란 후배에게도 꼬박꼬박 존대를 했었지. 준수는.

"그런 건 지나간 과거의 일일 뿐이지요."

요정이 슬픈 얼굴로 말했다. 슬픈 얼굴? 아니었다. 그 얼굴은 슬퍼하는 게 아니라, 불쌍해하는 얼굴이었다. 연민. 그리고 경멸.

파르라니 피어오르는 연기 틈으로 요정의 얼굴을 찬찬히 보았다. 패기 없는 얼굴. 그 눈빛이 더욱 검어지고, 눈밑에도 검고 넓은 골이 파이는 것 같았다. 나는 반의반쯤만 투명한 러닝셔츠를 보았다. 희었던 그것이 보는 사이에 검게, 검게 변해 가고 있었다.

"대머리에게 머리가 나는 것보다 어려운 게 뭔지 아십니까? 한번 발기부전이 된 물건이 바로 서는 일입니다."

새하얗게 빛나던 팬티까지 검게 물들었다. 다리도, 검게. 검게.

어느새 온통 검게 물든 남자가 내 눈앞에 서 있었다.

"사인은 급성 폐암 정도로, 어떻습니까."

급성 폐암이라니, 내가 무슨 콘스탄틴이냐. 아니, 콘스탄

틴도 급성 폐암은 아니었다. 급성 부활은 했지만.

"죽고 사는 데 관여하지 않는다면서……."

그저 그렇게 중얼거릴 수 있을 뿐이었다. 가슴이 차가웠다. 돌덩이 같았다. 숨쉬기 위한 기관이 나를 숨막히게 하고 있었다.

검은 남자는 연민과 경멸을 담아 말했다.

"아까까진 그랬지요, 단지 발기부전의 요정이었습니다. 지금은 저승사자입니다."

"거짓말쟁이!"

"거짓으로 한 말은 없습니다. 말하지 않은 게 있을 뿐."

젠장, 부적 사 놓을걸. 이제 눈물도 나오지 않았다. 언니 말을 들었어야 했다. 그랬다면 저 변태 같은 귀신한테 농락당하고 죽는 결말은 피할 수도 있었을 텐데.

하지만 살려 달라고 애원하진 않았다.

그러고 싶은 마음이 들지 않았다.

딱히 그럴 가치를 느끼지 못했다.

"급성 폐암으로 죽으면 많이 아픈가요?"

"글쎄요, 급성이니까요. 금방 끝날 겁니다."

검은 남자는 손목에 차지도 않은 손목시계를 흘낏하고 덧붙였다.

"한 30분 정도?"

"아, 시발……."

"30분이면 짧은 편입니다. 아가씨의 짧았던 전 생애와 비교하고도."

30분은 주마등이 스치기에는 너무 긴 시간이었다. 내 전 생애를 주마간산하고도 시간이 남아, 나는 단지 공허를 기다렸다. 이제 아무것도 하고 싶지 않다. 이제 타들어 갈 것도 남지 않았다. 이제……

부르르. 내 휴대폰이 울렸다.

나는 망할 데이트용 원피스와 외투를 그대로 입고 있는 채였다. 외투 주머니에 휴대폰이 들어 있었다. 준수. 나는 다신 연락하지 말자며 헤어진 연인을 떠올렸다. 미련한 심장이 미련한 박자로 뛰었다.

아무리 저승사자라 한들 내가 내 옷에서 휴대폰을 뽑는 동작을 저지하기는 힘들 터였다. 검은 남자는 "앗……." 하고 여전히 패기 없는 신음을 냈지만, 그게 다였다. 나는 휴대폰을 꺼냈다. 준수, 준수! 선배! 제발 한 번만. 내가 살아도 된다면 제발 한 번만 기회를 줘.

나는 화면을 확인했다. 문자메시지가 한 통 와 있었다.

준수가 아니었다.

[신간알림] 고객님께서 신청하신 xyz 작가의 신간 〈제국천년전기 하(완결)〉의 신간이 등록되었습니다.

인터넷 서점이었다.

나는 이해했다.

누구에게나 가슴에 에어좃 하나쯤은 있다는 사실을.

그리고 그것이 지금, 방금, 발딱 섰다는 것을!

"우와아아아아아악!"

"어어, 어어어어어……."

검은 남자와 엉망진창인 여자가 동시에 기성을 냈다.

"허어, 이럴 리가, 당신 같은 사람이 설 리가 없는데."

남자는 절대 제 발로 설 리 없는 클라라가 휠체어를 팽 개치고 일어나는 장면을 목도한 마을 사람 A처럼 신음을 흘렸다. 새까맸던 온몸이 점차 허여멀건해지고, 반의반투 명에서 반투명, 거의 투명, 투명으로 상태변화를 이루고 있 었다.

"하아아…… 뭐…… 어쩔 수 없지요. 아가씨는 착하기 도 했고. 좋아, 서비스다. 급성 폐암은 사인에서 지워드리도 록 하죠. 축하합니다."

"앞으로 아무리 담배를 피워도 아가씨는 폐암으로 죽을 일은 없어요."라는 대사를 마지막으로 투명한 형상은 완전 히 소멸했다. 잘못 들은 것일 수도 있었다. 변태 요정의 마 지막 말 따위를 귀담아들을 만한 정신머리가 아니었으니 까. 후속권이라고! 존잘님의 10년 넘게 연중한 전설의 레 전드가 드디어 완결되는 거라고!

살아 있길 잘했어. 이걸로 앞으로도 살아 있을 수 있어.

나는 속에서 에어좆이 쿵쿵 맥박을 올리는 가슴을 부여잡고 울었다. 아무것도 없는 인생이었다. 앞으로도 별다른 일은 없겠지. 평생 알바를 전전하며 살지도, 너무 싫어서 도망쳤던 그곳으로 되돌아가야 할지도 모른다.

이 거지 같은 소동에서 내가 배운 게 있다면 딱 하나였다. 아무리 발기부전인 인생이라도 매우 사소한 흥분감으로 맥박을 되살리는 일도 있는 것이라고.

당신이 평창 ᄋᄋ 입니다

0

터벅터벅 동네 서점에 걸어가 스티븐 킹 전집을 사 모으던 아이가 자라 그 책을 출간한

출판사와 소설을 내게 되었다. 영상을 공부했으며 호러, SF, 코미디를 좋아한다.

계속 쓰고 싶다.

P. 그녀는 올해 스물여덟 살 프리랜서이다. 말이 프리랜서지, 공모전, 단기 아르바이트, 생동성 알바 등으로 밥줄을 이어 갈 뿐이다. P는 대학을 졸업한 다음 회사를 잠시 다니다 뛰쳐나왔고 시나리오 작가가 되겠다는 꿈과 함께 고시원에 들어갔지만, 몇 년째 변변한 완성작 없이 어영부영 지망생 생활을 하다 결국에는 통장 잔고가 바닥났다.

잔고가 바닥나는 건 익숙했다. 문제는 돈이 들어올 구석이 없다는 거였다. 응모한 공모전들 발표일은 몇 개월 뒤였고, 된다는 보장도 없었다. 남은 건 밖에서 일하는 아르바이트뿐이었는데, 밤이고 낮이고 책상 앞에 구부정하게 앉던 습관 때문에 허리가 아파서 엄두가 안 났다. 그렇게 혼자 안에 틀어박혀만 지내다 보니 사람을 만나기가 무서워졌다. 다 핑계일 뿐이지만. 그런 생각을 하며 P는 얇은 나무판자로 된 고시원 침대에 누워 휴대폰 화면을 들여다 봤다.

각종 아르바이트 정보가 올라오는 카페의 게시판을 둘러보다 막 올라온 게시물 하나를 발견했다. '[급구] 홍보 아르바이트 모집합니다.'라는 제목이었다. 클릭해 내용을 보자 '선착순 모집이며 자세한 것은 합격 후 공지드립니다.'라고 적혀 있었고, 문자로 전송하라는 간단한 항목이 나열되어 있었다.

P는 항목을 읽었다. 1. 이름, 2. 나이, 3. 꿈.

휴대폰을 침대 위에 내려놓고 천장을 바라보았다. 바보 같은 일이었지만 동시에 아무래도 상관없었다.

문자 창을 켜고 담당자의 휴대폰 번호를 쳐넣었다. 그리고 다음과 같이 썼다.

1. 이름 : P

2. 나이 : 28살

3. 꿈 : 없음

P는 문자 전송 버튼을 눌렀다. 그리고 옆으로 몸을 돌린 채 잠들었다.

* * *

　다음 날 P는 어둠 속에서 깨어났다. 고시원에는 창문이 없기 때문이었다. 습관대로 휴대폰을 집어 화면을 봤는데, 액정 상단에 문자 하나가 도착해 있었다. 문자에는 합격했다는 말과 함께 장소와 와야 할 시간이 적혀 있었다.

　"앉으세요."

　P는 의자를 끌어 앉았다. 낡은 책상이 있었고, 건너편에 중년 남자가 앉아 있었다.

　"왜 뽑히셨는지 아세요?"

　남자가 물었다.

　P는 고개를 저었다.

　"당신이 평창이기 때문입니다."

　P는 웃어야 하나 싶어서 하하 웃음소리를 냈다. 하지만 남자는 웃는 기색도 없이 말을 이어갔다.

　"2018년 평창 동계 올림픽에 대해 아는 게 있으신가요?"

　P는 생각에 잠겼다. 종종 페이스북 페이지에서 평창 올림픽 관련 이벤트를 보긴 했다. 마스코트인 흰 호랑이와 검은 곰이 그려진 머그잔이 귀엽다고 생각한 적도 있었다. 가끔 고시원 식당에서 라면을 같이 끓여 먹던 웹툰 작가 지망생이 이번엔 평창 올림픽 관련 공모전에 응모해야겠다며 궁시렁댔던 것 같기도 했다. 이런 것 말고는 아는 게 없

어서, P는 아니라고 대답했다.

"괜찮습니다. 처음엔 아예 모르는 게 좋습니다."

남자가 말했다. 그리고 책상 서랍에서 서류 두 장을 꺼냈다.

"여기에 사인하시면 됩니다."

P는 서류를 내려다보았다. 그리고 입을 열었다.

"정확히 뭘 하면 되는 건가요?"

"네?"

"그러니까, 저는 홍보라고 들어서 왔는데, 어떻게 하면 되는 건지, 관련 자료를 주시면 제가 그걸 인터넷에 올리면 되는 건지……."

남자가 P를 뚫어지게 쳐다보고 있었기 때문에 P는 말끝을 흐렸다.

"P 씨, 아무것도 안 하셔도 됩니다."

"아……."

"그냥 서류에 사인하시고, 나가셔서 간단한 시술을 받으실 겁니다."

"시술요? 생동성 시험 같은 건가요?"

"그런 건 아니고요. 받으셨다고 해서 별로 달라지는 것도 없을 겁니다. 그냥 P 씨가 평창이 되시는 거예요."

"네?"

"그러면 6개월간 매달 50만 원을 지급해 드립니다."

P는 그냥 서류에 사인했다.

* * *

그날 밤 P는 잠을 이룰 수가 없었다. 자꾸 이상한 생각들이 치밀어 올랐다. 그들은 P를 어두운 방으로 데려가 딱딱한 침대에 눕히고 옆으로 돌아눕게 했다. 누군가 P의 목 뒤에 거대한 흡착판을 붙였고 서서히 전기가 흐르기 시작했다. 이게 뭔지 물어봐야 해. 하지만 그러기엔 그들이 침대 위에 깔아 둔 작은 온열 패드가 너무나도 따뜻했다. P는 전기장판이 없었고 고시원은 중앙난방을 했기 때문에 밤마다 추웠다. 그래서 그때 잠이 왔던 거지. 시술을 받는 동안 너무 자서 지금은 잠이 오지 않았다. 시술 중에 깨어났을 때 누군가 P의 목 뒤에 차가운 젤을 문질렀다. 그리고 붉은 빛을 쐬어 줬는데 참 따가웠어. P는 고시원의 어둠 속에서 생각했다. 물어봤어야 했는데. 계속 생각할수록 머릿속에 떠오르는 장면은 하나였다. 어렸을 적 어머니와 아버지와 함께 모르는 집에 가서 앉아 있던 기억이었다. 아버지는 무릎을 꿇고 있었고 어머니 표정은 떠오르지 않았다. 그들은 돈 얘기를 하는 것 같았다.

다음 날 일어나니 통장에 50만 원이 입금되었다는 문자가 도착해 있었다.

P는 침대에 앉아 문자를 내려다봤다. 그리고 책상에 앉아 노트북으로 은행 계좌에 접속해 보았다.

평창이 P에게 보낸 500,000원이 도착해 있었다.

P는 지갑을 들고 고시원 방을 나와 식당으로 갔다.

습관대로 냄비에 물을 붓고 가스 불 위에 올렸다.

"언니!"

식당 문가에서 익숙한 얼굴이 보였다. 웹툰 작가 지망생이었다. P는 고갯짓으로 인사했다.

"우리 나가서 먹어요."

P와 지망생은 고시원 근처에 있는 왕돈까스 집으로 갔다. 지망생이 P 앞에 티슈 한 장을 깔고 그 위에 포크와 나이프를 올려 주었다.

"그거 된 거야?"

P가 물었다.

"예?"

"평창."

지망생이 고개를 저으며 웃었다.

"아, 아니에요, 그냥. 예전에 넣어 놓은 다른 공모전에서 장려상 받아가지고. 엊그젠가 입금됐어요. 아, 나왔네요. 감사합니다."

P와 지망생의 테이블 위에 왕돈까스가 놓였다.

"먹어요, 얼른."

지망생이 말했다.

돈까스를 나이프로 썰면서 P가 말했다.

"전에 한다고 하지 않았어?"

"예?"

"그, 평창."

"아, 그게. 하고는 있는데 어디에 맞춰야 할지 잘 모르겠더라고요. 보통 공모전은 관련 단체나 회사에서 심사를 하잖아요. 그런데 이거는 좀⋯⋯."

"하나된 열정."

"네?"

"뉴 호라이즌."

잠시 두 사람은 말이 없었다. 그러다 지망생이 먼저 말을 꺼냈다.

"언니, 어디 아파요?"

P는 자기 접시를 내려다보았다. 왕돈까스 위에 칼로 조각된 '평창'이라는 글씨가 선명하게 보였다.

"어, 나 좀 몸이 안 좋은가 봐. 먼저 들어가 봐야 할 것 같아. 미안."

"그래요, 언니."

지망생이 희미하게 웃으며 말했다.

"아, 돈까스 싸 달라고 하세요!"

"그래, 그래야겠다. 저기요."

P가 손을 들자 종업원이 테이블로 왔다.

"여기, 이거 좀 포장해 주세요. 그동안 온라인 판매만 하던 평창 동계 올림픽 개폐회식과 종목별 입장권이 본격적으로 오프라인 판매를 해요."

P가 말했다.

* * *

그 후로 P는 며칠 동안 고시원에 있었다. 자신은 뭔가 이상했고 사람들한테 이상함을 보이면 안 되니까. P는 평소대로 고시원 침대에 누워 천장을 바라보다가 이제까지 깨닫지 못했던 놀라운 사실을 발견했다. 고시원 천장이 올림픽의 뜨거운 열정이 느껴지는 레드 컬러와 최고의 스포츠 아웃도어 트렌드인 메탈릭 무드를 반영한 그레이 컬러 벽지로 발라져 있었던 것이다. 물론 고시원 천장뿐만 아니라 고시원 벽도 마찬가지였다. 그러니까 P는 이제까지 올림픽 안에 살았는데 미처 모르고 있었던 것이다. 하지만 올림픽 안에 살고 있었다는 것을 깨닫자 마음이 편안해졌고 잠이 몰려왔다. P는 고시원에 들어온 지 처음으로 깊은 잠에 빠져들었다.

꿈도 꾸지 않고 깊은 잠을 자고 일어나자 새로 태어난 것 같았다. 이제까지 P는 항상 고시원에만 있고 싶었다. 사람을 만나고 싶지 않았으니까. 그런데 이상하게 P는 자꾸 사람을 만나고 싶었다. 사람을 붙잡고 말하고 싶어서 몸이 근질거렸다. 그래서 P는 카톡을 켠 다음 아무한테나 평창 올림픽 스타디움은 수용 인원이 3만 5000명이라고 메시지를 보냈다. 아무리 기다려도 답장이 안 와서 P는 휴대폰을 들고 밖으로 나왔다. 전단을 나눠 주는 남자에게 O밸리에서 평창 올림픽을 열정적으로 응원하는 레드 프렌즈 페스티벌이 열린다고 말했다. 휴대폰 가게에 들어가 새 휴대폰 가입을 권유하는 직원에게 Visa R 카드 웨어러블은 동계 올림픽 최초의 선불 결제 수단이며 스티커, 배지, 글러브 형태로 출시되었고 휴대폰에도 부착할 수 있다고 말했다. 그러자 P는 행복했다. 어렸을 때는 소아 우울증을 앓았고 평생 우울했는데 이제는 행복했다. 너무 행복해서 P는 전화를 걸었고 P가 전화를 건 지 세 번 만에 어머니가 받았다. 빚쟁이들에게 이골이 나서, 어지간해서는 어머니가 전화를 잘 받지 않는다는 것을 P는 알고 있었기 때문에 하나도 화가 나지 않았다.

어머니가 전화를 받자 P는 자신이 어머니를 너무 사랑하고 자신은 평창이라고 했다. 그러자 어머니가 화를 냈다. P는 이해할 수 없었지만 아무튼 어머니는 강원도에 사니까 꼭 평창 올림픽에 가고, 거기서 만나자고, 정말 보고 싶다고 말하자 어머니가 울었다. 잘 알 수는 없었지만 P는 어

머니가 너무 기뻐서 운다고 생각하기로 했다. 평생 연락도
없던 애가 하나된 열정을 보여 주니까 기뻐하는 거라고.
뭐라고 울부짖던 어머니가 전화를 끊었다. 그러자 P는 이
제 어떻게 해야 할지 알 수 없게 되었다.

어느새 밤이 되어 주변이 어두워졌다. P는 어떻게 할까
하고 고민하다가 갑자기 엄청난 생각이 떠올랐다. 지금 당
장 버스를 잡아타고 평창으로 가는 것이다. P의 통장에는
평창이 보내 준 50만 원이 있었고 평창의 표고 높이 700,
해피 700이 P를 따스하게 감싸 안아 줄 것이다. 왜냐하면
사람들은 해발 700미터에서 생활을 할 때 가장 쾌적하게
잘 살 수 있고 평창에 가면 P는 해피 700이 될 수 있기 때
문이다. 그래서 P는 근처에서 가장 가까운 고속버스 터미
널인 김포공항 터미널로 가기로 했는데 거기서 또 놀라운
사실을 알게 되었다. 김포공항 국제선 청사 2층에는 2018
평창 올림픽의 공식 스토어가 있고 평창 올림픽의 다양한
라이센스 상품을 만나 볼 수 있다는 것 말이다.

* * *

"저기요."

P가 조심스럽게 말을 걸었고 지쳐 보이는 얼굴의 청년이
P를 바라보았다.

"네, 뭘 도와 드릴까요?"

청년이 물었다.

P는 반다비가 그려진 붉은색 극세사 응원 타올을 집어 들며 물었다.

"이건 얼만가요?"

청년이 대답했다.

"돈은 필요 없어요."

그 순간 P의 마음이 벅차올랐고 청년이 할 다음 말이 뭔지 P는 이미 알고 있었다.

"당신이……."

P가 말했다.

"당신이 평창이니까요."

P의 목에 수호랑 모양으로 된 목베개를 걸어 주며 청년이 말했다.

그랬다. P는 이제야 모든 것을 알 수 있었다. 자신은 바로 이 순간을 위해 평창이 된 것이었다. 혼자서 평창을 말하면 외롭지만 둘이 말하면.

"하나된 열정이니까."

청년이 말했다.

둘은 말하지 않아도 알 수 있었고 세상에 두려운 것이 없었다. 둘은 손을 꼭 잡고 평창 올림픽 공식 스토어를 걸어 나갔다. 각자 목에 수호랑 목베개와 반다비 극세사 타올을 걸고.

그들은 하나된 열정으로 새로운 지평을 열 것이며 그들이 어떻게 되었을지는 이미 당신이 알고 있을 것이다.

왜냐하면 혼자는 너무 외롭고 둘은 하나이며 당신은 평창이니까.

생매장 여관의 기억

奇異

정도경

전국장애인차별철폐연대는 장애등급제와 부양의무제 완전 폐지를 위해 지금도 싸우고 있다. 최근에는 휠체어가 탈 수 있는 저상버스 전면 도입을 위해 투쟁하다가 벌금 4400만 원 맞고 대표님들이 벌금 낼 돈 없으니 노역으로 때우겠다고 구치소 들어가셨는데 후원자들이 이틀만에 벌금 다 모아서 다다음날 풀려났다. 차별금지법은 여전히 제정되지 않았고 차별금지법 제정연대는 차별금지법 제정 만인선언 영상을 온라인으로 접수하고 있다. 정도경은 데모도 하고 후원도 하고 오체투지도 하고 행진도 하고 소설도 쓴다. 물론 마스크도 쓰고 손세정제도 쓴다. 팬데믹으로 모두 다 힘들어졌고 그래서 기본적인 인간의 권리를 존중받기 위해 어떤 사람들은 남들보다 더 가열차게 싸워야만 한다.

개인적인 인생의 40번째 생일에 그녀는 존재의 수단을 얻어 오던 조그만 회사에 사표를 냈다. 이유는 회장이라는 작자가 거들먹거릴 줄만 아는 머저리였기 때문이었다. 회장은 무능력하고 멍청한 늙은 남자였는데 그녀가 여자라는 이유만으로 만만하게 보고 그녀가 맡지 않은 일까지 전부 고압적인 명령조로 시키곤 했으며 그러다가 회장으로서 결정을 내려야 하는 상황이 닥치면 어쩔 줄을 모르며 그녀에게 조언을 구했고 회사 내에서 누군가 책임을 져야 하는 일은 전부 그녀의 탓으로 몰아갔다. 직종을 바꾸어 새로운 일에 도전해 보고 싶어서 그 회사로 직장을 옮겼으나 그녀가 얻은 것은 위장병뿐이었다. 그녀는 수시로 위통에 시달린 끝에 속 쓰림에 좋다는 마그네슘 영양제를 해외 직구로 구입했으며 영양제를 먹은 뒤에 마그네슘워먼이 되어 위풍

당당하게 머저리 회장의 면상에 사표를 집어 던지고 회사를 뛰쳐 나왔다. 어째서 원더우먼은 원더**우먼**인데 그녀는 마그네슘**위먼**이 됐는지 물으신다면 작가는 모르니까 그녀에게 물어봐야 할 것이다. 어쨌든 마그네슘위먼이 된 그녀는 자유와 행복의 유토피아를 찾아 정처 없이 길을 떠났다.

그렇게 길을 가다 날이 저물어 버렸다. 아무리 마그네슘위먼이라도 어쨌든 어딘가에서 잠을 자고 몸을 씻고 밥도 먹어야 했으므로 그녀는 묵을 곳을 찾아 주위를 둘러보았다. 주변은 황량하고 적막했고 그녀는 어디로 가야 할지 알지 못했다. 그렇게 둘러보는 와중에 초라한 간판 하나가 그녀의 눈에 띄었다.

생매장 여관

어쩐지 자다가 산 채로 파묻힐 것 같은 이름으로 어감이 몹시 좋지 않았으나 주위에 그 여관 외에는 다른 건물이 단 한 채도 보이지 않았다. 무엇보다 그녀는 마그네슘위먼이었고 남은 마그네슘 영양제도 가방 안에 가지고 있었으므로 유사시에는 어떻게든 할 수 있을 거라고 생각했다. 그래서 그녀는 간판이 있는 쪽으로 걸음을 옮겼다.

* * *

여관 주인은 얼굴에 혈색이 하나도 없어 보이는 창백한 사람으로 여자인지 남자인지도 잘 구분할 수 없었다. 어쨌든 숙박만 무사히 할 수 있다면 여관 주인이 여자인지 남자인지는 별로 중요하지 않았으므로 그녀는 방을 하나 달라고 했다. 여관 주인은 한 마디도 입을 열지 않고 핏기 없는 얼굴에도 아무런 표정을 띠지 않고 그녀에게 666호실 열쇠를 내주었다. 그녀는 불타는 듯 새빨간 열쇠를 받아들고 666호실을 찾아 계단을 오르기 시작했다. 666호실이면 6층일 텐데 굳이 계단으로 올라간 이유는 당연한 얘기지만 엘리베이터가 없었기 때문이었다.

복도는 어둡고 좁았고 계단은 몹시 가팔랐으며 바닥에 깔린 검붉은 카펫에서는 기묘한 비린내가 났다. 2층에서 3층으로 올라가 3층에서 死층을 거쳐 뭔가 한자가 신경 쓰이지만 여관 이름하고 잘 어울리는 것 같다고 생각하면서 5층으로 걸음을 옮기는데 어딘가에서 "살려 주세요!" 하는 소리가 들려왔다. 그녀는 몹시 피곤했고 빨리 666호실을 찾아가서 한숨 푹 자고 싶은 마음뿐이었으나 마그네슘워먼으로서 책임감을 느껴 소리가 나는 곳을 찾기 위해 5층으로 올라갔다.

"살려 주세요."가 한 번만 들리고 다시 들리지 않아서 잠깐 헤맸으나 귀를 기울이며 돌아다닌 끝에 마침내 516호실에서 이상한 소리가 나는 것을 알게 되었다. 그녀는 마음을 단단히 먹고 516호실 문을 열었는데 그곳에서는 눈부신 조명 장치 속에 외계인들이 수술대를 차려 놓고 누군가를 막 해부하려 하고 있었다. 그녀는 사랑과 정의의 이름으로 어쩌고 뭐 그런 비슷한 구호를 외쳐야 할 것 같은 기분이 들었으나 마그네슘워먼으로서 딱히 정해 놓은 구호가 없었기 때문에 그냥 자신이 아는 언어 중에서 대략 가장 외계어 비슷한 것을 우선 외쳤다.

"Здравствуйте! 죄 없는 지구인에게 무슨 짓을 하는 거냐! 그 사람을 놔줘!"

은빛으로 빛나는 창백하고 무표정한 외계인들이 일제히 고개를 들고 그녀를 바라보았으며 그녀는 한순간 그 외계인들이 여관 주인하고 대단히 비슷하다는 생각을 했다. 그녀가 지지 않고 마주 쳐다보자 외계인들은 잠시 멍하니 그녀를 쳐다보다가 다시 지구인을 해부하려 했다. 그녀가 다시 외계인들을 저지하려 했을 때 수술대에 누워 있던 지구인이 고개를 들고 그녀를 쳐다보고는 짜증을 내며 외쳤다.

"아줌마는 뭐야! 가서 남자 불러와!"

그래서 그녀는 은빛 외계 존재들이 성차별주의자를 해부하도록 내버려 두고 조용히 방에서 나왔다.

* * *

복도를 걷고 있는데 또 다시 "살려 주세요." 하는 조그만 소리가 들려왔다. 그녀는 조금 전의 경험으로 미루어 보아 외계 존재들을 방해하지 않는 편이 좋지 않을까 생각했으나 다시 한 번 "살려 주세요." 소리가 들렸기 때문에 또 다시 귀를 기울이고 복도를 열심히 뒤져서 소리가 들려오는 방의 문을 열었다. 그곳에서는 몸에 기묘한 장치를 한 은빛의 무표정한 외계인들이 어떤 여성을 둘러싸고 복잡한 기계 장치를 움직이고 있었다.

"뭐 하는 거야! 그 여자를 놔줘!"

외계인들이 이번에도 일제히 고개를 돌려 그녀를 쳐다보았다. 그녀는 용기를 내기 위해 가방 안에서 마그네슘 영양제를 꺼내 한 주먹 털어 넣고 목이 막혀 켁켁거렸다. 은빛 외계인 중 한 명이 몸에 달린 기계 장치를 덜걱거리며 그녀에게 다가와 물 한 컵을 건네주었다.

"감사합니다. 근데 지금 뭐 하시는 거죠? 저분 놔주세요."

물을 마신 뒤에 외계인의 친절에 왠지 고분고분해져서 그녀가 말했다. 그러자 외계인이 몸에 달린 금속 장치 중 하나를 조작했다.

이것은 Hybrid Assistive Limb이다. 줄여서 HAL이라고 한다.

여기까지만 말하고 외계인은 마치 그렇게 말하면 다 알지 않느냐는 듯이 말을 끊고 그녀를 쳐다보았다.

"그게 뭔데요?"

그녀가 다시 물었다. 외계인은 귀찮다는 듯이 고개를 절레절레 젓고는 몸에 달린 기계 장치를 다시 조작했다.

일종의 입는 로봇으로서 신체 기능을 도와주거나 강화해 주는 장치다. 우리는 은하계 장애인 차별 철폐 연대에서 파견되어 지구에 최신 기술을 전파하러 왔다.

외계인들에게 둘러싸인 여성이 분노하여 외쳤다.

"난 최신 기술 따위 필요 없어! 난 너희들한테 동정하거나 도와 달라고 한 적 없어! 난 그냥 나야! 장애인을 차별하는 놈들이 나쁜 놈들이지 장애가 나쁜 게 아니라고!"

화내지 마라. 싫으면 안 하면 된다. 우리는 그냥 기술만 전파하러 왔다. 우리는 불법 다단계가 아니다. 강매는 하지 않는다.

그리고 외계인은 몸에 달린 기계 장치를 조작해서 다시 덜걱거리며 화내는 여성에게 다가가 몸에 씌웠던 장치를 벗겼다.

장애가 나쁘다고 한 적 없다. 다만 가끔은 생활의 편의를 돕고 못된 놈들 혼내줄 도구가 필요하다. 나는 은하계 장애인 차별 철폐 연대 부상임이사로서 이 HAL을 직접 사용해 보고 그 편리함을 깨달았으며 지구의 동지들에게

도 힘내라고 전해 주고 싶다.

그리고 외계인들은 각자 몸에 단 기계장치를 덜걱거리며 짐 싸서 떠날 준비를 했다. 그러자 아까까지 화내던 여성이 외쳤다.

"잠깐!"

외계인들이 일제히 동작을 멈추고 여성을 쳐다보았다.

"그러면 그렇다고 처음부터 설명을 해 줬어야죠. 은하계 장애인 차별 철폐 연대는 어떻게 가입하죠?"

은빛 외계인들은 서로 쳐다보았다. 그리고 다시 짐을 풀어 여성에게 HAL 장치를 입혀 주면서 가입 절차를 설명하기 시작했다.

* * *

그녀는 딱히 여성을 도와줄 필요가 없다는 사실을 깨달았으나 기계 장치가 신기하고 은빛 외계인들도 흥미로웠기 때문에 공연히 문가에 서서 구경하고 있었다. 외계인들은 여성에게 기계 장치를 입혀 주고 사용법을 설명해 준 뒤에 이렇게 말했다.

이걸로 오늘 업무는 종료다. 내일은 새벽 9시까지 목성의 제5 위성에 가야 하므로 우리는 푹 자야 한다. 모두들 안녕.

그리고 은빛 외계인들은 일제히 침대에 쓰러져 코를 골기 시작했다. 코 고는 소리가 천둥 소리 같아서 시끄러워 도저히 견딜 수가 없었으므로 그녀는 HAL을 입은 여성과 함께 서둘러 방을 빠져 나왔다.

복도에서 HAL을 입은 여성이 물었다.

"그런데 당신은 누구죠? 저 방에는 왜 들어왔어요?"

그녀는 자신이 마그네슘워먼이 된 경위와 직장 그만두고 헤매다가 생매장 여관에 들어와 666호실을 찾게 된 이야기를 들려주었다. HAL을 입은 여성은 고개를 끄덕였다.

"그렇군요. 나는 소영이라고 해요. 광화문역 지하 9번 출구 옆 장애인 차별 철폐 연대 농성장에서 장애등급제와 부양의무제 폐지 서명을 받고 있었는데 갑자기 휠체어째로 공간 이동 당해서 정신 차려보니 이곳이었어요."

그녀는 소영 씨에게 자신과 같이 666호에서 하룻밤 묵고 날이 밝으면 광화문으로 돌아갈 길을 찾아보자고 제안했다. 소영 씨도 동의했다. 그래서 두 사람은 5층 복도를 지나 6층으로 올라가기 시작했다.

* * *

6층에 도달해서 두 사람은 금방 666호실을 찾아냈다. 방에 들어가서 자리를 잡고 대충 씻었으나 두 사람 모두

배가 고파서 잠이 오지 않았다. 그녀는 가방에 넣었던 마그네슘 영양제를 꺼냈다. 그러나 영양제는 아까 외계인들을 구경하면서 팝콘 대신 심심할 때마다 입에 넣었더니 어느 새 다 먹어서 한 알도 남지 않았다. 그녀는 기운이 떨어지고 다시 위통이 몰려오는 것을 느끼며 마그네슘을 찾아 헤매다가 방에 있는 소형 냉장고에 붙은 음식점 메뉴판 뒤의 자석을 떼내어 소영 씨가 말릴 새도 없이 마지막 남은 힘을 다해 자석을 부숴서 가루로 만들어 입에 넣었다.

"그게 맛있어요?"

소영 씨가 어처구니없다는 표정으로 물었다. 물론 자석 부스러기가 맛있을 리는 없었지만 어쨌든 그녀는 속 쓰림이 조금 가라앉은 것 같아 만족했다.

쾅쾅쾅!

누군가 문을 두드렸다. 소영 씨와 그녀는 깜짝 놀랐다.

쾅쾅쾅!

문 밖의 사람이 다시 문을 두드렸다.

"배달 왔습니다!"

"배달이라니? 우린 아무것도 안 시켰는데."

그녀가 중얼거렸다. 소영 씨가 뭔가 소리치려고 해서 그녀가 급히 말렸다.

"안에 여자만 있다는 걸 알면 들어와서 나쁜 짓을 하려고 할지도 몰라요."

소영 씨가 겁에 질린 얼굴로 고개를 끄덕였다.

그녀와 소영 씨는 손을 꼭 잡고 숨을 죽이고 문밖의 사람이 가 버리기를 기다렸다. 그러나 문밖에 있는 정체불명의 사람은 다시 한 번 문을 두드리며 외쳤다.

"냉장고 자석 건드리셨죠!"

"그걸 어떻게 알지?"

이번에는 소영 씨가 겁에 질린 표정으로 그녀에게 물었다. 그녀는 알지 못했으므로 말없이 고개만 저었다. 문밖의 사람이 그녀 대신 대답했다.

"생매장 여관은 최신 사물인터넷 시스템을 도입하여 냉장고 자석을 건드리면 자동으로 저희 생매장 반점에 주문이 들어오게 돼 있습니다! 그래서 음식 배달하러 왔어요!"

"강매 아니에요? 냉장고 자석만 건드려도 음식값을 내야 돼요?"

소영 씨가 고개를 절레절레 흔들었다.

"사기일 거예요."

그녀도 의심에 찬 얼굴로 말했다. 문밖의 사람이 다시 한 번 외쳤다.

"짜장면 두 개 탕수육 하나 왔어요! 싫으면 도로 가져갑니다."

그리고 쿵쾅쿵쾅 발소리가 복도를 걸어갔다.

그녀와 소영 씨는 얼굴을 마주보았다. 짜장면과 탕수육

이라는 말에 갑자기 견딜 수 없는 허기가 몰려왔다. 그래서 그녀가 냉장고 자석을 건드린 책임을 지고 문을 열고 복도에 얼굴만 내밀었다.

"저기요!"

어둠침침한 복도 끝에서 빛나는 은빛 배달통을 든 남자가 멈추어 섰다.

"짜장면하고 탕수육…… 주세요."

그녀가 기어들어 가는 목소리로 말했다.

남자가 다시 쿵쾅쿵쾅 발소리를 울리며 컴컴한 복도를 놀랄 만큼 빠른 속도로 걸어오기 시작했다. 그녀는 문을 열고 남자에게 말을 건 것을 마음속 깊이 후회하며 방 안으로 조금씩 물러섰다.

배달통을 든 남자가 방 안으로 벌컥 들어왔다. 복도가 어두워서 몰랐는데 밝은 방 안에서 보니 남자는 세상에 보기 드문 대단한 미남이었다. 그녀가 넋을 잃고 쳐다보는 가운데 미남은 배달통을 열고 음식을 꺼내 탁자 위에 늘어놓았다.

"다 드시면 그릇은 문밖에 내놔 주세요."

미남은 이렇게 말하고 쿵쾅쿵쾅 걸어나가 복도의 어둠 속으로 표표히 사라져 버렸다.

"저기요."

소영 씨가 건드려서 그녀는 화들짝 놀라 정신을 차렸다.

소영 씨가 말했다.

"짜장면 식어요. 빨리 드세요."

"배달원이 참 잘생겼네요."

그녀는 면에 짜장을 부어 기계적으로 입으로 가져가며 중얼거렸다.

"그렇네요."

소영 씨도 무심하게 맞장구 쳤다.

그녀는 탕수육 접시를 덮은 랩을 뜯었다. 탕수육 소스를 위에 부으려 하자 소영 씨가 짜장면 먹던 젓가락을 내던지며 외쳤다.

"지금 뭐 하시는 거예요!"

"왜요?"

그녀가 어리둥절해서 되물었다. 소영 씨가 격분했다.

"소스를 부으면 눅눅해진단 말예요!"

"그럼 어떻게 먹어요?"

그녀가 다시 물었다. 소영 씨가 외쳤다.

"탕수육 소스는 찍어 먹어야죠!"

"왜요?"

그녀가 다시 물었다.

"탕수육은 원래 소스랑 같이 먹는 거 아녜요?"

소영 씨도 지지 않고 주장했다.

"그럼 튀김옷이 다 흐늘흐늘해진단 말예요!"

그렇게 그녀와 소영 씨가 탕수육 소스를 부어서 먹느냐 찍어서 먹느냐를 두고 옥신각신하고 있을 때 갑자기 찢어지는 듯한 비명 소리가 생매장 여관 전체를 울렸다.

"끼오오오오!"

그녀와 소영 씨는 깜짝 놀라 짜장면과 탕수육에 대해서는 잊어버렸다. 그녀가 먼저 방에서 뛰어나와 문밖을 살폈다. 어두컴컴한 복도 끝에 단 한 곳, 환한 불빛이 문 밑으로 새어 나오는 방이 있었다. 그곳에서 다시 한 번 찢어지는 듯한 괴성이 울려 퍼졌다.

사람은 배가 불러야 용기가 생기는 법이므로 그녀는 방으로 돌아와 남은 짜장면을 한 번에 입 안에 집어넣었다. 그리고 복도로 달려 나와 불이 켜진 방의 문을 벌컥 열었다.

은빛 외계인들이 또 다시 눈부신 조명과 수술대를 설치해 두고 이번에는 뭔가 아주 커다란 뱀 같은 동물을 수술대에 묶어 두고 뭔가를 하고 있었다. 찢어지는 비명은 수술대에 묶인 동물이 지른 것이었다.

"또 뭐예요? 목성에 가야 한다고 하지 않았어요?"

그녀가 외쳤다.

은빛 외계인들이 일제히 고개를 들고 그녀를 쳐다보았다.

그건 은하계 장애인 차별 철폐 연대 동지들입니다. 우리는 은하계 동물 보호 연대입니다.

은빛 외계인이 사무적인 어조로 설명했다.

"미안해요. 비슷해 보여서 그만⋯⋯."

그녀가 사과하자 은빛 외계인이 차갑게 말했다.

자신과 다른 인종은 다 비슷해 보인다고 말하는 것은 인종차별입니다.

"미안해요."

그녀가 다시 한 번 사과했다. 그리고 외계인에 대해서도 인종이라고 말할 수 있는지 아니면 뭔가 다른 단어를 써야 하는지 생각하면서 어쨌든 본래의 용건으로 돌아갔다.

"그런데 동물 보호 연대에서 왜 동물을 못살게 굴고 그러세요!"

은빛 외계인이 다시 설명했다.

못살게 구는 게 아닙니다. 이 동물은 전설의 용이 되지 못한 이무기인데 승천을 하려다가 최근 인도에서 론칭한 세계에서 가장 무거운 로켓과 충돌하여 부상을 입었기 때문에 지금 치료를 하는 중입니다.

수술대의 이무기가 또 다시 괴성을 질렀다.

"끼오오오오! 치료할 필요 없어! 난 승천할 기회를 놓쳤어! 이제 1000년을 더 기다려야 해! 차라리 죽어 버릴 거야!"

그리고 이무기는 울기 시작했다. 이무기의 눈에서 넘쳐 나온 뜨거운 눈물이 방 안을 가득 채웠다. 그녀의 구두도 이무기의 눈물에 푹 잠겨 젖어 버렸다. 그녀는 푹 젖어 망

가져 버린 구두를 애도하며 이무기와 함께 울었다.

구두가 명품인가요?

은빛 외계인이 동정하며 물었다.

"아뇨, 싸구려예요. 그렇지만 좋아하는 구두란 말예요. 발에 잘 맞는 편한 여자 정장 구두 찾기가 얼마나 힘든데요."

그녀가 울면서 대답하자 이무기가 더더욱 눈물을 흘리며 사과했다.

"미안해요! 승천도 못 하고 남의 구두나 망가뜨리다니 내 존재는 쓸모가 없어! 나 같은 건 죽어야 해!"

"저분한테 필요한 건 치료도 치료지만 항울제인 것 같아요."

그녀가 훌쩍이며 말했다. 은빛 외계인이 고개를 끄덕였다.

검사를 통해 정확히 진단하고 약을 처방하도록 하지요.

그래서 그녀는 돌아서서 방을 나오려 했다. 이무기가 소리쳤다.

"잠깐! 나만 두고 가지 말아요!"

"치료 받고 좀 쉬세요."

그녀가 달랬다.

"우리는 666호에 있어요. 친구가 필요하면 놀러 와요."

그리고 그녀는 방으로 돌아왔다.

＊ ＊ ＊

방에 와 보니 소영 씨가 탕수육을 전부 먹어 버렸다. 그녀는 또 울고 싶어졌지만 구두 때문에 한참 울었기 때문에 그럴 기운도 없어서 기력이 떨어졌으니 또 냉장고 자석을 부숴서 먹을까 하다가 그러면 또 미남 배달원이 오겠지만 또 탕수육 소스를 붓느냐 찍느냐 가지고 소영 씨와 싸워야 할 것 같아서 그만두고 핸드폰을 꺼내 해외 직구로 마그네슘 영양제를 주문했다. 결제를 마치자마자 아까처럼 기운찬 발걸음 소리가 들리더니 누군가 문을 두드렸다.

"배달 왔습니다!"

그녀가 문을 열었다. 미남 배달원이 그녀에게 종이 상자를 내밀었다.

"이게 뭐예요?"

그녀가 어리둥절해서 물었다. 미남 배달원이 대답했다.

"주문하신 마그네슘입니다."

"이게 벌써 와요?"

그녀는 놀랐다.

"정보화 시대니까요."

미남 배달원이 침착하게 대답했다. 정보화 시대와 해외 직구 배달 속도는 아무 상관이 없다는 사실을 그녀가 깨달았을 때는 미남 배달원이 이미 쿵쾅쿵쾅 발소리를 울리며 어두운 복도로 사라진 뒤였다.

미남 배달원의 얼굴을 조금 더 오래 감상할 수 없었다는 사실에 그녀가 아쉬워하고 있을 때 다시 한 번 누군가 문을 두드렸다.

쾅쾅쾅쾅!

그래서 그녀는 얼른 문을 열었다.

"아, 짜장면 그릇 안 가져가셨죠? 탕수육도……"

그러나 그녀는 말을 마치지 못했다. 그녀가 문을 열자마자 방 안으로 들이닥친 것은 등산복을 입은 한 무리의 술 취한 중년 남자들이었다.

"어이, 아가씨들. 여자들밖에 없으면 재미 없잖아? 우리랑 같이 놀자, 응?"

술 취한 중년 남자들이 혀 꼬부라진 소리로 말했다. 그 중 술에 몹시 취한 한 남자가 그녀에게 다가와 어깨에 손을 얹었다.

"우리 이쁜이, 오빠라고 불러 봐."

다른 남자가 소영 씨에게 다가갔다.

"이 아가씨는 뭐 신기한 걸 입었네? 불편하지? 오빠가 벗겨 줄게."

그리고 술 취한 남자는 소영 씨의 HAL을 억지로 떼어내려 했다.

"저리 가!"

소영 씨가 외쳤다. 그리고 하이브리드 어시스티브 림(이라고 하면 왠지 HAL보다 멋있어 보인다.)의 기계 팔로 남자를 집어 들어 문밖으로 내던졌다. 남자는 끽 소리도 내지 못하고 문밖으로 내동댕이쳐졌다.

"어이, 같이 놀아 주려고 했더니 무슨 짓이야!"

다른 술 취한 남자가 화를 내며 덤벼들었다. 소영 씨는 그 남자도 기계 팔로 집어서 창밖으로 던졌다.

"이년이!"

세 번째 술 취한 남자가 상스러운 욕을 하며 강력한 기계 팔을 장착한 소영 씨가 아닌 그냥 평범하고 만만해 보이는 그녀를 때리려고 했다. 그러나 그녀는 미남 배달원이 방금 배달해 준 마그네슘 영양제를 먹었으므로 세 번째 남자도 가볍게 제압하여 소영 씨가 했듯이 창밖으로 내던져 버렸다.

"무슨 일이에요?"

뒤늦게 이무기가 방 안으로 고개만 들이밀었다. 이무기는 너무 커서 방 안에 완전히 다 들어올 수가 없었다.

"아무것도 아니에요. 술 취한 남자들이 억지로 들어와서 행패를 부렸지만 우리가 다 처리했어요."

소영 씨가 침착하게 설명했다.

"아, 그래요? 나한테 줬으면 내가 먹었을 텐데."

이무기는 조금 실망한 것 같았다.

"사람을 먹어도 돼요? 그런 거 하면 승천할 때 점수 깎이지 않아요?"

그녀가 놀랐다.

'승천'이라는 말에 이무기는 다시 울기 시작했다.

"어차피 나 같은 건 못해요. 나 같은 건 아무 쓸모도 없어요, 나 같은 건……."

이무기의 눈물이 또 다시 방 안을 가득 채웠고 그녀는 옷이 모두 젖어 버렸다. 소영 씨가 HAL에 달린 기계 팔을 움직여 창문을 열었고 그 덕에 방에 가득 찼던 이무기의 눈물이 밖으로 좀 빠져나갔다. 그러나 이미 그녀도 소영 씨도 옷이 흠뻑 젖어 버렸고 이무기는 계속 울고 있었다.

그녀는 가방을 뒤졌으나 가방 속까지 전부 다 젖어서 가져온 여분의 옷은 입을 수 없게 되어 버렸다. 그래서 그녀는 또 다시 급하게 핸드폰을 꺼내 자신과 소영 씨가 갈아입을 옷을 주문했다.

이번에도 결제를 마치자마자 누군가 문을 두드렸다.

쾅쾅쾅쾅!

그녀는 또 술 취한 남자들이 몰려들까 봐 문을 곧바로 열지 않고 일단 물어보았다.

"누구세요?"

"배달 왔습니다!"

익숙한 목소리가 들려서 그녀는 안심하고 문을 열었다.

미남 배달원이 종이 상자를 들고 들어왔다. 그녀가 첫 번째 종이 상자를 받으며 감사하다고 말하려던 찰나 이무기가 고개를 홱 돌렸다.

"넌 누구냐!"

이무기가 으르렁거리며 덤벼들려다가 배달원이 보기 드문 굉장한 미남이라는 사실을 알고 잠시 머뭇거렸다. 미남 배달원이 입을 열었다.

"저희 생매장 반점은 정통 중화요리 배달 및 각종 주문 대행 서비스까지 제공하는 4차 산업혁명 시대의 토탈 인테그레이티드 에런드-러닝 인포메이션 서비스 센터입니다. 필요하신 게 있으면 언제든지 불러 주세요."

미남 배달원은 이무기의 괴성에도 눈 하나 깜짝하지 않고 자기 할 말만 한 뒤에 남은 종이 상자 두 개를 그녀에게 넘겨주었다.

"감사합니다."

그녀가 말했다.

"저 친구가 지금 몸도 다치고 하던 일이 실패해서 마음도 좀 안 좋아요. 괜히 화풀이한 거 이해해 주세요."

"몸도 마음도 힘들 때에는 축제에 가시는 게 최고죠. 대구와 서울 및 인천, 광주, 부산 등 대한민국 각지에서 퀴어 퍼레이드가 열리는데 친구분들과 구경 다녀오시는 건 어떨까요?"(팬데믹 이전의 좋은 시절에 썼던 이야기이다 — 저자주)

"퀴어요? 이무기하고 퀴어 퍼레이드가 무슨 상관이 있죠?"

그녀가 되물었다.

미남 배달원은 서양 영화의 배우들이 흔히 하듯이 어깨를 으쓱했다. 미남이었기 때문에 그 동작은 무척 세련되어 보였다.

"퀴어 퍼레이드는 다양성의 축제니까요. 가셔서 여러 가지 삶의 형태를 접하시면 존재가 본질에 선행하니 꼭 한 가지 정해진 인생 목표만을 추구하지 않아도 잘 살 수 있다는 걸 아시게 될 겁니다. 그럼 저는 배달이 바빠서 이만."

그리고 미남 배달원은 복도의 어둠 속으로 표표히 사라져 버렸다.

* * *

그래서 그녀는 소영 씨와 이무기와 함께 대구 퀴어 퍼레이드에 갔다. 가서 즐겁게 구경하고 춤추고 노래하고 행진하고 먹고 마시고 잘 놀고 마그네슘 영양제도 다섯 통이나 비워서 새로 주문을 했고 미남 배달원이 왠지 외계인들의 수술대가 연상되는 은빛 오토바이를 타고 대구까지 마그네슘을 배달하러 와 주었기 때문에 퀴어 퍼레이드에서 함께 놀았다. 퍼레이드가 끝난 뒤에 이무기는 승천에 더 이상 집착하지 않고 고향으로 돌아가서 공무원 시험을 보겠다고 했기 때문에 어쩐지 그러려고 퀴어 퍼레이드 간 건 아니었다는 생각이 들었으나 이무기가 더 이상 슬퍼하거나 노여워하지 않고 뭔가 삶의 목표를 찾은 것 같았으므로 그녀는 괜한 잔소리를 하지 않기로 했다. 소영 씨는 하이브리드 어시스티브 림의 강력한 기계 팔다리로 산을 넘고 강을 건너 광화문 지하철역까지 한달음에 날아갔고 광화문 지하철역 농성장에서 전국 장애인 철폐 연대는 은하계 장애인 철폐 연대와 연대하여 장애등급제와 부양의무제를 폐지하기 위해 광화문 광장으로 나가서 청와대 앞으로 행진했다가 경찰에 가로막혀서 청운효자동 주민센터 앞 횡단보도에 표어와 요구사항만 열심히 스프레이 페인트로 그려놓고 돌아오는 길에 모두 순댓국을 먹었다. 그리고 그녀는 생매장 여관 666호에 누워 마그네슘 영양제를 먹으며 앞날에 대해 생각하기 시작했다. 생각한다고 답이 나오는 것은 아니었지만 달리 할 일이 없었기 때문에 그녀는 계속 생각하기로 했다. 그리고 그렇게 생각한 일들, 생각으로만 가능한 일들 중에서 몇 가지는 아마도 생매장 여관의 수많은 방들 중 어딘가에서 은빛 외계인들과 함께 실제로 이루어지고 있을 것이라고 상상했다.

You are what you eat

사피엔스

서울대학교 공과대학 및 동대학원 졸업 후 화학 회사 연구소에서 근무하다 진로를 바꿔
회계사로 일하다 육아로 전직했다. 책과 영화를 좋아하고 이런저런 이야기를 상상하곤
했으나 진지하게 소설을 쓰고 싶어진 건 조지 R. R. 마틴의 『얼음과 불의 노래』를
읽으면서, 과학소설을 쓰자고 마음먹은 건 대니얼 키스의 『앨저넌에게 꽃을』과
테드 창의 단편들을 읽고 나서였다. 본업에 매진하는 틈틈이 읽고 쓰며
작가의 꿈에 다가서고 있다.

"You are what you eat."이라는 말이 있다. 내가 먹은 것이 곧 나라는, 좀 더 정확히 표현하자면, 내 몸이 된다는 말이다.

이 말의 뜻을 아는 사람들은 생수 한 병이라도 허투루 고르는 법이 없다. 수원지가 어디인지, 물이 어떤 암반층을 통해 걸러져 무슨 미네랄을 함유하고 있는지를 따지고, 물속에 부유하는 먼지들을 바라보며 저 미네랄이 내 몸을 건강하게 만들어 주리라는 믿음을 가진다.

하지만 이 말을 들어본 적이 없거나 의미를 신경 쓰지 않는 사람들은 "먹고 안 죽으면 그만. 맛있으면 장땡이지."를 외치며 자기 입으로 들어가는 것들의 원산지도, 그 안에 든 식품 첨가물의 개수와 성분도 따지지 않고 그저 먹어대기에 바쁘다.

여기까지 말하니, 옆에 앉은 신동명 과장이 내 뒤통수를 탁 쳤다.

"야, 그래서 어쩌라고. 이 귀한 걸 다 갖다 버리라고?"

막내라 고기 굽는 일은 내 담당이었는데, 여자 친구가 될동말동 줄다리기하는 여자와 전화 한 통 하고 들어와 보니 핑크빛 수줍은 자태를 뽐내던 삼겹살이 바짝 쪼그라든 고동색 강정이 되어 있었다.

자리를 뜨기 전, 나보다 직급은 한 해 선배이지만 나이는 세 살 어린 김민정 대리에게 못난 후배 대신 고기 좀 구워 주십사 굽실굽실 부탁을 했는데, 평소 돼지고기는 바짝 익혀 먹어야 된다는 소신이 강했던 그가 이렇게 만들어 놓은 것이다.

그만하면 됐으니 이제 좀 먹자는 선배들의 만류에도 아랑곳않고 김민정 대리가 그 청순한 얼굴로 돼지꼬리촌충이니 민촌충이니 운운하며 해박한 기생충학 지식을 풀어놓았다는 이야기를 식사를 마치고 연구소로 돌아가는 길에 나보다 두 해 선배인 박병수 대리에게서 전해들었다.

내가 이렇게 해 놨다면 선배들로부터 나이 스물아홉이나 먹고 고기도 제대로 못 굽느냐는 지청구를 들었을 테지만, 팀의 홍일점, 그것도 미모의 홍일점이 벌인 일이라 선배들의 입에서 "야아, 오도독 오도독 과자 같은 텍스처네."라든가 "역시 삼겹살은 좀 태워야 제 맛이지."라는 등의 감탄이 쏟아져 나왔다.

하지만 나는 일단 저 딱딱한 물건(음식이 아니라)을 저작할 만큼 튼튼한 치아와 턱을 갖추고 있지 않았고, 저것이 뱃속에 들어와 소화된 뒤 내 DNA를 어떤 식으로 변형시켜 놓을지에 대한 걱정이 많았고, 무엇보다 선배들의 차별 대우에 속이 상했다.

쪼잔하다고 말해도 별 수 없었다. 기분 나쁜 건 기분 나쁜 거니까.

하여 나는 그 거무튀튀한, 한때는 삼겹살이었던 탄소 덩어리를 단 한 조각도 입에 대지 않았고, 그저 서비스로 제공된 (된장물에 가까운) 된장국에 흰쌀밥을 대충 말아 먹고 끼니를 때웠다.

더 짜증나는 것은 고기를 저따위로 구워 놓은 장본인인 김민정 대리조차 그것을 한 점 먹어 보더니 역시 인간의 악관절로는 처리하기 힘든 물건이었음을 깨닫고, 그렇다고 푸성귀 몇 조각 들어 있는 된장국으로는 성에 차지 않으니 "차돌박이 된장 시켜도 돼요?"라며 초롱초롱한 눈망울을 선보인 것이다.

이에 선배들은 "그럼, 먹고 싶으면 먹어야지."라며 나에게 차돌박이 된장찌개를 주문하라고 주문했다. 아니, 본인이 먹을 거면 본인이 주문해야지 왜 그런 것까지 후배를 시키는지.

고기 굽는 의무를 방기한, 그리하여 본인이 생각하기에도 민망한 상황을 연출하게 만든 후배에 대한 복수인가, 김민정 대리는 나더러 먹어 보란 말도 없이 공깃밥 하나를 뚝배기에 풍덩 쏟더니 꾹꾹 말아서 혼자 싹싹 비워 먹었다. 공깃밥을 하나 더 주문해서 남은 국물까지 말아 먹더라.

당장 다음 주 월요일까지 고객사에 새로운 샘플을 납품하기로 돼 있던 우리들은 불타는 금요일임에도 불구하고 삼겹살만 불태운 채 연구소로 돌아갔다.

샘플 제작도 언제나 직급 낮은 연구원들의 몫이었던 바, 선배들이 야근을 빙자하여 인터넷으로 주식, 게임, 부동산 등에 빠져 있는 동안 나와 김민정 대리는 시제품 제작에 착수했다.

그런데 김민정 대리가 또 얄미운 게 딴에 선배라고 20리터짜리 말통 들어 올리는 일 따위 간단히 마다했다. 아까 차돌박이 된장에 밥 두 공기 말아 먹은 건 어디다 쓰게.(그놈의 차돌박이 된장, 서러워서 집에 가는 길에 사 먹어야겠다.)

나는 각종 재료가 든 말통을 들어 나르고 대형 저울로 무게를 재고 사다리를 타고 올라가 대형 믹서 안에 재료를 붓는 등 혼신의 힘을 다했다. 김민정 대리는 팔짱을 끼고 서서 나의 일거수일투족을 관찰하고 꼬투리를 잡기에 바빴다. 선배들이 애써 개발한 시제품을 아직 생산 과정에 익숙지 않은 후배가 제조 단계에서부터 말아먹을까 두려워서 저러는 거겠지만 역시나 기분이 좋지 않았다.

믹서에 모두 넣었다고 끝이 아니고 모든 재료가 골고루 섞이도록 몇 시간 교반을 시킨 뒤, 고객사가 제품 제조 과정에서 기계에 장착할 수 있도록 표준 규격의 캐니스터(canister)에 시제품을 담아야 했다.

멀건 된장국에 밥 한 공기 말아 먹은 게 다라 1시간이 채 안 되는 작업을 끝내고 제조실을 나오니 벌써 배가 꼬르륵거렸다. 하지만 연구소 매점은 이미 문을 닫은 상태였고 다시 밖에 나가기엔 너무나 귀찮았다.

주린 배를 부여잡고 시간을 때우다 시제품을 캐니스터에 담고 연구소를 나오니 이미 자정이 넘은 시각이었다. 선배들과 헤어져 집으로 돌아가는데 아까의 삼겹살집은 이미 문을 닫은 상태였다. 젠장!

공허한 마음을 달래줄 나의 사랑스러운 줄다리기녀 박소미에게 문자를 보냈다.

소미야. 이 오빠, 저녁도 제대로 못 얻어먹고 노동력 착취만 당하다 이제 집에 간다. 악덕기업 같으니라고. 자니? 맥주 한잔할래?

하지만 답장은 없었다. 튕겨 보는 건가, 시간이 늦었으니 자는 건가. 에잇, 되는 일이 하나도 없다.

나는 내가 사는 아파트 단지 입구 편의점에 들렀다. 배가 고프니 모든 게 식욕을 동하게 했지만 신중해야 한다. You are what you eat! 내가 먹는 게 내가 된다고! 나는 가성비와 그것들이 갖춘 영양소와 지금이 야심한 시각임을 고려해 맥반석 계란을 골랐다. 한 팩? 아니 두 팩.

얼마 전 다이어트를 하면서 계란을 흰자만 먹어야 되는 걸 모르고 노른자까지, 그것도 하루에 열 알씩 먹어 대다 고지혈증, 그것도 기계가 측정할 수 있는 최고치를 넘어선 혈중 콜레스테롤 수치 덕분에 건강검진 재검을 통보받은 최재문 과장이 떠올랐으나 '뭐, 가끔 이러는 거야 괜찮겠지.' 싶어 맥반석 계란 세 팩을 사들고 집으로 올라갔다.

'불금'인데 그냥 잘 수 있나. 나는 계란을 차례차례 까먹으며 TV도 보고 게임도 하고, 그 늦은 시각에 계란 세 팩을 다 먹은 죄책감에 운동도 하며 그날 밤을 하얗게 지새웠다.

뭐가 문제야, 주말인데. 하루 종일 늘어지게 자고 또 밤새 자고 일어나니 햇살이 비쳐 들어와 방안이 환했다.

자는 동안 목이 잠겼나? 나는 눈을 뜨자마자 목청을 가다듬은 뒤 구성지고도 우렁차게 "오, 오오!" 하고 외쳤다. 난데없이 이게 무슨 일이람.

그리고 다시금 배가 고팠다. 그런데 그제 밤에 계란을 너무 많이 먹은 반작용이었는지 밥을 먹고 싶었다. 정확히는 쌀이. 그리고 야채를 먹고 싶었다. 육식동물인 나한테 이런 일이? 희한한 감각이었다.

눈에 잔뜩 낀 눈곱을 떼어내려 눈을 비비는데 뭔가 이상했다. 내 손이 손이 아니고, 무슨 천(?) 혹은 겹겹이 쌓인 니트(?) 같은 것이 나풀나풀 움직이며 내 얼굴을 쓸고 있었다. 엥? 다시 보니 내 팔에 깃털이 가득했다.

깃털! 깃털이라고! 그랬다, 깃털. 이거 꿈인가 싶어 머리를 흔드니 이마와 턱 아래에 붙은 뭔가가 출렁였다. 이건 또 뭐냐. 날개를(!) 당겨서 만져 보니 물컹한 살덩어리가 이마에 한 개, 턱 아래에는 두 개가 달려 있었다.

거울, 거울을 봐야 해! 나는 두 날개를 펼쳐 푸드덕거리며 침대에서 뛰어내렸다. 그제야 아래를 내려다보니 내 발은 동네 시장에서 빨간 양념을 발라 좌판에 진열해 놓은 닭발, 영락없는 닭발이었다.

재빨리 욕실로 달려갔으나 작아진 내 키로는 거울을 볼 수가 없었다. 날개가 있잖아. 날아 봐! 하지만 내가 날아오를 수 있는 높이는 고작 변기까지. 그곳에서 젖 먹던 힘을 다해 위로 또 위로 점프하며 날개를 휘저어 봤다.

거울까지 오를 때마다 얼굴 위아래로 빨간 볏이 달린 수탉 한 마리가 얼굴을 빼꼼, 빼꼼 내밀고 있었다. 뭐야, 저게 나라고?

"이럴 수가, 도대체 무슨 일이 벌어진 거지! 아니야, 이건 꿈이야. 이럴 리가 없어!"라고 외치며 욕실 구석에 얼굴을 처박았다. 아무것도 안 보이면 아무 일도 안 일어났던 것처럼, 예전으로 돌아갈 것 같았다. 하지만 그거야말로 새 대가리 발상이었다.

그 후로 몇 시간 동안 기다려도 보고, 잠을 더 청해 보기도 하고, 꼬집어도 보며 (이건 좀 힘들었다. 손가락이 없어서.) 온갖 짓을 해 봤지만 난 닭이었다. 그러다 내가 원래 배고픈 상태였다는 것을 깨닫고 엄마가 사 둔 쌀 포대를 (부리와 발을 이용하여) 열어 그 고소한 낟알을 톡톡 쪼아 먹었다. 행복했다.

허기가 해결되니 이성이 돌아왔다. 내가 왜 이렇게 됐는지는 모르겠지만 생각하는 방식으로 보아 여전히 사람임이 틀림없었다. 도움을 청해야 한다는 생각이 들었다.

유럽에서 단체 관광 중이신 부모님 생각이 일단 떠올랐다. 스마트폰을 찾아냈으나 손가락이 없어 턱에 달린 볏으로 전화를 걸었다. 쉽진 않았지만 가능은 했다. 그래, 나의 이 문제 해결 능력과 도구를 사용하는 습성을 봐. 나 아직 사람 맞다고!

하지만 엄마도 아빠도 빡빡한 여행 일정을 소화하느라 바쁜지 전화를 받지 않으셨다. 그러다 소미한테 전화를 할까 했지만 그만뒀다. 사람 상태에서 나의 모든 매력을 동원해도 유혹할 수 있을지 말지 자신이 없는 마당에 이런 닭의 모습으로 그녀를 마주하고 싶지 않았다.

그렇다고 집 안에 가만히 처박혀 있을 수는 없었다. 나는 앞 베란다로 달려가 밖을 내다보았다. 그런데 이상하게도 평소 아이들이 뛰어노는 놀이터에 병아리와 새끼 돼지, 심지어 송아지들이 득시글했다. 닭과 돼지, 소도 몇 마리 어슬렁거리고 있었다.

내가 닭이 됐음을 발견했을 때보다 더욱 불길한 느낌을 안고 뒤 베란다로 달려갔다. 주차된 차들 사이로 각종 가축들이 이리저리 돌아다니는 게 보였다. 설마…….

밖에 나가야 하는데 현관문을 열 수가 없었다. 문고리에 손, 이 아니라 날개도 닿지 않았고, 닿는다 한들 그것을 잡고 비틀 수도 없었고, 비튼다 한들 육중한 철문을 밀고 나갈 재간이 없었다.

다시 앞 베란다로 뛰어가 놀이터에서 뛰노는 어린 동물들을 바라보는데 위층에서 뭔가가 푸드덕거리며 뛰어내렸다. 핫, 투신 자살은 아니겠지? 유리창에 얼굴을 바짝 갖다 붙이고 내려다보니 그것은 나와 비슷하게 생긴 수탉이었다.

마침 더운 여름날이라 창문이 조금 열려 있었던 덕분에 그 수탉에게 말을 걸 수 있었다. 우리 집이 2층이었던 것이 다행이라면 다행.

"저기요! 어떻게 밖으로 나가신 거예요? 현관문을 열 수가 없어요!"

바닥에 서 있는 수탉이 외쳤다.

"에어컨 실외기를 하나씩 타고 내려 와요!"

아, 그런 방법이 있었구나.

나는 방충망 틈새로 부리를, 그리고 머리와 몸을 차례
차례 밀어 넣어 나 하나 빠져나갈 수 있는 공간을 만든 뒤
베란다 난간으로 뛰어올랐다. 그새 날개에 힘이 생긴 건지
날갯짓에 익숙해진 건지 아까 욕실에서보다도 더 높이 날
수 있었다. 딱 그 정도까지가 한계라는 게 아쉬울 따름.

난간을 닭발로 감아쥐며 나는 모종의 흥분에 사로잡혔
다. 이것은 일종의 횃대였던 것이다. 높은 곳에 자리를 잡
고 서서 적이 오지 않는지 주변을 살피며 내 암컷들을 지
키려는 수탉의 본능이 내 안에서 꿈틀대고 있었다.

그런 본능에 굴복당하지 마라! 넌 사람이라고! 나는 머
리를 세차게 흔들고 (그 바람에 볏도 같이 흔들리고) 아래층
에어컨 실외기로 뛰어내렸다. 아찔했다. 하지만 공기가 내
몸을 타고 흐르는 느낌이 기분 좋았다. 역시 날기는 새의
본능…… 집어치우라고!

1층 세대 앞 풀밭에 뛰어내렸는데 파릇파릇한 풀들이
너무나 먹음직스러워 보였다. 나는 왜 죽기 살기로 집을
빠져나왔는지를 잊어버리고 그 풀잎들을 톡톡 쪼아 먹었
다. 그러다가 잎사귀 사이의 작은 벌레들도 함께 먹게 되었

는데 그 맛이 기가 막혔다. 문득 가슴이 철렁 내려앉았다.
야! 오태수! 너 지금 뭐 하는 거야!

나는 꼬꼬댁거리며 놀이터로 달려갔다. 그리고 평소 눈
인사 외에는 나누지 않던 아파트 주민들과의 대화에 끼어
들었다. 역시나 그들은 도대체 우리에게 무슨 일이 벌어진
건지 토론을 벌이느라 정신이 없었다.

308호 개 아줌마가 말했다. 미끄럼틀에서 미끄러지는
병아리 한 마리에게 눈길을 주면서.

"제가 이해할 수 없는 건 내 새끼가 왜 강아지가 안 되
고 병아리가 됐냐는 거예요. 분명 내가 낳은 내 새낀데, 이
게 말이 돼요?"

"새댁, 새댁이 개가 된 건 이해가 되고요? 뭐, 우리 집 식
구들은 전부 소가 됐으니 다행이라고 봐야 되나요."

1104호 황소 아저씨가 대꾸했다. 이에 706호 고양이 할
아버지가 나섰다.

"자자, 이러지 말고 다들 어제 그제 뭘 했는지를 톺아봅
시다. 일단 나부터……."

대부분이 소, 닭, 돼지(간혹 개와 오리도 있었다.)인데 이
할아버지 혼자 고양이인 점이 아무래도 요상했지만 어쨌
거나 연장자의 말을 들어보기로 했다.

할아버지의 일상은 별거 없었다. 돈 걱정 없는 노인들이
그렇듯 집안, 공원, 경로당, 마트, 혹은 관공서나 은행 나들

이를 한 바퀴 도는 게 다였고, 특별히 운동을 한다거나 취미 활동을 하지도 않는데다 만난 사람도 평소와 같았다. 다만 특이한 점 한 가지는 관절염에 좋다며 며느리가 고아 주고 간 나비탕을 한 팩 마시고 잤다는 거였다.

"나비탕이라고요!"

일동이 경악한 표정으로 그를 쳐다봤다. 그리고 일제히 깨달았다. 이 모든 소동의 원인을.

그랬다. 우리는 우리가 먹은 것으로 변한 것이다! You are what you eat. 나는 내가 먹은 것이다. 원래는 내가 먹은 게 내가 돼야 하는데 이번에는 내가, 내가 먹은 것이 된 것이다. 내 말이 이해가 되는가?

맥반석 계란을 세 팩 먹은 나는 닭으로, 보신탕을 먹은 308호 부부는 개로, 그리고 보신탕이 싫어서 삼계탕을 먹은 그 집 딸은 병아리로, 온가족이 미국산 블랙 앵거스로 고기 파티를 열었던 1104호 가족들은 소로, 나비탕을 마신 706호 할아버지는 고양이로 변한 것이다.

"이거 언제까지 이럴까요?"

"모르죠. 에휴……."

"다른 동네도 다 이런가요?"

"제가 알기론 그래요. 전화를 다 돌려 봤거든요."

"아, 안 그런 사람도 있어요."

"정말요?"

그렇게 묻는 동물들의 눈에 의혹과 질투가 들끓었다. 그들의 주목을 받은 902호 돼지 아줌마가 말했다.

　"제 친구 하나가 완전히 비건(vegan)인 친구가 있어요. 걔는 사람 그대로더라구요. 남의 살 먹은 사람만 이렇게 됐나 봐요."

　동물들의 주둥이에서 탄식과 욕지거리가 툭툭 튀어나왔다.

　그 와중에 1104호 황소 아저씨는 자꾸 뭘 게워내더니 턱을 빙빙 돌려가며 씹고는 다시 삼키는 일을 반복하고 있었다.

　"아오, 아저씨. 제발 그것 좀 그만두실 수 없나요? 보기가 참 그렇네요."

　몇몇 여인네들이 퉁을 던지니 아저씨가 말했다.

　"나도 이러기 싫은데 자꾸 이렇게 돼요. 아까 점심을 너무 많이 먹었나 봐요."

　저 되새김질은 아름다운 광경이 아니었지만 (앞뒤로 뿜어대는 메탄가스 냄새는 어떻고.) 나무랄 수 없는 문제였다. 나와 3층 수탉 아저씨도 수시로 바닥을 살피며 뭔가를 쪼아대고 있었으니까.(그 아저씨 가족은 '치맥'을 즐겼다고.)

　그런데 주민들과 얘기하다 보니 그저께 소미와 나눈 대화가 떠올랐다. 그 대화는 이랬다.

　"오빠, 오늘 저녁에 뭐 해?"

"아, 나 오늘 야근이야."

"히잉, 그렇구나. 그럼 우리 집에 밥 먹으러 못 오겠네."

"왜, 어머니가 맛있는 거 해 주신대?"

"지금 엄마 아빠랑 마트에 와 있는데 삼계탕을 해 먹을지 대게를 삶아 먹을지 고민 중이야. 울 엄마가 오빠 혼자서 밥은 제대로 해 먹는지 걱정이래."

소미와 오랫동안 절친했던지라 소미 어머니는 나를 아들처럼 잘 챙겨주셨다. 아아, 그때 다 때려치우고 소미네 집에 갔어야 했다. 최소한 저녁만이라도 거기에서 먹고 왔어야 했다.

소미네가 닭 대신 게를 삶아 먹었으면 어쩌지. 그 걱정이 들자 더이상 그 자리에 있을 수가 없었다. 나는 당장 소미네 집으로 달렸다. 소미네 집은 두 블록 건너 다른 아파트 단지였다. 평소 같았으면 20분이면 걸어갈 거리를 짧디짧은 닭다리로 뛰자니 몇 시간이 걸렸는지 모르겠다.

이 소용도 없고 무겁기만 한 날개는 왜 있는 걸까. 그제 밤에 야식이라고 빼지 말고 밤늦게 문 연 고깃집을 찾았더라면 소나 돼지로 변해 네 다리로 뛸 수 있었을 텐데. 아니면, 냉장고 야채실에 처박힌 오이나 쌈장에 찍어 먹을걸. 그럼 아직도 사람일 텐데.

구시렁거리며 소미네 집에 도착했다. 날개를 푸드덕거리며 날아올라 부리로 초인종을 찍어 누르니 소미 동생 주미가 문을 열고 나왔다. 사람이었다.

"누구세요?"

"나? 태수."

이렇게 올려다보니 원래 나보다 머리 하나 반은 더 작았던 주미가 『잭과 콩나무』에 나오는 거인 같았다.

"아, 태수 오빠구나. 들어 와."

"주미야, 넌 왜 아직도 사람이냐."

나는 물어봄과 동시에 깨달았다. 주미도 비건이라는 사실을. 주미도 이 소동의 원인을 아는지 나에게 어떻게 닭이 되었냐고 묻지 않았다.

"언니는?"

"욕실에."

나는 주미를 따라갔다. 욕실에서 뭘 하기에?

그랬다. 소미네 가족은 대게를 삶아 먹은 것이다. 욕조 가득 담아 놓은 소금물에 러시아 대게 세 마리가 들어앉아 기다란 다리 여러 가닥을 꿈지럭대고 있었다.

"소, 소미야……."

세면대 위에 올라앉아 내려다보니 셋 중 누가 소미인지 알 수가 없었다. 다행히 주미가 그중 한 마리를 손으로 집어 들어 욕실 바닥에 내려놓았다. 나는 바닥으로 뛰어내렸다.

"이 닭은 누구?"

"태수 오빠야."

"뭐어? 오빠……."

그렇게 닭이 된 나와 러시아 대게가 된 소미가 마주보며 인사를 나눴다.

"결국 삼계탕이 아니라 대게를 먹었구나."

"응."

더 이상 무슨 할 말이 있으랴. 저 동그랗게 튀어나온 작은 눈과 흉악스런 집게발을 보니 정신이 아득해졌다.

다시 집으로 돌아가려니 힘이 빠진 나는 그날은 소미네 집에서 묵기로 했다. 그리고 주미의 도움으로 드디어 엄마 아빠와 통화를 할 수 있었다. 내 생각대로 엄마 아빠는 물론 다른 관광객들, 거기다 대부분의 유럽인들도 가축으로 변한 상태라고 했다.

문제는 언제 집으로 돌아올지 모른다는 거였다. 파일럿, 항공정비사, 관제사들도 소, 돼지, 양, 닭이 돼 버려 항공기를 띄울 수가 없었다. 그나마 몇 안 되는 비건 파일럿 등이 있었지만 예정된 비행 스케줄을 모두 소화하기엔 무리였다.

그날 저녁 나는 쌀과 배추를, 주미는 밥과 나물을, 소미와 소미의 부모님들은 날생선을 먹었다.

그랬다. 날생선. 회도 아니고, 날생선. 세 마리의 대게는 앞에 놓인 날생선을 집게로 잡아 뼈째 자르고 그렇게 뜯어 낸 조각을 정신없이 입안으로 가져갔다. 그 모습을 본 나는 아연실색, 식욕이 뚝 떨어지고 말았다.

다음 날은 월요일, 게다가 금요일에 열심히 생산한 시제품을 고객사에 납품해야 하는 중요한 날이었지만 이제 그런 건 관심 밖의 문제였다. 우리 팀 선배들은 돼지가, 김민정 대리는 소가 되었다.

우리가, 아니 김민정 대리가 삼겹살을 태우던 그 시각에 횟집에서 단체 회식을 했다는 고객사의 우리 상대팀은 다음 날 전원이 광어, 산낙지, 개불로 변했다고 한다. 이러니 우리가 만든 샘플이 뭐가 중요하겠는가.

나는 주미의 도움을 받아 집으로 돌아왔다. 그 전에 나는 소미와 작별 인사를 나눴다.

"소미야, 우리 인연은 여기까지인 것 같구나. 앞으로 멋진 대게 만나서 잘 살렴."

"오빠, 이러지 마. 우리 행복했잖아. 왜 조금도 노력하지 않는 거야?"

"무슨 노력? 또 그 얘기니? 말했잖아."

소미는 나더러 대게로 변할지도 모르니 러시아 대게를 사 와서 먹어 보라고 재촉했다. 하지만 나는 잡식성이긴 해도 작은 벌레나 잡아먹는 정도였지 갑각류라니, 내 식성상 그런 건 음식이라고 정의할 수 없는 것이었다.

"너야말로, 날계란 한 모금만 마셔 보면 안 되겠니?"

"싫어. 어우, 생각만 해도 소름 돋아. 그런 걸 어떻게 먹어?"

"왜? 날계란이나 날생선이나 비린 건 마찬가지잖아."

우리의 대화는 몇 날 며칠을 이렇게 도돌이표를 따라 돌았고 결국 우리는 서로 맺어질 수 없는 사이임을 인정할 수밖에 없었다.

엄마 아빠는 여전히 귀국하지 못했고 세상은 개판 5분 전이 되어 갔다. 아, 이렇게 말하면 개들이 기분 나쁘려나. 소판, 닭판, 오리판, 염소판, 고양이판……이 되어 갔다.

나는 동네를 돌아다니며 사람들이 참으로 여러 동물을 잡아먹고 산다는 것을 알게 됐다. 뱀으로 변한 사람이야 그렇다 쳐도 오소리로 변한 사람은 뭘까? 두꺼비로 변한 사람은 죽지 않은 게 다행이었다. 두꺼비한테 독이 있지 않나? 도대체 무슨 생각으로…….

모두들 처음에는 본인들이 짐승이 아니라 사람이라는 생각에 예의도 반듯하게 차렸고 말도 가려가며 했다. 간혹 동물의 본능을 못 이기고 되새김질을 하거나 길바닥에서 늘어져 자거나 가로수에 소변을 보거나 하던 이들도 주변에서 날아드는 핀잔에 고개를 숙이곤 했다.

아마 사람이 사람에게는 그렇게 직접적으로 불만을 드러내지 못하리라. 닭으로 변하기 전, 한번은 아파트 화단 한구석에서 바지를 내리고 쭈그리고 앉아 오줌을 누는 정신이 좀 이상한 할머니를 본 적이 있었다. 그렇다고 그분 얼굴에 대고 "할머니, 여기서 이러시면 안 돼요." 하고 말할 수는 없었다. 잠시 정신이 흐려졌을 뿐, 그분도 인격과 감정을 지닌 존재였으니.

지금은 모두들 두려워하는 것이다. 이대로 가면, 이 지구는 인류 사회가 출현하기 전의 원시 시대로 회귀할 것이라는 것을. 그래서 더더욱 이웃들에게 잔소리를 퍼붓는지도 몰랐다.

하지만 동물적 본능이 인간 이성의 잔재를 침식하여 뇌를 지배하는 데에는 그리 오랜 시간이 걸리지 않았다. 나만 해도 이제 식사는 아파트 단지 풀밭이나 공원 잔디밭에서 해결하는 데다 대소변은 변의가 느껴지는 즉시 진자리에 배출했다.

사실 화장실이 큰 의미가 없기도 했다. 이미 도시 기능이 마비되고 있었으니. 우리 집 욕실이나 공원 공중화장실이나 더럽기는 매한가지였다. 나도 변명할 수밖에 없다. 이 날개로 어떻게 변기 청소를 하라고?

특히나 소들이 한 번씩 화장실에 다녀오면 변기 막힘은 백발백중이었다. 채 소화되지 않은 굵고 질긴 섬유질은 둘째치고라도 일단 양 자체가 너무나 많았기 때문. 개들이야 특유의 영역 사수 본능에 따라 수시로 찍찍 갈기고 싸대는 데 여념이 없어서 말해 봤자 입만 아팠다. 가장 칭찬받아 마땅한 종족은 고양이였다. 언제나 깔끔한 뒤처리를 보여 줬으니.

그럼 사람은 무엇을 했느냐. 채식주의자라 짐승이 되지 않은 사람들 말이다. 그들은 처음에는 동물화된 사람들의 뒤치다꺼리를 하느라 바빴다. 하지만 그도 잠시, 곧 지치고 말았다. 몇 안 되는 사람이 지구의 대부분을 차지하는 동물들을 어찌 다 보살필 수 있으리.

그들은 결국 자기들끼리 따로 모여 살았고 우리도 나중에는 그렇게 됐다. 유유상종이라는 말이 딱 맞았다. 나랑 소미만 봐도 알 수 있지 않나? 동물들은 다른 종을 받아들이기 힘들게 생겨 먹었나 보다. 길 가다 닭으로 변한 사람을 보면 무척이나 반가웠고, 3층 수탉 아저씨는 나의 '베프'가 되었다.

가끔 하는 소름끼치는 얘기만 빼면 좋은 분이었다. 무슨 얘기였냐면 변신 전에 워낙에 치맥을 즐기던 사람이라 여전히 치맥이 '땅긴다'는 거였다. 곡물과 야채, 벌레를 완전히 즐기게 된 나로서는 이해도 되지 않을뿐더러 공포스럽기까지 한 발언이었다. 닭이 치맥을 먹고 싶다니. 사람으로 치면 식인종 아닌가?

쇠고기 아니면 고기로 치지도 않던 1104호 황소 아저씨네도 이제는 풀 아니면 먹지를 않았다. 때문에 나와는 경쟁 상대가 되기도 했다. 우리가 사는 곳은 아파트 단지라 녹지가 부족했으니. 우리는 점점 더 멀리 먹이를 찾으러 떠나야 했고 그러다 보면 산이나 들에서 밤을 보낼 때도 많았다.

그것이 반복되다 보니 굳이 집으로 돌아갈 필요가 없다
는 생각도 들었다. 어차피 엄마 아빠는 양으로 변했는데
만나 봐야 이야기도 잘 안 통할 거고 언제 돌아올지도 몰
랐다. 나는 그런 문제보다도 빨리 암탉들을 모아 무리를
형성하고 싶은 마음이 더 컸다.

물론 그것은 나를 비롯한 다른 수탉들도 마찬가지였다.
길에서 들에서 산에서 수탉들은 싸움을 벌였고 나도 그
싸움에 참가했다. 그래도 내가 투기가 좀 있었는지 싸움에
서 꽤 이겼고, 한 무리의 암탉들을 차지할 수 있었다.

우리는 가족이 되었고, 다음 해 봄에는 예쁜 내 새끼들
도 태어났다. 가장 먼저 봄을 알리는 개나리처럼 샛노란
병아리들이었다.

러시아 대게가 된 소미는 잊은 지 오래였다. 건너 건너
들은 얘기로는, 소미가 오매불망 바다만 그리워하다 결국
은 주미의 도움으로 동해 바다에 갔는데 엄마 아빠와 함
께 바닷물에 들어가 다시는 나오지 않았단다.

의외로 주미는 그 상황을 반겼다. 매일같이 물고기를 잡
아다 가족들에게 바치는 삶이 고단했던 것이다. 처음에는
마트에서 사 온 생선도 감지덕지했으나 점점 살아 있는 물
고기를 원했다고.

세상이 이 지경이 되니 비건 사람들은 다양한 세상사에

관심을 끊었고 오로지 농사만 지으며 유유자적 살았다. 우리는 그렇게 각자의 영역에서 새로운 가족을 만들며 안정된 삶을 살아가고 있었다. 그 일이 있기 전까지.

끝이 아니었다. 뭐가? 변화가, 혹은 변신이.

여느 날처럼 나뭇가지에 앉아 꾸벅꾸벅 졸던 나는 현기증을 느끼며 바닥으로 떨어졌다. 정신을 차리고 일어났을 때에는 바닥에 단단히 뿌리 내린 풀 한 포기가 되어 있었다. 나의 아내들과 아이들도 마찬가지였다. 간혹 벌레로 변한 이들도 있었다. 우리가 지내던 보금자리는 그저 풀밭처럼 보였다.

똑같은 일이 또 일어난 것이다. 나는 내가 먹은 것으로 변했다. 그렇다면 다른 동물들은?

신기하고 감사한 일은, 식물들도 의사소통을 할 수 있었다. 사방에서 부는 바람을 타고 날아드는 화학물질들로 인해 어느 식물이 어떤 말을 했는지를 인식하고 이해할 수 있었다.

그렇게 이야기를 나눈 결과, 세상 동물들 대부분이, 심지어 비건이었던 사람들마저 식물이 되었다는 사실을 알게 됐다. 왜 전부가 아니라 대부분이었냐면 아직 이 물질의 역순환에 존재하는 시간차로 식물이 되지 못한 세균이나 벌레들이 있었던 것이다.

하지만 결국 이들마저 풀로 변해 버렸고 지구는 녹색 식물로 뒤덮이고 말았다. 이것이 끝이었을까?

아니다. 식물의 번식과 생장에 대해 배운 사람이라면 일부 식물의 꽃가루받이에 곤충이 중요한 역할을 한다는 사실을 알 것이다. 곤충이 사라지자 그런 식으로 씨를 퍼뜨리던 식물들이 서서히 멸종해 갔다.

하지만 바람으로 수정했던 식물들이 무사했느냐 하면 그것도 아니었다. 아까 말하지 않았나? 물질의 역순환. 그것으로 인해 식물들은 누가 불똥을 튀기지 않았는데도 줄줄이 자연 발화하며 타올랐고, 열과 빛과 재와 공기로 화하여 흩어졌다.

그리하여 우리는 모두 먼지 혹은 에너지 혹은 광물이 되었다. 그러한 모습으로 우리는 한데 뒤섞여 회오리쳤고 하나의 정신이 되어 우주를 유영했다. 그리고 우리는 보고 말았다.

우주의 섭리를 가지고 장난친 조물주의 모습을. 그는 자신이 만든 세상이 한 방향으로만 굴러가니 지루했나 보다. 어느 날 그는 물질의 순환이라는 수레바퀴를 반대방향으로 돌렸다.

그는 잊고 있었던 것이다. 그것을 돌게 하는 힘이 자신에게서 나온다는 사실을. 종국에 그는 그것의 구동력을 이기지 못하고 그 밑에 깔려 집어 삼켜지고 말았다. 마침내 이 세상에는 아무것도 남지 않게 되었다.

모든 것이 캄캄했다. 눈을 떠도 감아도 사방이 어둡고 고요했다. 아직 해가 뜨지 않은 새벽이었다. 나는 안도의 한숨을 내쉬었다.

꿈이었다. 더럽게 기분 나쁜 꿈. 온몸이 축축했다.

그럼 그렇지. 맥반석 계란을 먹었다고 닭이 될 리가 없잖아.

나는 달걀이 되었다.

무한마계 지하던전

삶이황천길

1992년생, 대학원에서 종교학을 공부하고 있다.

사는 동안 조금씩, 꾸준하게 글 쓰는 것이 소소한 인생 목표.

동생의 패딩이 찢어졌다.

낮에 시간을 낼 수 있는 사람이 없어 결국 실업자인 내가 동인천역까지 나와야 했다. 원래 모든 귀찮은 일은 백수가 맡는 법이다.

동인천역 지하상가에서 재봉하는 집은 쉽게 찾을 수 있었다.

"이거, 고칠 수 있나요?"

하얀 솜이 터져 나온 패딩을 내밀자 여사님은 고개를 저었다.

"이건 오바로크 쳐야 해. 여기서는 안 돼."

"오바로크요?"

"양키시장 쪽으로 가봐. 전문적으로 하는 데 있어."

"양키시장은 또 어디예요?"

수선집 여사님은 나를 쳐다보았다.

"몰라?"

"네."

"한복길 걸어가다 왼쪽 골목길로 들어가면 있어."

"핸드폰에 치면 나오나요?"

나는 지도 어플을 켜서 '양키시장'을 입력해 보았다. 뜨는 곳은 동두천이었다.

"안 뜨네……."

"에휴."

여사님은 재봉틀을 멈추고 종이 위에 약도를 그렸다.

"이렇게 가면 있어."

"네. 감사합니다."

덥고 건조한 지하상가를 나오니 겨울바람이 뺨을 때렸다. 나는 도통 알아볼 수 없는 약도를 들고 중앙시장, 그러니까 한복거리로 향했다.

인천에 산 지 벌써 13년째인데, 양키시장이라는 이름은 들어보지도 못했다. 양키시장이 이렇게 늘 다니는 거리하고 가까운 곳에 있었다고? 믿기 힘든 사실이었다.

중앙시장, 한복거리와 마주 보는 곳에 있는 양키시장은 수입된 술이나 일본 과자, 향수를 파는 곳이었다. 시장의 깊은 곳으로 들어가니 오버사이즈 티셔츠를 팔고 있었고, 쌓인 옷들 사이에서 퀴퀴한 냄새가 났다.

―수크, 라바야, 하크, 수크라부.

여러 남자가 모여 내는 소리였다. 이곳은 한낮인데도 어두웠고 옷 냄새에 찌들어 있는 곳이어서 남자 여러 명의 목소리가 나면 나는 감각을 곤두세울 수밖에 없었다. 20여 분간 헤맨 끝에 오바로크집을 찾아냈다.

"이거, 고쳐주실 수 있으신가요?"

"5000원."

―하크, 수크, 수리바야, 라흐텐샤.

―루프, 하카야, 세냐바, 라흐라부.

"……이상한 소리 안 들리세요?"

나는 지갑에서 5000원을 꺼내 아저씨에게 내밀었다.

"요즘 이상한 무리가 보이긴 하는데 쫓아내도 계속 들어오니 도리가 없어. 어떤 거로 오바로크 쳐 줄까?"

어차피 내 것도 아니니, 나는 동생을 물 먹일 생각으로 새빨간 장미 가시가 돋은 십자가 로고를 골랐다.

재봉질은 10분도 되지 않아 끝났다. 불길한 목소리는 10분이 지나도록 계속 울렸다. 수많은 목소리가 한데 뭉친 그 소리는 점점 광기로 빠져들었다.

―하크마수! 리흐투수! 제파리수! 오텐피수!

내가 아저씨에게서 오바로크 된 패딩을 받은 바로 그 순간이었다.

―솔! 리유! 후텐샤!

조도가 낮은 형광등이 깜박였고, 온 골목을 불길한 어둠이 휩쓸었다.

"뭐, 뭐야?"

어둠에 닿은 사람들의 모습이 기괴하게 변했다. 호러 게임에서 보는 크리처의 모습 같았다. 내 앞에 있던 오바로크 집 사장님도 이상한 괴물이 되어 나를 보고 으르렁거렸다. 나를 향해 벌린 입속에 난 수많은 이빨을 본 순간, 나는 남동생의 옷을 꽉 쥔 채 양키 시장을 뛰쳐나왔다.

나왔을 때는 분명 햇빛 쨍쨍한 오후였는데, 동인천역 북광장은 막차를 타고 내린 시간대보다 어두웠다. 몸이 비틀린 존재들이 어둠 속을 걸어다녔다.

"뭐, 뭐야."

그것들은 나를 보고 입맛을 다셨다. 그르렁대는 소리가 들려 뒤돌아보니 양키 시장 한가운데 검은 기둥이 보였다. 엄청난 힘이 소용돌이치는 그 기둥은 하늘에 닿아 어둠을 흩뿌렸다.

도망가야 해. 버스를 눈앞에서 놓쳐도 뛰지 않는 나였지만 이 순간만큼은 뛰어야 한다고 생각했다. 곧 나는 투명한 벽에 얼굴을 박고 말았다.

"쳇, 결계인가……."

'어둠의 힘이야.'

귓가에 울리는 소리에 주변을 둘러보았다. 아무것도 없

었다.

'나를 입어, 그럼 너도 안전해질 수 있어.'

"패딩?"

패딩이든 코트든 따질 때가 아니었다. 난 입고 있던 두 꺼운 코트를 벗고 가슴팍에 장미 십자가 마크를 오바로크 친 패딩을 입었다. 남동생은 나보다 말라서 지퍼는 잠기지도 않았다. 오바로크가 무지갯빛을 냈다. 은은한 빛 속에서 가시덩굴을 두른 요정이 희미하게 보였다.

"나는 믿는 자를 보호해 주는 빛의 수호 요정, 리트."

"믿는 자?"

"십자가를 믿는 자들이면 누구든 내가 지켜줄 수 있어."

미쳤나. 진짜.

십자가 오바로크 쳤다고 수호 요정이 나를 보호해 준다고?

"지금 무슨 일이 벌어지는지 알아?"

"마계를 이 세계로 불러온 것 같네."

요정은 바람결에 일렁이는 자신의 머리칼을 뒤로 넘겼다.

"예견된 일이야. 난 천계에서 이 일을 막기 위해 인천으로 내려왔어. 기다리고 있었어, 용자."

언제 적 마계고 언제 적 천계냐. 애초에 마계 인천이라는 말 자체가 살기 나쁜 낙후된 도시라는 인터넷 선동질의 결과잖아?

"용자를 기다리고 있었다고?"

"우리는 환상세계의 존재들이야. 믿는 사람이 없으면 존재할 수도 없고 힘을 쓸 수도 없어. 그 순간 네가 나를 선택한 건 운명이야."

아닌데. 그냥 동생 물 먹이려고 제일 촌스러운 마크 고른 거였는데.

"그래서, 내가 어떻게 했으면 좋겠는데?"

"나와 함께 이 마계를 몰아내자."

선택권은 없었다. 패딩을 입은 순간부터 나는 이 이상한 요정과 엮이게 될 운명이었던 거다.

내가 이 패딩을 입게 되다니, 입는 사람을 죽고 싶게 만드는 촌스러운 오바로크에 수치심이 들었다.

"무기는 안 줘?"

"용자는 자신의 힘으로 모든 것을 정화할 수 있어. 나는 사소한 축복만 걸어 줄 수 있어."

"솔직히 말해 봐."

나는 요정을 보았다. 융통성 없이 대사를 랩 하듯 뱉어내는 거로 봐서, 이 요정도 내게 뭔가 숨기는 게 있었다.

"너, 일 시작한 지 얼마 안 됐지? 나를 며칠 동안 기다린 거야?"

"한 사흘 정도?"

신입 요정은 잠시 시무룩해졌다. 하지만 곧 열정을 담아 나를 보았다.

"그래도 빛의 요정으로서 축복을 걸어 줄 수 있으니까! 무기가 될 만한 것을 주면 내가 힘을 줄게!"

"무기로 쓸 만한 게 없는데?"

한쪽 어깨에 메고 있는 에코백에는 지갑과 여행용 티슈뿐이었다.

"그걸 나한테 물어보면 어떡해!"

"지금 저 크리처들이 나를 공격하지 않는데 굳이 무기가 필요할까?"

"여기 있는 것들은 우상과 거리가 멀어서 그나마 순한 거야. 우리는 어둠을 믿는 자들이 세워둔 우상을 파괴해야 해. 그래야 이 세계를 원래대로 돌릴 수 있어."

"우상은 어디 있는데?"

"저 안쪽에."

리트는 동인천역 안쪽을 가리켰다. 그 안쪽에는 지하상가뿐이었다.

"우상은 하나뿐이야?"

"아니, 주안이라는 곳에 하나가 더 있어."

"그리고?"

"그곳보다 먼 곳에서 더 강력한 악의 기운이 느껴져, 그곳에는 아마 최후의 우상과 마왕이 있을 거야."

"부평역 지하상가네."

"확실해?"

"인천에서 마왕이 성으로 삼을 만한 곳은 그곳밖에 없거든."

잠깐, 결계가 있다면, 이 밖으로는 나갈 수 없다는 의미고, 그렇다면 나는 걸어서 주안, 부평까지 가야 한다는 소리잖아?

"설마 걸어가야 하니?"

"각 우상들은 연결되어 있어. 한 우상을 파괴하면 다른 우상으로 가는 길이 열려."

"듣던 중 다행인 소리네."

"할 수 있어! 우리는 할 수 있어!"

"예이, 예이."

"무기로 바꿀 건 없어?"

무기로 바꿀 것이래 봤자, 민증하고 엄마 신용카드밖에 없는데.

"이거 두 개뿐이야."

"이게 뭐야?"

"신분증하고 신용카드."

"이걸로 싸우겠다고?"

그럼 평범한 실업자의 에코백에서 칼이 나오기를 기대했냐!

리트는 영 불안한 표정으로 내 신분증과 카드에 축복을 내렸다.

"중요한 건, 네가 할 수 있다는 마음가짐이야. 어둠을 물리칠 수 있다는 마음가짐."

"사실 너도 불안한 거지?"

나는 빈정댔다.

"우리는 너를 믿어. 너라면 반드시 성공할 거야."

"일단 도전은 해 볼게. 따라와."

"나, 저 안쪽 길은 전혀 몰라."

나는 민증을 손가락으로 집어 리트에게 보였다.

"그건 걱정 마. 나는 누구다? 동인천에 주민등록이 되어 있는 사람이다. 동인천은 뭐다? 지하상가 상권 때문에 횡단보도도 안 놔주는 곳이다. 그럼 동인천 주민은 뭐다?"

"타고난 용자다!"

"용자까지는 아니더라도 동인천역 지하상가를 돌파하는 건 누워서 떡 먹기지."

누워서 떡 먹다가 목에 걸려 죽은 사람도 꽤 있지만 말이야.

"낭비하고 있을 시간 없어!"

"우상은 지하상가 제일 깊은 곳에 있는 거지?"

"응!"

"그럼 신포시장이야."

나는 리트를 어깨 위에 올린 채로 새동인천 지하상가로 들어갔다.

"여기 왜 이래?"

늘 다니던 익숙한 길인데도 벽이 일렁이고 괴물이 돌아다니니 낯선 느낌이 물씬 풍겼다.

"왜? 어디 아파?"

"내가 알던 길이 아닌데?"

"뭐라고?"

"리트, 이 미궁에 대해 아는 거 없어?"

"마계의 모든 것은 미로로 되어 있어. 특히나 마왕성이나 우상을 모시는 곳은 복잡한 미궁이지."

난이도로 따지자면 동인천역 지하상가는 제일 쉬운 단계였다. 야트막하지만 긴 오르막이 있어서 힘이 들 뿐이지, 주안처럼 방사형도 아니었고, 부평 지하상가처럼 지도를 봐도 알 수 없는 복잡한 곳은 아니었다.

"몇 번 출구로 나가면 되는 거야? 명확한 출구 번호를 알면 미궁의 길이 열릴지도 몰라."

"이 동네에서 출구 번호로 누가 길을 찾아……."

동인천역 지하상가의 비극은 출구 번호로 길을 찾으려고 할 때 일어난다.

예를 들자면 이런 것이다. 동인천역 토박이와 서울 사람의 약속. 토박이들은 '대한서림'에서 보자고 하지만, 지하철 출구 번호로 길 찾는 것이 익숙한 서울 사람은 '몇 번 출구'냐고 묻곤 한다. 그럼 토박이들은 잠시 뇌가 멈춘다. '거기가 몇 번 출구였지?' 대한서림은 유서 깊은 동인천역 만남의 광장이지만 그곳의 출구 번호가 7번이라고 바로 말할 수 있는 토박이는 없을 것이다. 동인천역의 공식적인 출구는 4개지만, 지하상가 출구까지 합치면 도합 30개가 넘는 출구가 있다. 그래서 동인천 사람인 나는 출구 번호를 외우지 않고, 그 위에 무엇이 있는지 매칭하면서 다녔다.

"전철역에서 길을 찾을 때는 주로 출구 번호를 이용한다고 인간생활백서에 나와 있던데. 아니야?"

"맞는 말이긴 한데, 여기는 동인천역이 아니라 동인천역 지하상가라고. 우리가 가야 할 곳은……."

몸이 기억하는 대로 걷다 보니 지하상가의 중앙으로 나왔다. 마계에 침식당한 대리석은 털부츠를 신고 있는데도 기분이 나빴다.

"저 오르막이야."

내가 세상에서 제일 싫어하는 것 세 가지를 대라면, 첫째가 계단이고 둘째가 등산이고 셋째가 오르막이었다.

동인천역 지하상가는 그 세 가지를 모두 갖춘 완벽한 코스였다. 사람들이 왜 굳이 계단을 오르내려야 하는 경사 있는 지하상가로 다녀야 하냐고? 그야 바깥에는 횡단보도가 없으니까!

마계와 우상의 영향을 받아 변형된 지하상가는 가파른 산길이었다.

"있지, 리트."

"응."

"나, 패딩 벗고 올라가면 안 돼?"

"안 돼. 패딩은 너를 감싸는 성스러운 갑옷 같은 거야. 이 십자가 때문에 너는 마물이 되지 않고 이곳에서 버틸 수 있는 거야."

"하이고……"

나는 앓는 소리를 내며 오르막을 올라갔다. 몇 시간째 걷고 있는데 끝이 보이지 않았다.

"이거 제대로 미궁인데?"

나는 온몸에 흐르는 땀을 닦았다.

"마법 결계인 것 같아."

"네 힘으로는 어떻게 못 하겠어?"

"너라면 할 수 있을 거야!"

"무슨 소리야. 나는 마법사가 아니라고."

갑자기 눈을 빛내는 요정이 부담스러워 나는 고개를 돌렸다.

"아니, 아니! 그런 게 아니라. 너, 이곳에 산다는 주민증이 있다며. 그리고 이곳의 진실된 모습을 알고. 그럼 그 주민증과 네 진심으로 이 결계를 깰 수 있을 거야!"

뭐라고. 민중 주제에 마계의 결계를 깰 수 있을 거라고?

"네 마음의 힘을 믿어. 그리고 그 힘을 말로 표현해. 언령

230

의 힘으로 이 결계를 부수는 거야."

언령의 힘이니 마음의 힘이니 다 이해하는 내가 원망스러워졌지만, 민증이 이 결계를 깰 수 있다니 일단 거기에 걸어 보기로 했다.

"오르막! 제발! 없어져! 세상에서! 사라져!"

나는 민증을 손가락 사이에 끼우고 가파른 오르막에 내리꽂았다. 민증이 꽂힌 틈 사이로 빛이 새어 나오더니 오르막이 유리 조각처럼 깨져서 흩어졌다. 그리고 결계 뒤에 있던 크리쳐들이 내게 쏟아졌다.

"으아아악!"

"도망가면 안 돼! 그 분홍색 카드를 아까처럼 써 봐!"

분홍색 카드라면 엄마의 신용카드였다. 나는 신용카드를 꽉 쥐고 집어던졌다.

"카드 결제하고 현금 결제가 왜 가격이 달라요?"

카드는 회전하며 크리쳐 목에 깊은 상처를 남겼다. 제1열이 쓰러지자 2열, 3열의 크리쳐들이 몰려왔다.

"카드 쓴다고 눈치 주지 마라!"

"잘하고 있어!"

"계속 이러시면 국세청에 신고할 수밖에 없어요!"

국세청 단어가 나오자 마물들이 모두 멈춰 섰다. 나는 그 틈을 타 지하상가의 끝에 도달했다. 오른쪽 통로로 나가면 바로 신포시장이었다.

"계단! 헉!"

꼭대기가 보이지 않는 계단이 눈앞에 펼쳐졌다. 나는 리트가 시키지 않아도 주민증으로 계단을 내리쳤다. 그러나 변하지 않았다. 그 계단은 원래 그 모습 그대로였던 것이다.

"아악! 허억, 허억, 허어어억!"

이 웬수 같은 계단! 지하상가를 주된 통로로 이용하게 할 거면 출구마다 에스컬레이터하고 엘리베이터를 놓든가!

"헉, 허억, 허어억……."

그러나 어느 계단에도 끝은 있기 마련이었다. 나는 어둡고 번개가 내리치는 하늘 밑에서, 시뻘게진 얼굴로 숨을 내쉬었다.

"타고난 용자라면서 체력은 왜 이렇게 안 좋니?"

"요즘 용자들은 힘보다는 지력을 키워야 하거, 허억, 든."

"그렇다고 마법을 쓸 수 있는 것도 아니잖아?"

"나는 쓸 수 있을지도? 여태 연애 같은 거 한 번도 해 본 적 없거든."

"맞아! 인간생활백서에서도 오랜 시간 연애를 하지 않은 인간은 마법을 쓸 수 있다고 했어!"

나는 손바닥 위에 떠오르는 불덩이를 생각해 보았다. 그러자 내 손 위에서 거대한 불기둥이 솟았다.

"헉."

"이렇게 강한 마력은 처음 봐……."

"조용히 해."

불기둥을 보고 크리쳐들이 모여들었다. 나는 땅 위에서 치솟는 불기둥을 상상하며 발을 굴렀다.

"친구 연애 상담 경력 10년 차의 의견 알려 드릴게요! 듣지도 않을 거 매일 똑같은 문제로 상담 말라고!"

깊은 땅속에서 불기둥이 올라오며 마물들을 쓸어 버렸다. 보아라! 이것이 통계에 잡히는 대졸 실업자의 마법이다! 통쾌함을 느끼며 나는 신포시장 앞에 서 있는 우상 앞에 섰다. 르네상스 시대의 아름다운 조각상 같은 것을 기대한 내가 바보였다.

신포시장의 우상은 ……거대한 황금 생닭이었다. 오돌토돌한 닭살까지 완벽하게 재연한, 기괴함까지 느껴지는 우상이었다.

우상을 둘러싸고 마물들이 의식을 치르고 있었다.

"우! 우! 신포 닭강정! 우! 우! 동인천 명물! 우! 우!"

"동인천 사람들은 닭강정을 좋아하니?"

"일단 나는 이 동네까지 와서 닭강정을 기어이 사가고 마는 사람들을 존경해."

"맛이 없나 보네?"

"특별한 맛은 없지. 나는 그것보다 신포시장 안쪽에서 파는 주전부리가 더 좋아."

"우! 우! 신포 닭강정! 우! 우!"

크리처들이 발 구르는 소리가 점점 커졌다. 나는 불꽃을 쏘아 올려 그 의식을 흐트러뜨렸다. 목 없는 생닭 우상을 두고 춤추던 크리처들이 괴성을 질렀다.

"우와악! 누구냐! 누가 신포 닭강정의 부활을 막느냐!"

"니트라고 알고 있냐?"

질풍노도의 시기가 다시 나에게 찾아왔다.

"대장! 저놈은 위험합니다! 혼자서 미궁의 결계도 깨고 우리 병력을 산산조각낸 인간입니다! 보통의 인간이 아닙니다!"

"그야 당연하지! 나는 일하는 모든 자의 꿈! 그 꿈을 다루는 니트족이니까!"

"뭐라고! 젠장! 분명 인간 세계에 그런 종족은 존재하지 않는다고 들었는데!"

나는 황금 생닭을 향해 손바닥을 펼쳤다. 조무래기들은 알 바 아니었고 관심도 없었다.

"인간적으로 닭강정 들고 전철 타지 좀 맙시다! 배고파지니까!"

하늘에서 게이트가 열리며 바위가 떨어졌다. 우상은 납작해졌다. 공간이 찌그러들며 또 다른 차원의 문이 열렸다.

"저기야! 저기로 가면 다음 우상으로 갈 수 있어!"

"확실해?"

"어둠의 기운이 안 느껴져?"

"우우! 우리 닭강정! 우우!"

분개한 마물들이 발을 굴렀다. 그 분노를 감당할 수 없던 나는 찌그러진 우상 앞에 열린 차원의 문으로 들어갔다. 차원의 문은 주안 지하상가의 방사형 한가운데 놓인 우상 앞으로 나를 인도했다.

이곳의 우상은…… 유리로 만든 우는 가면과 웃는 가면? 이 가면들은 보통 연극의 상징으로 썼던 것 같은데…….

"아."

"어서 부수자!"

나는 급하게 주변을 둘러보았다. 기묘할 정도로 아무것도 없었다. 주안 지하상가에 사람이 없을 리 없었다. 이곳은 인천 지하철 2호선 환승역이고, 급행열차가 서는 곳이다. 그리고 꽤 큰 병원이 있는 곳이고.

사람이 없을 리 없었다. 이 크고 넓은 곳에 아무도 없을리 없어. 이렇게 날로 먹을 수 있을 리 없는데…….

나는 유리 가면을 쓰다듬었다.

……그 짓은 해서는 안 되었다.

"학생, 길 좀 물을게요."

뜬금없이 들려오는 목소리, 익숙한 수법에 나는 다시 주위를 둘러보았다. 발소리 없이 중앙에서 뻗은 통로에서 사람들이 걸어 나오고 있었다. 내 앞에 있는 여성은 생글생

글 웃으며 나를 보고 있었다.

말하면 안 된다. 한 마디라도 하면 휘말린다. 도망가야 해.

나는 이들을 알고 있다. 이 동네 살던 고등학교 동창을 지겹게도 귀찮게 굴던 이들이다. 이 동네에서 꽤 적극적으로 포교하는 신 종교인데 내 친구는 하루 걸러 하루마다 이 사람들에게 붙잡혀서, 고등학교를 졸업할 때쯤에 이자들의 얼굴을 외웠을 정도였다. 이 사람들은 불쌍한 사냥감이 대답할 때까지 지치지 않고 말을 걸어대 기어이 목적을 이루고 마는 극악무도한 자들이었다.

이들에게는 실패란 없었다. 성공할 때까지 들이받는 종족이니까.

"학생, 길 좀 물을게요."

여사님, 요즘은 스마트 시대이기 때문에 핸드폰 어플로 검색하시면 됩니다. 손에 쥐고 있는 스마트폰을 사용하세요, 제발!

"학생, 길 좀 물을게요."

대답하면 안 된다, 절대로 대답하면 안 된다. 나는 입을 꾹 다물고 다른 곳을 보았다. 그곳에도 똑같이 생긴 중년 여성이 나를 보며 물었다.

"학생, 길 좀 물을게요."

"죄송한데, 저희는 이곳에 사는 사람이 아니라서요……."

리트!

아, 리트!

"야!"

"왜? 어려운 사람이 있으면 도와야지!"

"저 사람들은……. 아니. 너 그 인간생활백서인지 뭔지 하는 거 봐봐. 인간들의 종교 생활 부분이 분명 있을 거야."

리트는 세상 거대한 책을 소환해, 그것을 펼쳤다.

"종교 생활……."

"포교 부분 찾아봐."

"인간은 가끔 타인의 호의를 빌미로 포교 활동을 하곤 한다? 포교 활동인지, 정말 길을 몰라서 묻는 건지 어떻게 알아?"

요정은 이해할 수 없다는 듯 고개를 갸우뚱했다.

"학생, 사랑병원은 어디에 있어요?"

"학생, 사랑병원은 어디에 있어요?"

나는 몰려드는 포교맨들을 피하려고 우상의 꼭대기까지 올라갔다.

"리트, 저기 보여?"

"응."

내가 가리킨 곳에는 사랑병원 7번 출구라는 거대한 광고판이 있었다.

"길을 묻는 사람이 저렇게 큰 광고판을 못 봤을까?"

내 앞에 있던 여사의 모습이 바뀌었다.

"여기 인하대 가려면 어떻게 가야 하죠?"

"이건 진짜 모르는 거 아니야?"

"……인하대는 주안역에 없어. 수인선 타고 인하대역으로 가야 해."

"아니야! 인천 사람이 아니면 정말로 모르는 걸 수도 있잖아!"

"인하대를 왜 지하상가에서 찾냐! 가능성이 있다면 택시나 버스가 지나다니는 1번 출구로 나가서 물어봐야지! 아니, 1번 출구로 나가면 바로 택시 탈 수 있는데, 택시를 타고 가든가!"

"정말로 길을 모르는 사람일 수도 있잖아……."

"리트, 여기서는 나를 믿어."

나로 말하자면 교보문고 앞에서 영풍문고를 찾는 2인조를 만난 적 있다. 바보 같은 나는 영풍문고의 위치도 모르면서 길을 알려 주려고 멈췄는데, 내가 버벅이자 2인조 중한 사람이 "종각역, 종각역." 하고 속삭였다. 그래! 그들은 길을 모르는 것이 아니었다! 나는 너무나도 선한 나머지 저들의 수법에 친절하게 걸려들고 말았던 거였다!

또 말하자면 나는 수원역 부근에서 자취할 적에 한 번 외출에 길 묻는 사람 한 명, 포교맨 한 명을 만났던 사람이다. 그 주변에서 몇 년간 쌓아온 빅데이터를 기반으로 나는 이 사람이 정말로 길을 묻는 것인지, 포교를 목적으로 말을 던지는 것인지 알아맞힐 수 있는 직감이 예리해졌다.

그러나 내 마음에도 아직 리트 같은 존재가 있어, 정말 어려운 사람이면 어쩌지 하는 마음에 친절하게 답해 주다가 또 물리고 마는 것이었다. 평소였으면 답해 주고 한번 물리고 말았을지도 모른다. 포교맨이면 뿌리치고 지나가면 되니까.

문제가 있다면 여기는 마계라는 것. 사람들에게도 뭔가 변형이 생긴 상태였다. 더군다나 우상 주변에서 이런 상황이 발생하니 의심은 확신으로 바뀌기 마련이다.

"하지만 길 잃은 사람이 이렇게 많은데……."

"여기가 동인천역 지하상가보다 복잡하긴 해도 길을 잃을 정도는 아니야. 안내도 동인천보다 잘 되어 있고."

"정말로 길을 잃은 사람이면 어떡해?"

"아! 그럼 한번 답해 줘 보든가!"

리트는 기다렸다는 듯 여자 앞으로 날아갔다.

"인하대는 위에서 택시 타시는 게 더 편하게 가실 수 있을 거예요!"

"택시 타는 곳은 어디로 가지?"

"택시 타는 곳은 어디야?"

"……말 안 해."

이미 우리는 함정에 빠진 뒤였다.

"뒤에 있는 여학생은 평소에 화나는 일이 많은 것 같아."

"평상시에 스트레스 많이 받지 않아요?"

"우리 상담센터에서 이야기를 들어줄 수 있는데……."

그제야 이상함을 느낀 리트도 내게 날아왔다.

"이게 뭐야?"

"뭐긴 뭐야. 사람의 호의를 이용해서 포교 활동 하는 거지! 여기에서는 싸우는 의미가 없어! 계속 몰려올 테니까!"

나는 우상 뒤편으로 넘어가 있는 힘껏 유리 가면을 밀었다. 거대한 유리 가면이 여자 위로 떨어져 산산이 조각났다. 우리 주변에는 중년 여자들로 가득 찼다.

"학생, 길 좀 물을게요."

"학생, 길 좀 물을게요."

"학생, 길 좀 물을게요."

"학생, 길 좀 물을게요."

"학생, 길 좀 물을게요."

"학생, 길 좀 물을게요."

"아! 몰라요! 모른다고요! 리트!"

나는 요정을 한 손에 쥐고 차원의 문으로 들어갔다. 여자가 외쳤다.

"학생! 여동생 있지!"

우리는 부평역 지하 통로에서 숨을 몰아쉬었다.

"드디어!"

"동생놈 패딩 고치러 와서 이게 도대체 뭐냐."

"너는 지금 세계를 구하고 있는 거야! 대 마계 용자……
그런데 너 이름이 뭐니? 여태 이름도 못 물어봤네."

"소영지."

"그래, 영지야! 우리는 지금 세계를 구하고 있는 거야!"

"지금 와서 생각하는 건데."

"응!"

"양키시장에서 소환한 놈들을 조졌으면 여기까지 이 고
생할 필요는 없지 않아?"

리트는 입을 꾹 다물더니 식은땀을 흘렸다.

"그, 그럴 수도 있었네."

"왜 우상부터 부수자고 한 거야?"

"그게, 우리는 매뉴얼대로 행동해야 하거든……."

"매에뉴얼?"

"그, 그게. 우상 파괴 전에 문을 닫은 적도 있었는데 결
국 우상도 파괴해야 했거든. 여러 경험이 축적된 결과, 문
의 지배자, 그러니까 마계의 왕이 스스로 문을 닫게 하는
게 가장 좋은 방법이라는 결론을 내렸고, 나는 그런 매뉴
얼대로 훈련을 받았고……."

지금 와서 화내 봤자 의미 없는 일이었다. 이 모험도 이
제 끝이 보였으니까.

"처음에는 다 그런 법이니까. 일단 가자."

부평역 지하 만남의 광장으로 내려오니, 좀비들이 비틀

거리며 나를 동시에 보았다. 내가 지하철 개찰구를 통과하는 동안에도 그들은 조용했다. 지하상가로 들어서는 경계선 위에 서서 나는 한숨을 내쉬었다.

"여기는 어떻게 간담."

"왜? 동인천이나 주안이랑 달라?"

"나는 활동 범위가 좁은 사람이라 부평까지는 안 나오거든. 여기 길을 잘 몰라."

"지하상가라면 잘 알고 있는 거 아니었어?"

"부평은 잘 몰라. 일단, 봐봐."

나는 일렁이는 부평 지하상가의 지도를 리트에게 보였다.

"이게…… 뭐야?"

모든 지하상가 지도에는 출구 번호와 길이 그려져 있기 마련이었다. 이 지하상가 지도에는 출구 번호가 모두 지워져 있었다. 지도의 길은 요동치면서 수시로 바뀌었다.

"이게, 부평역 지하상가의 지도야. 안내판을 보고 다닌다고 해도 잠시 딴청 피우면 길을 잃어버리기 십상이지."

"여기서 어떻게 마왕을 찾아!"

"마왕도 길을 잃었을걸?"

경계선 위에 선 나는 지하상가로 발을 디뎠다. 놀랍게도 아무 일도 일어나지 않았다. 지하상가는 동인천역 지하상가나 주안역 지하상가처럼 변형도 되지 않았다. 새하얗고 밝은 조명이 눈부실 정도로 내리쬤다.

"여기가 마계(인천)의 중심······."

"저기요······."

목적지 없이 걷고 있는데 눈두덩이가 파인 핼쑥한 사람이 다가왔다.

"네."

"14번 출구로 나가려면 어떻게 해야 해요?"

"저도 여기를 잘 몰라서요, 죄송합니다."

"아닙니다. 저야말로 죄송합니다······."

그자는 비틀거리며 코너를 돌아 시야에서 사라졌다.

"왜 저 사람한테는 친절하게 답해 줘? 주안역에서는 끝까지 대답 안 하더니."

"여기는······. 마계 주민들도 헤매는 공간이니까."

걷다 걷다 답답해서 핸드폰을 꺼내 들었다. 지도 어플로 지하상가 맵이라도 보고 싶었다. 가장 깊숙한 곳으로 가려고 해도 아까부터 같은 상점을 뱅뱅 도는 느낌이었다. 하지만 될 리가 없었다. 핸드폰은 켜지지도 않았다.

"이런 상황에서 핸드폰이 될 리가 없지."

"여기 지리는 정말 모르는 거야?"

"진짜 모른다니까? 안내판이 죄다 검은 칠이 되어 있는데 어떻게 길을 찾아, 여기서."

나는 슬슬 지쳐 갔다. 신이 있고, 그래서 지옥이 있다면, 신은 분명 그 지옥을 부평에 지하상가의 형태로 구현해

냈을 것이다. 이곳은 마계 인천의 심장. 한번 들어온 자는 살아나갈 수 없는 개미지옥. 초점 없는 눈으로 지옥을 헤매는데, 발에 뭔가 차였다.

"윽."

"뭐, 뭐야!"

"누가 감히 이 몸을 발로 차느냐!"

"영지야! 물러서!"

"왜, 왜!"

"마왕이야!"

"으악!"

요정은 나를 마법으로 튕겨냈다. 나는 뒤로 나자빠져 내가 무심결에 걷어찬 남자를 보았다.

몸을 일으킨 남자는 미의 화신이었다. 드러낸 복근 사이로 그의 흑발이 어지럽게 흘러내렸다. 이 세계의 종족이 아니라는 듯 보라색 피부를 지녔지만, 몸만큼은 잘 다듬어진 그리스 시대의 조각 같았다. 하늘을 향해 높게 치솟은 뿔은 안 그래도 다른 남자들보다 큰 그의 키를 단연 돋보이게 했다. 깊은 어둠을 품은 것 같은 새카만 눈동자 속에서는 수많은 색깔의 감정이 소용돌이쳤다. 그의 등 뒤에 접혀 있던 세 쌍의 검은 날개가 펼쳐졌다. 그 실루엣이 내 발밑에 닿았다.

미쳤네. 마계는 얼굴로 지배자를 뽑나? 아니, 아니. 내가 이런 생각을 할 게 아니라.

"꼴을 보아하니 길을 잃은 것 같은데?"

"다섯 시간째 산책 중일 뿐이다. 차원 이동의 피로감을 이기지 못하고 잠들었을 뿐이고."

마계에서 마왕이 길을 잃었어? 길을 헤매다가 지쳐서 바닥에 널브러져 자고 있었냐고!

나는 가출한 어이를 곧 되찾아왔다. 이곳은 부평 지하상가였다. 프로인천러도 핼쑥해질 정도로 헤매는 곳인데, 이곳에 처음 오는 마왕이 길을 잃는 건 당연한 일이었다.

"마왕 루시퍼!"

"너는 보아하니 천계에서 파견된 요정이군."

"윽!"

루시퍼는 리트를 손가락으로 퉁겨 날려 보냈다.

"너는, 용자인가? 그럼 나를 죽이러 왔겠군. 싸울 텐가?"

나른한 저음에 나는 고개를 저었다.

"용자는 맞는데, 그게 죽일 수가 없네요."

"영지! 뭐 하는 거야!"

"이 몸을 치려면 지금뿐이다만?"

"저도 간만에 몸을 썼더니 피곤해서. 하하하, 하하하."

"이 몸이 직접 세운 우상을 파괴한 게 네가 아니더냐? 그것이 나에게 고하는 선전포고라는 걸 모르고 저질렀냔 말이다."

"네⋯⋯니오."

"뭐라고?"

아, 정말 거짓을 고할 수 없는 외모와 목소리였다.

"영지! 저 사람은 마왕이야! 네가 싸워야 할 상대라고!"

나는 분개하는 리트를 보았다.

"나, 여태 운명적인 사랑을 기다리고 있었나 봐⋯⋯."

"영지! 그러면 안 돼! 여태 우리가 걸어온 길이 무엇이
되는 건데!"

"무슨 소리냐, 네가 나를 사랑한단 말이냐? 나는 그 말
이 지겹다. 세상에 나를 진정으로 사랑한다고 말하는 사
람은 없었다. 있다한들 모두 내 힘을 사랑했지. 너는 나를
사랑할 리 없다."

마왕은 코웃음 쳤다.

"그 뿔, 멋지시네요⋯⋯."

"뭐, 뭐라고."

내가 쑥스러워하며 던진 말에 루시퍼는 당황한 기색을
감추지 못했다.

"내 뿔이 멋지다고?"

"사실 제가 우상을 부순 건 맞는데요, 마왕님께서 제 능
력을 높이 사주신다면 마왕님을 위해 일할 의지가 있습니
다. 저, 이래 보여도 실업자거든요."

"다시 한 번 말해 봐라."

"저, 이래 보여도……."

"그 전에!"

"사실 제가 우상을 부순 건……."

"그전에 했던 말을 듣고 싶다!"

"제가 무슨 말을 했지요……."

"뿌, 뿔에 관해 이야기를 했다."

"아, 멋진 뿔을 가지고 계시네요."

루시퍼의 얼굴이 갑자기 붉어졌다.

"다시 한 번."

"멋진 뿔을 가지고 계시네요……."

"……내 뿔이 그렇게 아름다운가?"

"예, 마왕님과 아주 잘 어울리는 모양이라고 생각합니다."

"영지! 정신 차려! 마왕은 지금 너를 홀리고 있는 거야!"

"……이다."

"네?"

마왕은 울고 있었다. 미남이 새빨개진 얼굴로 우는 것을 보니 나는 그만 정신을 잃고 말 지경이었다.

"내 뿔이 아름답다고 해 준 건, 네가 처음이다. 용자여."

아니, 뿔이 아름다워서 아름답다고 한 건데, 왜 울고 그래. 울지 마세요, 너무 아름다워서 정신 잃을 것 같으니까.

"내 뿔은 순혈 마왕의 피가 아니라는 증거. 그 탓에 내 어린 시절은 살아남기 위한 투쟁으로 얼룩졌다. 지긋지긋한 뿔, 떼어 버리고 싶었지만 살다 보면 오늘 같은 날이 오는구나."

마왕 루시퍼는 눈물을 머금은 눈으로 나를 보더니, 끌어안았다.

"어머니는 내게 항상 말씀하셨지, 언젠가 네 뿔이 아름답다는 것을 알아줄 이를 반드시 만날 거라고. 그런데 오늘 이 자리에서 너를 만났구나."

마왕의 몸에서는 라일락 향이 났다. 라일락 향은 내가 제일 좋아하는 향이었다.

"인간계에 수십 번, 수백 번, 어쩌면 수천 번 불려 왔지만 나를 보고 아름답다고 한 이는 네가 처음이다. 용자여, 네 이름을 알려다오."

"소……영지입니다."

"소영지, 네 이름도 참으로 아름답구나. 이름만큼 외모도 마음도 아름다운 용자로다. 나는 마계의 왕, 네가 원하는 것이라면 뭐든 이뤄 줄 수 있다."

마왕의 손이 내 뺨을 쓸어내렸다. 그의 숨결이 내 얼굴에 닿았다. 입술이 닿을 것 같았다.

"네가 이곳에서 사라지라면 내 모든 힘을 이 세상에서 거둬갈 수 있다."

"그럼 사라져 버려! 이곳은 네 세상이 아니야!"

"천계의 요정이여, 나는 그대가 아니라 소영지에게 묻고 있다. 영지여, 무엇을 원하는가."

"저는……."

내 눈동자에 그가 담겼다.

* * *

"리트 부관, 이 참사에 대해 보고하게."

제복을 입은 리트는 한 쌍의 하얀 날개를 펼쳤다.

"예. 일단, 우리의 프로젝트는 실패했습니다."

"오컬트라는 것을 믿는 놈들을 이용해 마계를 인천으로 불러낸 것은 완벽했다. 세 개의 우상을 모두 부수었으면 마계를 잇는 차원의 문이 모두 열리게 되고, 그 결과 인천은 마계가 된다. 그렇게 되면 우리 천계인은 마계에 직접 간섭이 가능해져, 오랜 숙원이었던 인천 정화 사업을 열 수 있게 될 터였다."

인천은 예로부터 사기로 가득한 땅이었다. 역사적으로도 인천에 터를 잡은 자들은 줄줄이 패망했으며, 기록에 남은 어떤 이는 광기에 휩싸여 보온병을 포탄이라고 부르며 마계를 소환하는 의식을 치루려고 했을 정도였다. 이 혼란을 두고 볼 수 없었던 질서와 조화를 관장하는 천사들이 이 땅을 정화해 보고자 나섰지만 인천이 내뿜는 강한 마기에 모두 날개를 잃고 마물이 되었다. 그리하여 천계는 인천 정화 사업을 구상했다.

사업의 요지는 간단했다. 인간 몇몇을 희생양으로 삼아 인천 전체에 마계와 마왕을 불러오는 것이었다. 마왕이 세계로 넘어오면 용자는 자연발생적으로 나타난다. 용자에게 마왕의 우상을 파괴하게 하고, 차원의 틈을 이어 마계를 완전히 불러낸다. 불러낸 마계와 전쟁을 치루며 마침내 승리해 인천을 빛의 힘으로 정화하는 것이 사업의 핵심이었다.

"마지막 우상을 부수지 못했습니다."

"왜 부수지 못했지?"

"용자가, 용자가……. 마왕의 외모에 반했습니다. 마왕은 그런 용자에게 마음을 열어서 스스로 마계를 거두고 물러났습니다. 용자는 마계에서 취업을 하겠다며 그쪽 세계로 넘어갔습니다."

"그런 말도 안 되는!"

가면 쓴 천사가 주먹으로 회의장 원탁을 치며 일어났다.

"주변인들에게서 용자와 관련된 모든 기억을 지운 것으로 뒤처리는 했습니다만……."

"그렇다면 우리의 숙원 사업은 어떻게 되는 거지?"

리트는 끝없는 하늘궁의 기둥을 올려다보았다.

"인천은 예로부터 마가 가득했던 공간입니다. 인간들이 문을 여는 방법을 한 번 깨쳤으니 두 번째에도 마계를 불러올 것입니다. 그때 새로운 용자가 또 탄생하겠지요."

"하지만 이번 용자만큼 강한 용자는 없을 것이다!"

"그렇습니다. 저희의 실수라면 사기가 짙은 인천에 오래 거주한 주민을 용자로 추대한 것입니다. 그가 내뿜는 마기가 마왕의 기운과 어우러져 이런 참사가 발생한 것이라고 생각합니다. 다음 용자는 인천의 마기에 오염되지 않은 인간으로 준비하겠습니다."

회의의 의장이 자리에서 소리 없이 일어나 뒷짐졌다.

"시간이 없다, 리트 부관. 새로운 마계가 열리기 전까지 오염되지 않은 용자 후보를 찾아라."

"알았습니다."

리트는 뭉게구름을 뚫고 인간 세계로 내려갔다.

길고 긴 싸움의 서막이 올랐다.

맥아더 보살님의
특별한
하루

유기농볼세비키

예술학 석사. 청정 140% 유기농으로 재배한 플루토늄처럼 상큼하고 발랄하고 로맨틱한
작품을 생산하며, 독자의 가슴 속에서 터져나갈 핵융합처럼 강력하고 사랑스러운
문학적 감동을 추구한다. SF와 역사 판타지를 주 장르로 삼고 있으며 안전가옥 앤솔러지
『편의점』(2020)에 실린 「창조와 비밀」이 데뷔작이다.

인천광역시 송월동의 매우 용한 무당집, 남로당의 맥아더 보살 김명자 씨는 당혹스런 눈빛으로 눈앞의 손님을 쳐다보았다.

손님은 아까부터 아주 강렬한 눈빛으로 명자 씨를 째려보며 이를 갈고 있었다. 평범하게 점사를 보겠다고 예약했던 아가씨였다. 명자 씨는 다짜고짜 손님이랍시고 들어와서 자신에게 알 수 없는 말을 웅얼거리는 저 손님을 보며 오늘 아침에 내가 혹시나 장군님을 잘못 모셨는지를 반추했다. 오늘이 아무리 세상 모든 거짓말이 다 통한다는 만우절이라 하지만 이건 너무 심하지 않나 싶었다.

명자 씨의 오늘 하루는 아무 문제가 없었다. 아침에 일어나자마자 장군님께 드릴 아침 공양으로 맥모닝 세트를 사 왔고, 장군님께서는 향불의 연기를 성조기 별 모양으로 다섯 번 흔드시며 오늘 맥모닝에 해시브라운까지 추가해다 줘서 참으로 고맙다고 말씀하셨다. 아씨, 별 문제 없었는데 대체 왜 아침부터 저런 존재가 와 가지고서는!

"아가씨, 점사 안 볼 거면 어여 나가요. 여기 장군신령님 모시는 데여."

"아아, 이아……. 아니 그, 드릴 말씀이…… 진짜로 있다니까요……. 저도 진짜 이것 때문에 미치겠는데 보살님 아니면 의논을 드릴 데가 없다구요."

"아니, 그럴 거면 시원하게 말을 하지 왜 사람 무섭게 자꾸 날 째려봐. 신령님 안전에서 그러면 안 돼야."

"그, 그게…… 으아아! 말이 왜 안나오지**으아 이아, 이아아!** 그러니까요 그게, 아줌마 진짜 딱 30분만, 30분만 제 얘기 좀 들어주세요. 네에? 제가 이렇게 말하는 게, 막 눈빛이 이렇게 된 게 제 마음대로 된 게 아니에요, 네에?"

명자 씨는 손님의 간곡한 요청에 일단은 이야기를 들어주기로 했다. 뭔가 들어주긴 하려면 방울을 흔들어야 했기에 명자 씨는 힘껏 방울을 흔들었다.

딸랑딸랑, 딸랑딸랑!

방울 소리가 멎자마자, 명자 씨의 몸에는 맥아더 장군의 혼령이 실렸다. 아니 뭐, 그런 기분이 들었다는 뜻이다.

"장군님께서 오셨으니 이제 말씀을 하시오."

"저에게…… 신내림이 온 것 같아요."

"신은 아무에게나 내리지 않아요, 아가씨. 증상이 대체 어떤데?"

"이아……니 그게 말이에요. 제가 평소에는 귀신이고 그런 거 전혀 안 믿었거든요? 귀신 같은 걸 본 적도 없구 꿈자리에서 가위 한 번을 안 눌렸어요. 저도 솔직히 왜 제가 이러는지 이해할 수가 없는데, '그날' 이후로 자꾸, 자꾸 꿈에 이상한 존재가 저한테 말을 거는 거예요. 자기가 무슨 '그레이트 올드 원'이랬나 뭐랬나…… 아무튼 졸라 귀찮게 구는 거 있죠?"

"예끼! 신령님께 졸라가 뭐니, 졸라가. 그런데 그레이트…… 뭐시기? 우리 무교의 신령님 중에 그렇게 이름 기신 분은 못 봤는디?"

"**그레이트 올드 원**요. **저어기 인천 앞바다에 사시는 별에서 내려온 아주 위대한 존재**……. 아우 씨, 이거 봐요. 자꾸 목소리도 변하구 불편하다구요. 꿈에서 그분을 뵈었는데 어우, 얼마나 모독적인 기분이던지. 정말 모독적으로 생기서 가지고 보는 것만으로도 광기에 휩싸이는 줄 알았다니까요?"

"대체 무슨 신령님이시기에 그런……."

"이름이, 아 뭐라 그랬지. 아우 씨……. 그게 말이에요, 인간의 입으로는 감히 정확하게 말할 수가 없는 이름이랬어요. 누구라도 그 이름을 제대로 발음하는 순간 세계가 파괴되고 영혼이 르뤼에로 가 버린대요. **이아 이아 아우우**…… 그분 이름이 크, 뭐시기였나 그랬는데 자꾸 저 보고 자기를 찬양하라고 하시는 거 있죠? 자기가 무슨 서해 용왕이라나. 얼굴은 완전 문어머리같이 생겨서 숙회 삶아먹으면 딱 좋겠구만, 그러면서 저보고 책 한 권을 주더니 글쎄, 그 책을 구해다가 매일매일 한 장씩 읽고서 감상문을 쓰라는 거 있죠? 책 이름이 네크로노미콘이라 그래서 교보문고 가니까 그런 책은 듣도 보도 못했다 하드라구요. 하, 짜증나서 아주 그냥! 아니, 제가 인천 앞바다에 아무리 연애하게 해 달라는 소원을 간절하게 빌었기로서니, 제가 그놈하고 데이트 한번 하자고 초딩 때도 안 쓰던 독서감상문을 매일 쓰고 검사받아야겠어요? 이게 무슨 초딩 국어 시간이냐구요!"

"잠깐 뭐? 서해 용왕? 네크로…… 뭐시기? 그거 구할 수는 있는 책이야?"

"시립도서관 가서 한 권 대출해 달라 그러니까 해 주던데요? 사서분들이 좀 놀라시긴 했는데 뭐, 생각보다 쉽게 대출받았어요. 한번 읽어 보실래요?"

"아니 됐고, 근데 뭐? 그 듣도 보도 못한 마도서가 인천 시립 도서관에 있었어?"

"그럼요. 아줌마도 한번 가 보세요. 이 책이 전 세계에 딱 세 권이 있는데, 한 권은 미국 미스캐토닉 대학교 도서관에 있고 또 한 권은 하버드 대학 도서관에, 그리고 마지막 한 권이 인천 시립도서관에 있다고 하더라구요. 사서분들이 정말 어찌나 친절하시던지. 근데 막 정신없이 어디론가 전화하시는 거 같긴 하던데 음, 제 알 바는 아니죠!"

네크로노미콘? 그레이트 올드 원?

명자 씨는 생전 처음 들어보는 단어에 고개를 갸우뚱했다. 오늘이 만우절이라고 이 아가씨가 몰래카메라라도 찍어서 유튜브에 올리려 장난질 치는 게 아닌가 싶었다. 명자 씨도 신당을 홍보하기 위해 유튜브를 몇 번 이용해 봤기에, 거기 사람들이 얼마나 고약한 취미를 갖고 있는 지 정도는 대충 알 수 있었다. 명자 씨는 놀란 마음을 진정시키고 최대한 이 장난에 넘어가지 않기 위해 심호흡을 했다.

"후우, 아줌마도 답답하시죠? 저도 그래요. 크툴루, 맞다 이름이 크툴루였어요! 대충 비슷하게 들어보니까 그런 발음 비슷한데, 혹시 무속 신앙의 서해용왕님이 머리는 문어 대가리에 촉수 달리고 몸은 초록색 용가리같이 생기시고 그런 분이세요? 자꾸 저보고 신내림을 받고 크툴루 밀교인가 뭔가 하는 거의 사제가 되지 않으면 비류백제 시절처럼 딥 원(Deep One)들을 인천앞바다로 올려보내겠다고 협박하시는데 그건 좀 너무하잖아요. 그죠?"

비류백제 시절이라면 인천이 미추홀이라는 이름으로 처음 도시 국가로 건국되었을 때의 얘기다. 명자 씨가 어릴 때 배웠던 역사책에서는 미추홀이 망한 이유가 그저 물이 짜고 땅이 나빠서 농사가 안 되었다고만 들었는데 딥 원이라니. 침략이라니. 인천 토박이로 50년동안 살아온 명자 씨도 처음 듣는 이야기였다.

"딥 원? 그건 또 뭐여."

"딥 원요? 그야 당연히 서해 바다 밑바닥에 사는 반인반어 심해인이죠. 아줌마, 진짜로 몰라서 물으시는 건 아니죠?"

"아 사람이 실수할 수도 있지, 그나저나 비류백제라면 그 뭐냐…… 미추홀 얘기하는 거 아녀?"

"그래요. 비류왕자가 세웠다는 최초의 인천, 미추홀요. 그 얘긴 졸라 유명하잖아요. 인천 시민이라면 초등학교 때 국사 교과서에서 다들 배우는 거 아니었어요? 그러니까 미추홀의 제사장 비류왕이 농사가 오지게 안 되는 땅에서 사는 백성들을 먹여살리려고 서해 바다에 살던 딥 원들하고 거래를 텄는데, 그게 사실 인신공양이었어 가지구 나라에 한 번 난이 일어났대요. 근데 그 인신공양을 안 하고 나니까 딥 원들이 올라와서 깽판을 치는 바람에 미추홀이 딥 원이 지배하는 나라가 되어 버렸다고요."

"내가 인천 50년 토박이여 아가씨. 그런 듣도 보도 못한 얘긴 어디서……."

"흐음, 삼국시대 파트에서 다들 배우는 거잖아요. 그래서 미추홀이 완전 딥 원의 식민지가 되니까 백제 온조왕이 서울서 군대 끌고 와서 딥 원들을 쫓아내는데, 형님도 맛이 가고 백성들도 다 물고기가 되어 버려 가지고 동쪽 옥저국의 주술사를 찾아가서 공물을 주고 동해 바다의 문어신을 모셔왔대요. 이름이 아, 씨털후(C'thulhu) 라고 교과서에 나와 있어서 내가 크툴루님을 몰라뵈었구나! 무튼 그분이 오신 뒤로 비류왕의 미추홀을 온조왕의 백제가 먹은게 인천의 상고사라고 쌤이 그랬다구요. 진짜 못 들어보셨어요?"

"요즘 애들 교과서를 내가 어떻게 알어. 나는 신령님 모시느라 시집도 안 갔어."

"아, 그럴 수는 있겠다. 제가 사실 저기 미추홀구 숭의동에 있던 교대부속초등학교 나왔는데, 제가 그 학교 다닐 때 교육과정이 7차에서 8차로 넘어가는 때였어 가지고 '실험 교과서'라는 걸로 공부했었거든요. 그러니까 국립 초등학교 몇 개에다가 정식 교과서가 나오기 전에 교육과정 미리보기 같은 식으로 새로 만든 교과서를 줬었는데, 그 교과서에 인천의 고대 종교랑 상고사 파트가 있었어요. 중요한 거라고 선생님이 시험까지 치셨다니까요? 근데 음, 어쩌면 그 부분은 없어졌는지도 모르겠어요. 보살 아줌마도 아시다시피 이때까지 한 12년간 인천 시장님들이 다 조오올라 심각하게 신앙심이 강한 기독교인들이었잖아요. 장로님이니, 권사님이니, 집사님이니. 그래서 교과서도 다 바꾸고 풍어제도 안 지내고 그랬다는 얘긴 종종 들었거든요."

그리고 인천광역시는 지난 12년 동안 각종 행사마다 실패하고 막대한 빚을 져서 모라토리엄의 지경까지 이르렀었다. 때마침 지역 경제가 침체되면서 공사 중단이 속출하고, 공사가 중단된 구역에서부터 강력 범죄와 각종 엽기적인 사건들이 창궐하는 데다가 문학경기장에서 야구 경기를 할 때마다 하늘에서 벼락이 치는 바람에 '마계 인천'이라는 별명까지 생기고 말았다. 저 아가씨 말대로 그 모든 것은 인천시에 열성 기독교 보수주의자 시장 세 명이 집권하면서 일어난 일이었다.

"그래서 아가씨, 내가 아가씨를 도와줘야 할 것이 뭐야?"

"으음, 그러니까 저 신내림 안 받으면 안 될까요? 저같이 평범하고 선량한 일반인이 자꾸 이런 마도서나 읽게 되고 그러니까 제 연애운이 더 안 풀리는 거 같아서 말이에요. 저, 어떻게 하면 연애할 수 있을지 알려주세요!"

"그럼 진작에 연애운을 물어봤어야지, 왜 이상한 소릴 하고 그래?"

"아니, 제가 오죽하면 서해 바다 용왕님께 연애운을 올려 달라고 빌었겠어요? 그것도 전 세계인들이 크리스마스 다음으로 많이 교미한다는 발렌타인데이 날 저녁에 분홍초를 켜 놓고 월미도 앞바다에서 소원을 빌었겠냐고요. 저 진짜 간절해요. 전 남자친구들마다 다 이상한 놈들이었고 이젠 좀 정상적으로! 평범하게! 알콩달콩 벚꽃놀이도 하고 크리스마스날 교미도 하고 그러면서 연애하고 싶다구요. 근데 신내림 받으면 연애도 섹스도 못 한다면서요? 아우, 이놈의 문어숙회! 이거 좀 퇴치해 주시면 안 돼요?"

"안 돼. 내가 그런 뚱딴지같은 소릴 어떻게 믿고 뭘 하란 말이야?"

"제발요, 보살 아줌마. 아줌마가 이 동네에서 제일 용하시다면서요? 네크로노미콘 복사본 드릴게요! 저 진짜 이번에는 이상한 거 안 꼬이고 평범하고! 무난하고! 로맨틱한 연애를 좀 하고 싶어요! 네에?"

이명자 씨의 몸에 스물스물 소름이 돋으면서 마치 낙지가 달라붙는 듯한 기분이 들기 시작했다. 모독적인 기분이었다. 명자 씨는 어서 저 존재를 내쫓고 장군신령님을 달래드려야겠다는 생각이 들었다.

명자 씨는 헛기침을 두 번 하고 목소리를 가다듬고 말했다.

"아가씨, 아무리 오늘이 4월 1일 만우절이라지만 사람을 그렇게 놀리면 못 써. 여기가 무당집이라고 해서 아가씨처럼 가끔씩 이상한 소리 하고 장난치러 오는 사람들이 있는데, 아무리 내가 모시는 신령님이 서양 신령님이고 역사책에 나오는 장군님이라서 유명한 분이라 그래도 그러면 안되는 거야. 그러면 천벌 받어!"

"이아…. 이아……. 크툴루……."

"어여 나가! 연애를 하고 싶으면 이상한 책 고만 읽고, 남자들 많은 곳으로 가서 놀아. 아가씨한테서는 점사도 안 나와서 도저히 뭘 말할 수가 없어. 복채 돌려줄 테니까 어여 가. 알겠지?"

"이아……이아……. 판글루……글루나파……크툴루 르뤼에 가나글……. 파탄……!"

그 순간, 아가씨의 눈에서 초록빛이 감돌더니 아가씨가 무서운 초록색 눈빛으로 명자 씨를 째려보며 이상한 발성의 말을 하기 시작했다. 명자 씨는 겁에 질려서 아가씨의 모독적인 눈빛을 애써 피하려 했지만 이미 신령이 단단히 깃든 그녀의 눈을 인간의 힘으로 피할 수는 없었다. 명자 씨는 두 손으로 책상에 있는 모든 방울을 집어들고 세차게 방울을 흔들며 자신이 모시는 맥아더 신령님을 소환했다.

"제너럴! 제너럴 더글러스 맥아더! 썰(Sir)! 플리즈! 컴 투 미, 썰! 컴온, 썰!"

그러자 필사적인 명자 씨의 목소리에 장군 신령님이 실려 내려왔다.

"헤이, 유 마더뻐커!"

"왔군……. 제너럴 맥아더…… 서해 바다의 원수……!"

"네놈, 지난번에 니알라토텝을 보낸 것도 네놈이었나? 하여튼 참 귀찮게 구는군, 너희 신화생물이란 작자들은."

"그렇다…… 잊지 않고 있었다……. 네놈이 1950년에 내게 했던 만행을 어떻게 잊을 수 있을까! 그놈의 인천상 륙작전인가 뭔가를 하면서 군함으로 내 머리를 두 동강 내 었던 것의 원수를 갚으러 왔다!"

아가씨는 눈에서 초록 빔을 뿜으며 명자 씨의 뒤에 있는 맥아더 상의 썬글라스를 뚫었다.

아가씨의 몸에서는 초록빛이 점점 더 강하게, 전체적으 로, 남로당을 장악할 만큼 뿜어져 나오고 있었다. 긴 머리 는 마치 문어 다리의 촉수처럼 여덟 개로 갈라져서 신비한 초록빛을 뿜고 있었다. 모독적인 광선이었다!

"아우 씨, 저게 얼마짜린데! 야, 너 진짜!"

명자 씨, 아니 맥아더 장군은 신당 구석에 보관되어 있 던 작두를 들고 나와 크툴루 아가씨에게 겨누었다.

"크흐흐, 다시 내 머리를 뽀갤 셈이냐? 이거 참 재미있 어지는군! 증기선에 처음 머리가 뚫렸을 때의 기분이 되살 아나는 듯한 짜릿함이야! 이아! 이아!"

팽팽한 긴장감이 남로당 안에 감돌았다. 크툴루 아가씨 의 초록빛이 뿜어지면서 신당에 있는 모든 오방기의 초록 깃발이 공중으로 떠올라 명자 씨를 겨눠 돌진했다. 명자 씨, 아니 명자 씨 몸에 깃든 제너럴 맥아더는 전성기의 무 술 실력으로 작두를 이용해 그 깃발들을 두 동강내 쳐내 었다.

"인천 상륙 작전은 내 최고의 업적이었다. 나야말로 인천 자유민주주의의 수호신이다!"

"쿠후훗, 겨우 한낱 애국 보수의 수호 요정 따위가 나를 모독하려 하다니! 제법이지만 가소롭군!!"

"지킨다…… 인천 시민을……! 나의 함대로……! 지킨다!"

그러자 명자 씨의 손에서 용과 같은 검은 기운이 뻗어나왔다. '딥 다크 블랙 드래곤 브레쓰'. 우리말로는 흑염룡이라 부르는, 맥아더 장군이 미국에서부터 가져온 비기였다. 명자 씨는 두 손을 모아 크툴루 아가씨에게 장풍을 쏘았다.

쿠어어어어어! 요란한 소리를 내며 장풍의 파워가 법당 안에 울려퍼졌다. 하지만 크툴루 아가씨는 꿈쩍도 하지 않고 그 강력한 흑염룡 장풍을 여덟 가락의 머리카락으로 흘려보냈다.

"건방진 자여! 감히 그레이트 올드 원을 그따위 흑염룡으로 모독하려 하느냐! 증기선의 기적이 두 번 일어날 것 같으냐!"

꾸과과강! 남로당의 천장이 뚫리면서 초록빛이 솟아나왔다. 동네가 약 0.1초간 흔들릴 정도의 위력이었다!

"네놈, 단 한 번도 나에게 조아리지 않는군! 인천 시민이 감히 이 크툴루의 뜻을 거스를 수 있을 거라 생각하느냐!"

"내 몸은 인천 시민이지만 나는 자랑스런 미합중국의 장군이다! 그것은 내가 아침마다 맥모닝만을 먹는다는 것으로도 충분히 검증이 가능하지! 하하하!"

"오라, 인천에 한두 번 왔다 갔다 하면서 어깨 너머로 들은 나와 내 권속들의 이야기를, 제 나라 땅에 가져가서 소설이랍시고 써서 팔아먹은 그 러브크래프트란 놈하고 같은 국적의 미국놈이었다 이거냐? 분노가 샘솟는군! 받아라! 낙지스, 껌!"

크툴루 아가씨가 머리카락을 위로 끌어올리자 그 무한히 자라난 머리카락에 서해 바다에서 갓 캐내 온 크툴루의 권속, 그러니까 산낙지들이 올라붙어 명자 씨의 얼굴과 불단에 던져졌다. 다리가 꿈틀거리는 것이 수산시장에 팔면 마리당 만 원에는 팔 수 있을 듯한 아주 싱싱한 낙지들이었다. 명자 씨가 입맛을 다실 무렵, 명자씨 몸 안의 맥아더 장군은 "떼끼!" 하면서 다시금 명자 씨 손에 흑염룡을 불어넣었다. 그러는 사이 크툴루 아가씨는 다시 한 번 초록 원기옥을 모으고 있었다. 별안간 서해 바다의 수면이 엄청나게 상승하기 시작했다. 크툴루의 강력한 분노로 인해 멀쩡한 낮의 월미도 해안가에 파랑 경보가 울리기 시작했다. 언덕에 있는 신당에서도 그 파도는 훤히 보이는 수준이었다. 파도는 아직 육지에 떨어지지는 않았지만 모독적인 초록색 서해 바닷물이 언덕만큼 솟은 채로 딱, 서 있었다.

"나를 믿어라! 나에게 항복해라, 존재여! 크툴루 밀교의 권속이 된다면 네놈의 신통함도 올라갈 터, 내가 기회를 주마 연약한 존재여! 크툴루 프타근, 크틀루 프타근……!"

명자 씨는 파도가 금방이라도 인천시를 덮칠 것만 같은 공포에 휩싸였다. 그 때, 맥아더 장군의 계시가 그녀의 머리에 꽂혔다. 맥아더 장군은 명자 씨의 몸에 들어가 정신 없이 신당을 뒤지기 시작했다. 초록색 빛은 신당의 창문 유리를 깨먹으며 모독적으로 진한 서해 바닷물 색으로 더욱 강력하게 빛났다.

명자 씨는 창고에서 작은 배 모형을 찾았다. '용선'이라고 하는, 진혼굿을 할 때 망자를 태워 보내는 흰 배였다. 그녀는 그것을 흰 천과 함께 들고 나가서 크툴루 아가씨 앞으로 펼쳤다.

"네놈, 그것은……!"

"위대한 크툴루여, 네놈이 아무리 강력하다 한들, 인천을 지키고자 하는 나의 의지는 꺾을 수 없다! 받아랏, 슈퍼 제너럴 투스타 항공모하암, 플러스 B-29의 모독적인 파아워!"

곧이어 명자 씨, 아니 제너럴 맥아더의 영혼이 실린 명자 씨가 든 배에 자유민주주의의 푸른 빛이 실리기 시작했다. 강력한 푸른 기운으로 무장한 배는 이어서 펼쳐진 흰 천을 따라 신당의 모든 파란 오방기와 함께 제너럴 맥아더의 힘을 싣고 저절로 크툴루 아가씨에게 나아가기 시작했다. 시공이 뒤틀릴 정도의 진동과 굉음이 배와 함께 크툴루의 머리카락을 덮어갔다.

"네…… 네 이놈 이 모독적인…… 그아앗……!"

남로당 신당 안이 초록색과 파란색 에너지로 팽팽해졌다. 조금만 건드리면 핵폭발이라도 일어날 것만 같은 긴장감이었다. 그때였다. 남로당 바깥에서 우당탕, 쿵쾅 하는 소리와 함께 문짝 하나가 떨어져 내려갔다.

"거 아주머니, 그만 하세요들! 옆집에서 여기 싸움났다고 신고 들어왔어요!"

아주 평범한, 동네 경찰 아저씨의 목소리였다. 나이가 지긋한 형사양반 뒤에는 남경찰과 여경찰 두 사람이 아주 사무적인 모습으로 서 있었다. 두 사람은 경찰차 소리에 하던 싸움을 멈추고 모독적인 기운을 거두며 최대한 예의바른 얼굴로 김 경사와 두 명의 순경에게 인사를 드렸다.

"아이코야, 죄송합니다. 제가 이 손님하고 좀 언쟁을 하는 바람에 말이에요. 많이 시끄러웠나요?"

"아줌마, 아니 보살님, 저희도 이런 사사로운 싸움에는 안 끼어들고 싶긴 한데 아시잖아요. 여기 아랫집 빌라에 삼수생 하나 사는 거. 그 친구 어머니가 어찌나 부탁을 하시던지……. 이번에 떨어지면 애 군대 끌려간다고 제발 조용히 좀 시켜 달랍니다. 현장이……. 어유, 난리도 아니네. 듣던 것만큼 대단하군."

"아, 아무것도 아니에요, 아저씨. 무슨 문제라도 있나요?"

크툴루 신이 어쩌고 하던 아가씨는 아까의 모독적인 목소리는 완전히 사라진 채 해맑은 얼굴과 톤 높은 목소리로 경찰들에게 상냥한 미소를 지으며 말했다.

"에휴, 두 분 다 다친 데는 없으시죠? 형사합의 해야 되면 같이 서로 가시고요."

"어, 없어요!"

"없어요 없어. 돌아가요, 경찰 나으리들."

두 사람은 언제 그랬냐는 듯이 사이좋게 어깨동무를 하고 공권력에 머리를 숙였다.

공권력의 사자, 민중의 지팡이들은 가벼운 경례를 하고 경찰차로 돌아가려 하던 차에…….

"어? 전화?"

김 경사의 핸드폰에 전화벨이 울렸다.

"아, 여보세요? 네에? 인천시청 시장실요? 아니 대체 무슨 일로……. 아아, 크툴루 용왕님 강림하신 건 말이죠? 지금 제가 현장에 와 있습니다만…… 아아, 네! 네, 곧 모셔 가겠습니다! 네, 바로 갑니다!"

김 경사는 전화를 끊고 명자 씨와 크툴루 아가씨를 다시 쳐다보았다.

"저, 크툴루 용왕신 강림자님, 저와 같이 시청으로 좀 가 주셔야겠습니다."

"네에? 저요? 저를 왜요?"

"새로 취임하신 시장님께서 크툴루 님의 신탁을 듣고 싶어 하셔서요. 지난 12년간 신앙심에 충실하지 못한 과거를 반성하며 인천을 다시 크툴루 밀교의 도시로 부흥시키시고 싶으시다네요. 함께 가 주셨으면 좋겠습니다."

"아니 그, 저는 신내림 받기 싫어서 이 보살님 찾아온 건데요? 제가 꼭 그 신탁이라는 걸 해야 해요?"

"나쁘진 않은 선택이에요. 일단 크툴루 님과 그레이트 올드 원 관련 신탁을 취급하시는 분들은 인천광역시에서 별정직 시청 공무원으로 등록되어서 월급도 받으시고 나중에 연금도 받으실 수 있어요. 신내림을 받으시면 계약직이 아니라 정규직으로 취업 가능하고요."

"와아아, 정말요? 정규직 공무원이 된다고요? 그럼 할래요! 당장 내림굿 받을래요!"

아까와는 달리 아가씨의 표정은 세상 그렇게 밝을 수가 없었다.

"아하하, 그게 내림굿이 쉬운 건 아닌데……. 아, 보살님도 혹시 그레이트 올드 원 내림굿 무속인 공모에 지금 응모하시겠어요? 맥아더 보살 아주머님 정도 신빨이면 충분히 가능하실 거 같은데요."

이게 다 무슨 소리야. 명자 씨는 아까부터 눈이 휘둥그레져서는 아무 생각도 들지 않았다.

"저기 형사 양반, 그러니까 그 크툴룬가 뭔가…… 이 아가씨가 말한 게 헛소리가 아니고 진짜란 말입니까?"

당황이 가득한 명자 씨에게 여자 순경이 친절한 미소로 대답했다.

"그럼요. 크툴루 밀교는 우리 인천광역시의 가장 뿌리 깊은 토속 신앙인걸요? 지난 12년간 기독교인들이 지배해서 모라토리엄이 된 인천시가 드디어 회개의 길에 들 수 있게 크툴루 용왕님께서 신의 사자를 보내신 거예요. 오늘은 정말 기쁜 날이랍니다?"

"거, 그 내림굿은 제가 집전할 수 있긴 합니다마는, 공모까지 해야 할 만큼 그게 대단합니까?"

"에이, 공모는 뭐 형식적인 거고요. 응모하시면 웬만하면 다 된다고 생각하시면 되어요. 어차피 굿 하다가 감당이 안 되시는 분들은 모독적인 기운에 침식되어서 광기에 빠져들거나 뻗으시거나 하니까 굳이 시험을 치를 필요도 딱히 없고요. 하지만 한 번 그레이트 올드 원 신내림굿을 성공시키신 분들은 종신직 신탁공무원이자 인천을 다스리는 실질적인 인천시장 비선실세가 될 수 있답니다? 어때요, 한번 해 보실래요?"

종신직 공무원이라. 입맛이 다셔지는 일이었다. 명자 씨의 신당은 단골판이 예전보다 많이 줄어들고 굿하는 수도 적어져서 늘 살림이 쪼들리는 판이었다. 인천에서 제일 용한 무당이라 하지만 사람들은 더 이상 무당을 찾지 않았다. 타로니 사주카페니 성당이니 교회니 서양 마법이니, 종교는 너무나 많아졌고 인간의 선택권 또한 넓어졌기에 이런 인천의 산동네에 있는 무당집을 굳이 방문하진 않는 것이다. 게다가 동인천은 20년 전 화재 사건으로 인해 도심이 완전히 피폐해지고 경기가 살아날 길은 없어 보이는 수준이었다. 돈만 있다면 이 동인천이 아니라 좀더 번화가로 이사 가서 굿을 가르치는 학원이라도 차리고 싶은 심정이었다. 그런 명자 씨에게 '종신직 공무원'이면서 '비선실세'가 될 수 있다는 유혹은 정말, 당기지 않을 수가 없는 조건이다.

"거, 근데 그렇게 좋은 거면 크툴루 님 부문은 경쟁률이 쎄지 않겠수? 산기도 갈 데도 딱히 마땅치가 않을 거고."

"아하, 크툴루 님 부문 입찰자가 너무 많으면 니알라토텝 님의 신내림굿 담당으로 중복 지원도 가능하세요. 지금 신내림 대기자가 여기 크툴루 님 한 분이랑, 남동구랑 연수구에 니알라토텝 님 각각 한 분씩 해서 두 분 계시거든요. 아니면 신빨 테스트를 통과하신 다음에 우리 인천시랑 자매결연 맺고 있는 속초시나 동해시 쪽으로 지원해 보시는 것도 나쁘지 않아요. 거기도 다곤 신령님 내림받으려고 기다리시는 분들 꽤 많은데, 거기 가서 굿 한 거리만 맡아도 돈이 꽤 잘 나온답니다?"

오호라, 명자 씨의 입에 군침이 돌았다!

맥아더 신령님은 바다를 통해 오시는 분이시기에 명자 씨는 주로 서해안 풍어제에 나서거나 어부들의 풍어굿, 무역업자들의 재수굿을 해 주곤 했다. 하지만 그와는 돈의 단위가 다른 바다 신령님을 직접적으로 모시는 자리라면? 공무원 자리까지 얻을 수 있다면? 이보다 좋을 순 없다. 명자 씨는 여경의 손을 잡고 힘차게 대답했다.

"하겠소! 내 꼭 하리다! 저 아가씨는 물론이요, 인천시 모든 그레이트 올드 원 님들 신내림 내가 다 해 드리리다!"

명자 씨의 힘찬 대답을 듣자, 김 경사는 너털웃음을 지으며 말했다.

"하하, 너무 급하게 하실 필요는 없습니다. 우선 이 아가씨랑 같이 가고, 보살 아주머님께는 네크로노미콘 복사본 한 권 드릴게요. 굿에 필요한 지식이랑 굿거리 같은 건 그 책에 다 잘 나와 있을 거예요. 인천시 공무원 시험에도 출제되는 내용이니까 그렇게 어렵진 않을 거예요."

경찰들과 아가씨는 환한 미소를 지으며 경찰차를 타고 떠나갔다.

오후의 해가 쨍쨍하게 하늘에 올라왔다. 바닷물은 언제 그리 높이 솟았냐는 듯이 다시 수위가 낮아지며 잔잔한 간조에 들었다. 너무나 평화롭고 사랑스러운 오후의 풍경이었다.

명자 씨는 다시금, 새로운 삶에 대한 기대에 부풀어 아까와는 다른 활력이 넘치는 모습으로 신당에 다시 들어갔다. 장군상 앞은 난장판에 썬글라스는 뚫려 있고 곳곳에 아직도 낙지들이 꿈틀거리지만 그것은 전혀 문제가 되지 않았다. 왠지 새로운 힘이 샘솟으며 **이아 이아** 하는 함성이 마음속에서 벅차게 올라오는 듯했다. 그녀의 머리 뒤에는 세계의 진리를 담은 듯한 초록빛이 푸른 빛과 섞인, 모독적으로 아름다운 청록빛으로 부처님 광배처럼 둘러져 있었다.

명자 씨는 싱싱한 스무 마리의 낙지들을 보고 오늘 저녁은 산낙지 회와 연포탕이라며 매우 기뻐하였다. 명자 씨는 방울을 다시 한 번, 상큼하게 흔들고는 신당으로 들어가서 꿈틀대는 낙지를 주섬주섬 주웠다. 주방에는 참기름이 있고 최상의 허브쏠트도 있었다. 오늘은 참으로 축복받은 날이구나 하고 명자씨는 부엌칼을 꺼내 만찬을 준비했다. 이 맛있는 산낙지는 장군님과 나눠먹으며 오늘의 축복과 미래의 힘찬 꿈과 희망을 기원할 것이다.

만우절, 맥아더 보살님의 하루는 평화로웠고 앞으로도 그녀의 삶은 평화로울 것이다.

살아 있는 조상님들의 밤

이경희

SF 소설가. 죽음과 외로움, 서열과 권력에 대해 주로 이야기한다.

대표작으로는 『테세우스의 배』, 「꼬리가 없는 하얀 요호 설화」, 「그날, 그곳에서」,
논픽션 『SF, 이 좋은 걸 이제 알았다니』 등이 있다.

666.

그렇게 인류의 종말이 찾아왔으니……

0.

   계룡산 능선을 타고 마련된 인류 최후의 도피처에 14만 생존자가 모여들었다. 그중에서도 가장 마지막 무리에 속해 있었던 한나는 점점 좁아지는 문틈 사이로 겨우 몸을 비집어 넣을 수 있었다. 그녀의 뒤에도 수많은 사람들이 남아 있었지만 한번 굳건히 닫힌 철문은 다시는 열리지 않았다. 철문 너머 남겨진 사람들의 비명을 애써 무시하며, 한나는 벽에 등을 기댄 채 주저앉았다.

대체 왜 이렇게 돼 버린 거지?

북한의 핵실험 때문에 EMP가 쏟아진 후유증이라는 소문을 들었다. 양자가 어쩌고 중력파가 저쩌고 시공간이 뭐가 어떻게 되었다는 그런 말을 지껄이는 과학자들도 있었다. 또 누군가는 그저 대통령이 제사를 잘못 지냈기 때문이라고도 했고.

누군가 성서를 끌어안고 부르르 떨며 소리 질렀다.

"아닙니다! 이것은 모두 하나님의 뜻입니다! 요한계시록 제20장 4절. 선과 악이 치르는 최후의 전쟁이 모두 끝나니, 이제 성서의 예언대로 천년 왕국이 도래하여 하나님을 믿는 모두가 부활하게 된 것입니다!"

머리끝까지 짜증이 치민 한나는 자기도 모르게 소리치고 말았다.

"우리 시어머님은 교회 안 다니셨거든요?"

화가 난 교인들이 그녀를 향해 욕설을 쏟아냈다. 한나는 눈을 감고 귀를 틀어막았다.

정말 왜 이렇게 돼 버린 거지?

한나는 조심스럽게 과거를 돌이켜보았다. 그게 정말 최후의 전쟁이라고? 내가 벌였던 그 치열한 전투가 정말 선과 악의 마지막 투쟁이라고?

에이, 그럴 리가.

실소가 터져나왔다. 왜냐면 자신이 해 온 일이라고는 고 작해야⋯⋯.

1.

"제사를 없애자!"

한나의 외침과 함께 복면을 뒤집어쓴 여성들이 어느 종 갓집 마당에 들이닥쳤다. 그들은 각자 몽둥이를 휘두르며 순식간에 병풍을 부수고 제사상을 뒤집어엎었다. 고운 비 단 한복을 차려입은 남자들이 "어허!" "어허!" 하며 발끈했 지만, 앞으로 나서서 적극적으로 제지하는 사람은 없었다.

결단코. 지금껏 한 번도.

"다, 당신들 대체 누구요?"

겨우 목소리를 쥐어 짜낸 남자가 외쳤다. 일을 마치고 자리를 떠나려던 한나는 뒤로 돌아서서, 복면을 슬쩍 들 어 올려 입이 나오도록 했다.

"제사 없애기 운동본부 몰라요?"

그 이름을 듣자마자 양반들은 모두 제자리에 주저앉았다.

* * *

　오늘도 한 건을 제대로 마친 여성들은 운동본부 사무실 뒷골목의 치맥 집에 모여 서로를 축하했다. 한나는 손수 소맥을 말아 회원들에게 나눠주었다. 회원들은 정해진 의식을 치르듯 컵 안에 쇠젓가락 하나를 찔러넣고 나머지 젓가락으로 쩡 소리가 나도록 두드렸다. 하얀 거품이 크림처럼 흠뻑 넘실거리며 치솟았다.

　"언늬이, 오늘 짱 멋있었어요오오……."

　이미 흠뻑 만취한 수진이 한나의 어깨에 들러붙었다. 수진은 방금 전 쳐들어갔던 종갓집의 막내며느리로, 본부에 도움을 요청한 오늘의 의뢰인이었다. 얼마 전까지 세계를 떠돌며 중역들의 통역을 도맡았던 사람이 거기서 육전이나 부치고 있는 게 말이나 돼? 한나는 다시금 화가 치밀었다.

　"나 진짜 넘므 고마운 거 있죠오……."

　"야, 알겠으니까 좀 떨어져."

　"아이이으잉."

　술에 잔뜩 취한 수진을 밀어낸 한나는 테이블 위로 올라가 크게 소리쳤다.

　"여러분 주목!"

　그 자리에 모인 모두의 시선이 한나를 향해 꽂혔다. 조금 의기양양해진 그녀는 소주가 담긴 500cc 맥주잔을 높이 치켜들며 연설을 시작했다.

"여러분! 우리는 오늘도 중요한 전투에서 승리를 거뒀습니다. 이 땅에서 제사가 사라지는 그날까지, 제사 없애기 운동본부장 저 요한나는 최선을 다해 노력하겠습니다. 항상 저를 지지해 주시고, 서로를 도웁시다. 우리 회원님들, 다음번 호출 때도 오늘처럼만 활약 부탁드립니다! 투쟁!"

모두의 환호와 박수 세례를 받으며 맥주잔을 단숨에 비운 한나는 큰소리로 외쳤다.

"인류 최후의 전쟁은!"

그러자 모두가 한마음으로 소리쳤다.

"제사 없애기!"

* * *

그 후로는 하나도 기억나지 않았다. 눈부신 햇살에 눈을 찔린 그녀는 정신을 차리자마자 화장실로 기어가 뱃속에 있는 것을 모두 게워냈다. 가슴 속이 텅 비어 버린 것처럼 공허하고 쓰라렸다.

적당히 입을 헹구고 비틀비틀 거실로 돌아왔을 때, 한나는 드디어 자신이 미쳐 버린 줄로만 알았다.

왜냐면, 그녀의 눈앞에 있었던 것은 2년 전 돌아가신……

"애미야, 국에 왜 국물이 있니?"

시어머니가 잔뜩 짜증 난 목소리로 그녀에게 물었다. 침착하자. 침착해. 이럴 때일수록 이성적으로 대응해야지.

"어머님, 국이니까 당연히 국물이……."

"에휴, 아무튼 얘는 뭘 제대로 하는 게 있어야지. 봐라, 국물이 이렇게 많으니까 먹을 때마다 입에서 줄줄 새잖니."

시어머니가 국을 떠 입에 넣을 때마다 턱 아래 뚫린 구멍으로 국물이 다시 쏟아지고 있었다.

"어, 어머님. 재작년에 돌아가시지 않으셨……."

탁. 시어머니가 수저를 내려놓았다.

한나는 자신을 쏘아보는 시어머니의 눈빛에 꼼짝없이 얼어붙었다. 당황스러웠다. 그러면서도 자신이 왜 당황하고 있는지 궁금했다. 눈앞에 있는 사람이 이미 죽은 사람이어서일까? 아니면 시어머니여서일까?

그러거나 말거나, 시어머니는 자신의 할 말만 계속했다.

"아범은 어디 갔니? 또, 아침 안 맥이고 보낸겨?"

"아니요, 어머님. 그게, 저희가 이혼을……."

빨리 전 남편을 불러야겠다는 생각이 퍼뜩 들었다. 그 자식한테 빨리 넘겨 버리자. 지 엄마니까 지가 좀 알아서 하라지. 한나는 슬금슬금 걸음을 옮겨 스마트폰 쪽으로 향했다.

"얘, 어딜 가니. 여기 좀 앉아 봐."

탁. 탁. 시어머니가 숟가락으로 식탁 빈자리를 두드렸다.
눈알이 썩어 텅 비어 버린 눈두덩으로 정신이 빨려 들어가
버릴 것만 같았다. 한나는 재빨리 팔을 뻗어 전화기를 집
어 든 다음 천천히 식탁을 향했다. 털썩, 다리가 풀려 의자
에 주저앉고 말았다. 식탁에 펼쳐진 육첩반상을 보자마자
다시 숙취가 올라오는 것 같았다.

그래, 이거 다 꿈일 거야. 아무렴 꿈이겠지.

한나는 고개를 좌우로 붕붕 저어 불안감을 떨쳐냈다. 당
당하게 나가자, 요한나. 까짓거 꿈에서라도 한 번 제대로
들이받지 뭐. 그 자식이랑 이혼한 지가 언젠데 뭐 하러 쩔
쩔 매?

"어머님, 과일 드실래요?"

"그래, 이제 좀 마음에 드는 소리 한다. 사과 있니?"

"어머, 어떡하죠? 사과는 없고 배뿐인데. 어머님 배 좋아
하시지 않으셨어요?"

"뭐 마음에 썩 들진 않지만, 그럼 그거라도 한번 깎아 보
련?"

한나는 다시 자리에서 일어났다. 천천히 냉장고로 걸어
가 배를 하나 꺼낸 다음, 싱크대에서 과도를 집어 들었다.
칼을 쥔 손에 꾸욱 힘이 들어갔다. 그녀는 껍질을 깎으며
시어머니를 힐끔 훔쳐보았다. 시어머니는 몸통 밖으로 주
르륵 흘러나온 내장을 다시 억지로 집어넣고 있었다.

죽여도 되겠지? 저거 좀비니까.

한나는 망설임 없이 성큼성큼 다가가 시어머니의 이마에 칼을 푹 찔러넣었다. 수박 가르는 것보다 쉽게 칼이 쑥 들어갔다.

"얘! 이게 무슨 짓이니!"

앙칼진 비명 소리가 고막을 찔렀다. 귀가 아파 도저히 견딜 수가 없었다. 한나는 양쪽 귀를 틀어막으며 뒤로 몇 걸음 물러났다.

어, 안 죽네. 영화에선 이럼 죽던데. 좀비 아닌가?

"야! 이년아. 너는 자식이 돼서! 애미 머리에 칼을 꽂냐!"

시어머니가 불같이 화를 내며 일어나 한나의 머리채를 휘어잡으려 했다. 한나는 겨우 어머님의 팔을 쳐냈다.

"아, 아니요오, 어머님, 그게 아니고."

한나는 낑낑대며 시어머니의 어깨를 눌러 억지로 자리에 앉혔다.

"그래. 내 한 번만 참는다. 알겠니?"

"예, 예에……."

"어딜 칼을 휘둘러, 칼을. 나 때는 시엄마가 한마디 하시면 그저 예, 어머님, 예, 어머님 하는 것 말고는 입도 뻥끗 못했다. 얘는 고개는 또 어쩜 이렇게 빳빳하니? 나 때는 이렇게 고개도 못 들었다. 좋은 시엄마 만난 줄 알어. 너 우리 현수한테도 그런 식이니? 하긴, 시엄마 알기를 우습게 하는데 남편한테는 오죽하겠니. 에휴, 불쌍한 우리 현수."

"죄, 죄송합니다."

기세에 밀린 한나는 고개 숙여 사과하고 말았다.

"그래, 진즉 그럴 것이지. 어딜 맞먹으려고 굴어? 으른들
이 좋은 말씀 하시면 그저 알겠습니다, 알겠습니다 할 것
이지. 암튼 요즘 것들은 귀여운 구석이라고는 없어요. 대체
누굴 닮아서 저러는지. 쯧쯧."

시어머니는 이마에서 칼을 쑥 뽑아 손에 들고 휘두르며
본심을 드러냈다.

"아가, 나 용돈 좀 다오."

당장 여길 빠져나가야겠어.

한나는 뒤도 돌아보지 않고 집 밖으로 뛰쳐나갔다.

2.

아무리 전화를 걸어도 현수는 받지 않았다. 쓸모없는 놈
같으니라고. 한나는 전화기를 손에 쥔 채로 거리를 빠르게
질주했다. 옷도 제대로 갈아입지 못한 탓에 그녀는 술과
땀에 찌든 정장 차림 그대로였다.

"하이고! 젊은 처자가 옷 입은 꼬라지 하고는!"

어디서 노인 목소리가 들렸다. 역시나. 이번에도 움직이

는 시체가 힘겹게 지팡이를 짚으며 비틀비틀 다가오고 있었다.

"치마가 이게 뭐꼬? 아주 날 잡숫소, 잡숫소 이마에 뺨 뿌렛을 붙이지그려?"

내가 두 번은 못 참지. 한나도 이번엔 날 선 목소리로 대꾸를 붙였다.

"아니이! 제가 짧은 치마를 입건 티팬티를 입건 할아버지가 뭔 상관이세요?"

"어허!"

귀가 따가웠다. 어르신들이 저승에서 목청만 키우셨나.

"엄연히 도덕이 있고, 어? 예의가 있고, 어? 정해진 뭐가 다 있는데! 어딜 여자가 말이야 백주 대낮에 맨다리를 홀러덩…… 어이쿠."

노인은 말을 마치기도 전에 비틀거리다 쓰러졌다. 하지만 바닥에 엉덩이를 붙이고도 한나의 머리부터 발끝까지 삿대질로 훑으며 지적질을 이어갔다. "아이고 혈압아!" 소리치며 뒷목을 잡는 대목에 이르자 그녀는 할 말을 잃었다. 거의 뼈밖에 남지 않은 노인의 몸에 피가 흐를 리가 없기 때문이었다.

말을 말자.

그 순간, 갑자기 머리 위에서 와장창 창문이 깨지며 유리가 쏟아졌다. 깜짝 놀란 한나는 반사적으로 몸을 던져

피했다.

2층 기원에서 쩌렁쩌렁 말다툼 소리가 들렸다. 내용을 보아하니 누군가 몸싸움을 벌이다 의자를 던진 모양이었다.

"야, 니는 형님한테 접어줄 줄을 모리나! 꼭 그렇게 따박따박 이겨 먹어야겠나!"

"아니 형님, 승부에 그런 게 어딨소."

"니 몇살이여? 니는 장유유서도 모리나? 옛날에는⋯⋯."

한나는 있는 힘껏 달려 골목을 빠져나갔다.

시내는 그야말로 아비규환이었다. 여기저기서 정체를 알수 없는 시체들이 나타나 사람들을 붙잡고 이러쿵저러쿵 제멋대로 잔소리를 지껄이고 있었다.

"얘 머리 색깔이 그게 뭐니, 옷은 또 그게 뭐야.", "그래서 좋은 대학 가겠니?", "뭐어? 래애퍼? 딴따라?", "으른이 부르시는데 인사를 해야지, 이 나라를 이렇게 발전시킨 게 다 누구 덕인데 말이야⋯⋯."

한나는 한숨을 쉬며 조심스럽게 시체들을 피해 나아갔다. 멀리 광장 쪽에 사람들이 잔뜩 모여 있는 모습이 보였다. 다행히 살아 있는 사람들이었다.

가까이 다가가자 사람들이 왜 모였는지 알 것 같았다. 빌딩 옥상에 설치된 커다란 전광판에서 뉴스가 흘러나오고 있었다.

[속보] 서울에서 좀비 사태! 죽은 조상님들 되살아나!

화면 속에서 앵커가 소식을 전하고 있었다.

"시청자 여러분 안녕하십니까. 서울 시내에서 발생한 좀비 사태에 대해 긴급 속보를 전해드립니다. 지금 시내 곳곳에서 죽은 조상님들이 되살아나 거리를 활보하고 있습니다. 그들은 모두 의식이 있으며, 자신이 누구인지 명확히 기억하고 있는 것으로 알려졌습니다. 또한, 그들은 살아생전 가장 미련이 많이 남은 장소로 소환된다고 합니다. 주로 여러분들이 살고 계신 집이나, 직장 같은 곳이 될 수 있습니다. 시간이 지날수록 되살아나는 시신의 수가 점점 늘어나고 있다는 보고입니다."

뒤이어, 앵커는 조상님 한 명을 초청해 인터뷰를 진행했다. 방송국 내에서 되살아난 시신은 앵커의 선배 기자라고 했다. 그가 몇 년 전 불미스러운 사건으로 퇴사한 뒤 사고를 당했다는 정보도 함께 전해졌다.

"선배님. 대체 이게 어떻게 된 일인지 혹시 아시나요?"

"나야 모르지."

"되살아난 과정은 혹시 기억하십니까?"

"기억 안 나."

"그럼 마지막으로 기억하시는 것은……."

"건방지게."

"네?"

"야. 내가 너한테 하나부터 열까지 다 설명해 줘야 해? 언제부터 선배가 후배한테 설명하게 돼 있었어? 스스로 열심히 고민해서 알아볼 생각은 안 하고."

선배의 태도에 당황한 앵커는 그의 자존심을 치켜세워 주기 위해 온갖 아양을 떨었다.

"아니, 그래도 선배님 우리 방송국 유일의 과학전문 기자 아니십니까. 전문가의 고견을 듣고자 이렇게 저희가 모셨고요. 부디 아시는 만큼이라도 설명을 부탁드립니다. 전국의 시청자님들이 모두 라이브로 지켜보고 계십니다."

선배는 '시청자'라는 말에 번뜩 정신이 든 모양이었다.

"이번 현상은 말이에요. 제 경험상 아무래도 양자 얽힘이 관련된 사건인 것 같단 말이죠."

"양자 얽힘요?"

"어제는 중국에서 입자가속기 시험이 있던 날이었습니다. 아마 그것과 지금 사태 간에 밀접한 관련이 있지 않을까요? 어떻게 생각하십니까?"

"질문은 제가 드렸는데요."

"사람들의 영혼이 살아생전 품었던 미련이 공간에 양자적으로 얽혀서, 시신을 다시 그곳으로 불러낸 것이 아닌가 예상해 본 겁니다."

"그게 과학적으로 어떤 입증된 이론이 있는 건가요?"

"그냥 양자가 어떻다고 붙이면 왠지 다 그럴싸해 보이잖아요."

"선배님. 그래도 기자가 취재한 팩트를 갖고 말씀을 하셔야……."

"야."

선배의 턱이 테이블 위로 떨어졌다.

"너 방송 끝나고 좀 남아라. 어디 선배한테 따박따박 말대꾸……."

선배는 턱을 집어 다시 끼워 넣으며 말을 이어갔다. 뉴스가 중단되고 특집 방송으로 화면이 넘어갔다. 화면 속 무대에서는 아이돌 계의 조상님이 나와 80년대 스타일의 춤을 추며 후배들의 동선을 방해하고 있었다.

3.

대체 어디로 가야 하지?

딱히 갈 만한 곳을 떠올리지 못한 한나는 근처 무인 모텔에 들어가 방을 빌렸다. 혹시나 찌질한 남자가 첫 경험을 못 잊고 이곳에서 부활할까 걱정되었으나, 다행히 그녀가 빌린 방은 텅 비어 있었다.

옷을 벗고 샤워를 마친 한나는 다시 현수에게 전화를

걸었다. 하지만 전 남편은 여전히 전화를 받지 않았다. 어디서 레전드 드림팀 직장 상사들한테 갈굼이라도 먹고 있나 보지? 그녀는 전 남편에 대한 일말의 기대마저 접어버렸다.

그 순간 전화가 울렸다.

전 남편인가 했는데 수진이었다. 한나는 서둘러 전화를 받았다. 수화기 너머에서 수진의 훌쩍이는 소리가 들렸다.

"언늬이…… 어디세요?"

"수진아, 왜 그래?"

"언니, 여기 너무 무서워요. 그 꼰대들보다 더한 꼰대들이 있더라고요. 증조부에 고조부에 고종 삼촌에 고모할머니까지 수십 분이 나타나서서 제사 똑바로 안 지내냐고, 예법이 이게 맞네 저게 맞네 물어뜯고 싸우고 물건 집어던지고 밥상 엎고 아주 난리도 아니어서요……."

"얘, 거긴 너무 위험해. 일단 여기로 와."

한나는 자신이 머무르는 모텔의 주소를 알려주었다. 한 시간쯤 지나자 누군가 문을 두드렸다. 문을 열자마자 수진이 그녀의 품에 안기듯 매달렸다.

"으앙 온늬이, 이거 우리가 제사를 옰애서 조상님들이 노하신 거라던데요. 진짜예요?"

수진이 꺽꺽 울먹이는 목소리로 물었다.

"누가 그래?"

"택시 기사님요. 그분도 조상님이신데……."

"아니야, 수진아. 이거 과학적으로 다 증명됐어. 양자가 얽히고 뭐 그런 거래. 다 과학적인 문제야. 귀신 그런 거 아니래."

한나는 자신이 무슨 말을 하는 지도 이해하지 못한 채 입에서 튀어나오는 대로 이상한 논리를 마구 쏟아냈다. 다행히도 수진은 그녀의 헛소리를 믿는 것 같았다.

"자, 여기 침대에 좀 앉아 봐. 물도 마시고."

수진은 벌컥벌컥 물을 들이키다 사레가 들었다. 한나는 수진을 진정시키기 위해 최대한 다정한 손길로 등을 두드렸다.

"언니는 별일 없으셨어요?"

"어, 그게…… 시어머님이 우리 집에 오셨어."

한나는 자신이 겪은 일들을 전해 주었다.

"네에? 그러고 그냥 나오셨어요?"

"그럼 어떡해? 전 남편은 연락도 안 되는데."

"언니는 다르실 줄 알았는데, 실망이에요!"

수진이 침대 반대편으로 휙 돌아누웠다.

"얘, 왜 그러니?"

"그동안 저한테 하신 말씀. 끝까지 투쟁하라고 하신 말씀. 저 진심으로 믿었단 말예요! 그런데 언니가 시어머니 앞에서 그렇게 굴복하시면 제가 앞으로 누굴 보고 용기를 언겠어요?"

한나는 갑자기 부끄러워졌다. 맞아. 내가 왜 움츠러들었
지? 어차피 이제는 시어머니도 아닌데. 당당하게 맞서 싸
워 이겨냈어야지.

한나는 수진에게 사과했다.

"미안해. 내가 잠시 약해졌었어. 내가 어떻게 했으면 좋
겠니?"

수진은 다시 홱 돌아눕더니 선망 가득한 눈으로 한나를
바라보았다. 시선이 마주치자 얼굴이 화끈거렸다. 그러거나
말거나, 수진은 한나의 곁으로 좀 더 가까이 다가와 그녀
의 두 손을 꼬옥 움켜쥐었다.

"어쩌긴요. 복수해야죠. 언니 이혼도 시어머니 땜에 하신
거라면서요. 이번 기회에 제대로 해요."

"복수라……."

머릿속으로 만감이 교차했다. 막상 복수를 하려니 뭐가
상처였는지, 뭘 어떻게 되갚아줘야 할지 막막했다. 시어머
니와의 관계는 처음부터 끝까지 전부 엉망이었으니까.

"트위터에서 보니까 좀비라고 막 흉폭해지거나 힘이 세
거나 그러지는 않는대요. 감염되는 일도 없고요. 그니까
별 어려움은 없을 거예요."

"그럼 애초에 좀비가 아닌 거 아냐?"

"그럼 좀……상님? 아무튼 우리 제대로 복수하고, 그 담

에 멀리 떠나요."

"그래, 다시 싸우러 가자."

"투쟁!"

한나는 굳게 각오를 다지며 벗어두었던 옷을 챙겨입었
다. 온몸에서 진득한 술 냄새가 났다.

* * *

바깥은 이미 해가 뉘엿뉘엿 지고 있었다. 아까보다 몇
배로 불어난 조상님들을 피해 골목으로 들어서자 집이 보
였다. 전 남편과 헤어지고 유일하게 손에 남은 거라곤 낡
아빠진 이 집 한 채뿐이었다. 그것도 주택담보대출이 60%
나 걸린 반쪽짜리 집. 생각해 보니 열 받네. 당신이 뭔데
내 집을 떡 하니 차지해?

한나와 수진은 살금살금 현관문을 열고 안으로 들어섰
다. 시어머니는 몸뻬바지 차림으로 거실 소파에 누워 TV
를 보고 있었다. 눈빛으로 신호를 교환한 두 사람은 순식
간에 시어머니를 붙잡아 입을 막고 밧줄을 몸에 감았다.

"어딜 감히 이것들이! 으른을 우습게 알아! 빼애액!"

입만 막으면 될 줄 알았는데. 이 세상에서 나는 소리라
고는 생각되지 않는 기괴한 비명 소리가 뇌를 뒤흔들었다.
두 사람은 귀를 틀어막고 바닥에 쓰러졌다.

"며늘아, 안 그래도 할 말 많았는데 잘 왔다. 내가 낮에 부적 하나 받아놨다. 옆집 선영이 말이, 이거 팬티에 이렇게 넣고 매일 물구나무 10분씩만 서면 애가 금방 들어선다더구나. 얘, 애기 안 생기는 거, 그거 다 네가 노력이 부족해서다?"

귀에서 피가 날 정도의 잔소리가 속사포 랩처럼 고막에 때려 박혔다. 애초에 조상님들의 목소리가 공기의 진동을 통해 전달되고 있다는 생각 자체가 큰 착각이었다. 그럴 리가 없잖아. 폐도 없고 혀도 없는 사람들인데.

한나가 아무 대답이 없자, 시어머니는 몸이 묶인 채로 벌떡 일어나 격노했다.

"내가 아까 냉장고도 다 확인해 봤다. 우리 현수 인스턴트 싫어한다고 몇 번을 말하니! 보니까 배달 음식 쿠폰도 옆면에 잔뜩 붙어 있더라. 그러다 뒤룩뒤룩 살쪄. 몹쓸 병 걸려. 알어? 그리고 야채는 일주일 이상 묵히지 말랬지? 또 정수기 물 마시지 말고 보리차 우려서 육각수 만들어 먹으라고 했니 안했니? 잔소리 같아도 이거 다 니들 위해서 하는 소리야. 난 맨날 이렇게 이야기할 거다. 알겠니? 우리 가족이면 너도 내 잔소리 참을 줄 알아야 해."

시어머니가 점점 가까이 다가왔다. 한나는 자리에서 일어나 천천히 뒤로 물러났다. 하지만 이내 벽에 부딪혔다.

"다 우리 손주 보자고 하는 거 아니니? 내가 언제 다른 거 바라디? 그냥 아들 하나만 낳아 달라는데, 그게 그렇게 어렵니? 내가 한약도 지어 주고, 부처님께 기도도 올리고, 부적도 쓰고, 이렇게 지극정성을 다했는데! 빼애액!"

시어머니가 갑자기 확 달려들었다. 궁지에 몰린 한나는 자기도 모르게 주먹으로 시어머니의 턱을 쳤다. 뼈 부러지는 소리가 들리며 시어머니가 바닥에 쓰러졌다. 턱뼈에 제대로 맞았는지 손가락이 아팠다.

한나는 저린 손을 주무르며 소리쳤다.

"나도 진짜 이 얘긴 안 하려고 했는데…… 강현수 걔 무정자증이거든요!"

한나는 수진을 일으켜 함께 집 밖으로 도망쳤다.

4.

차에 시동을 걸자마자 한나는 곧장 마트를 향해 출발했다.

"언니, 이제 어디로 가는 거예요?"

"마트로 가자. 일단 생필품부터 챙겨야지. 식량이랑, 물이랑, 생리대랑 뭐 이것저것 필요한 거 많잖아."

예상대로 마트는 아비규환이었다. 한나는 수진에게 차를 지키도록 당부한 다음, 마트 안으로 뛰어들었다. 매장 내부에서는 되살아난 조상들이 왜 에누리를 해 주지 않느냐며 직원들과 다투고 있었다. 몇몇 직원들은 이미 귀에서 피를 쏟으며 기절한 상태였다.

한나는 정면 출입구를 피해 매장 안으로 들어가 눈에 보이는 대로 카트에 생필품을 쓸어 담았다. 그리고 무기가 될 만한 것들도. 텐트와 캠핑 장비들도 함께 챙겼다. 아무래도 문명이 닿는 범위 내에서는 좋은 꼴을 보지 못할 것 같아서였다.

의류 매장에서 옷도 몇 벌 챙겼다. 꽉 조이는 정장과 속옷을 벗고 트레이닝복으로 갈아입으니 세상이 달라진 기분이었다. 그녀는 수진에게 입힐 옷도 같은 디자인으로 카트에 담았다.

내 차가 행사용 봉고차여서 천만다행이지. 그녀는 뒷문에 새빨갛게 각인된 '제사를 없애자!' 문구를 한번 쓰다듬은 다음, 트렁크를 열고 와르르 짐을 쏟아 넣었다.

"언니이…… 전화 좀 받아 보세요."

운전석으로 돌아오자마자 수진이 떨리는 목소리로 그녀에게 전화를 건넸다.

"누구 전화야?"

"미주 언니요."

"미주 씨?"

"지금 사무실에 계신대요. 운동본부 사무실요."

"여보세요. 미주 씨!"

"한나 씨 큰일 났어. 선배님이 살아오셨어."

"뭐?"

"우리가 쫓아냈던 그 선배님 말이야. 그리고 그 윗선배님 들도."

"뭐요?"

수화기 너머로 남자들의 목소리가 들렸다.

"뭐야, 다들 벌써 퇴근했어? 좋은 뜻으로 모여서 운동한 다는 사람들이 따박따박 퇴근하고 월급 꼬박꼬박 챙겨가 면 뜻은 어떻게 이루나? 우리 때는 말이야 여기다 침낭 하 나 깔아놓고 일주일씩 때우고 그랬어. 어? 미주 씨 지금 퇴 근하려고? 차라리 소주나 한 병 같이 까자. 내가 새우깡 사 올 테니까……."

"미주 씨! 괜찮아?"

"한나 씨, 여긴 내가 막아 볼 테니까, 절대 사무실로 오 지 마. 나 구할 생각 하지 말라고! 꺄아악!"

비명과 동시에 전화가 끊어졌다.

"구해야 해요."

수진이 심각한 표정으로 말했다.

"그래, 구하러 가자."

한나는 차에 시동을 걸었다. 두 블록 만에 사무실이 보 였다. 다행히 그녀가 살던 집도, 마트도, 사무실도 모두 근처였다.

사무실 앞에 차를 세운 한나는 트렁크를 열고 무기를 꺼냈다. 자신은 빨간색 야구 배트를, 수진에게는 라이터와 에프킬라, 그리고 시끄러운 꽹과리를 건넸다.

"수진아, 절대 무리하지 말고, 멀리서 꽹과리만 두드려. 그놈들 말 소리 안 들리게. 에프킬라는 정말 긴급한 상황에서만 쓰는 거야, 알겠지?"

"네, 언니. 미주 언니는요?"

"이거면 되지 않을까?"

한나는 미주 씨를 위한 장비를 보여 주었다.

"네. 그거면 될 것 같아요."

"그럼, 가자."

쾅! 2층 사무실 문을 박차고 뛰어들자 세 명의 선배들에게 둘러싸인 미주 씨의 모습이 보였다.

"미주 씨! 이거 써!"

한나는 한 손에 들고 있던 블루투스 헤드폰을 던졌다. 미주 씨는 허겁지겁 헤드폰을 받아든 다음 귀에 쏙 뒤집어썼다. 미주 씨가 마이유 노래를 들으며 정신을 추스르는 사이 수진이 꽹과리를 두드렸고, 한나는 신나게 배트를 휘둘러 선배들을 떼어놓았다.

"야! 니들이 민주화가 뭔지는 알아?", "구로 동맹파업은?", "서울역 회군은 알아?", "마르크스.", "레닌.", "마오이즘.", "알

린스키 조직론.", "알튀세르주의 공부는 다했어?", "정권 바뀌니까 아주 민주화 다 끝난 거 같지?", "경제 민주화는 어쩔 거야?", "재벌 해체는?", "국보법 폐지는?", "천민자본주의에 맞서서 계급 투쟁할 생각은 안 하고, 뭐어? 제사 없애기?"

선배들이 돌아가며 재잘거렸지만 시끄러운 꽹과리 소리에 파묻혀 내용의 절반도 알아듣지 못했다. 이 정도면 할 만한데? 한나는 자신감을 얻어 배트를 휘둘렀다. 선배들 중 하나가 배트를 맞고 휘청거리다 창문을 깨고 밖으로 떨어졌다.

"시끄러워, 이 꼰대들아!"

하지만 한나의 기세는 그리 오래 가지 못했다. 엉망진창으로 배트를 휘두르다 보니 슬슬 체력이 달렸고, 팔도 너무 아팠다. 반면 선배들은 지치지도, 상처를 입지도, 아픔을 느끼지도 않았다. 한나는 결국 배트를 쥔 팔을 아래로 늘어뜨렸다.

"꺄아악!"

등 뒤에서 수진의 비명이 들렸다. 바깥으로 떨어졌던 선배가 다시 올라와 수진을 제압한 것이었다. 수진은 에프킬라를 뿌리려다 되려 선배에게 라이터를 빼앗기고 말았다. 선배는 그 라이터로 담배에 불을 붙이며 빼애액 소리 질렀다.

"여자애가 어딜 담배를 펴? 시집 안 갈 거야? 애기 안 가질 거야?"

수진은 후다닥 도망쳐 한나의 등 뒤에 달라붙었다. 몸을 추스른 미주도 곁으로 모였다. 서로의 등을 맞댄 세 사람은 각자 손에 잡히는 대로 물건을 집어 들고 포위망을 좁혀오는 선배들과 맞서려 했다.

"한나 씨, 내가 오지 말랬잖아."

미주 씨가 헤드폰을 귀에서 조금 떼고 말했다.

"어떻게 그래요. 명색이 본부장인데."

"아무튼 정말 고맙긴 한데, 이제 어쩌지?"

"포위망 뚫고 탈출해야죠. 볼륨은 최대로 높이셨어요?"

"어."

"언니들, 저도 꽹과리 준비됐어요."

"그래, 그럼……."

다시 배트를 움켜쥐고 달려나가려는 순간, 어디선가 강력한 음성이 들려왔다.

"왕언니가 왔으면 인사를 해야 할 거 아냐, 이것들아."

딱 한 마디. 딱 한 마디가 들렸을 뿐인데도 선배들은 모두 귀를 틀어막고 무릎을 꿇었다. 왜냐면, 목소리의 주인공이 바로 심 선생님이었으니까.

"선생님!"

심 선생님이 전동 휠체어를 타고 사무실로 들어오는 모습이 보였다. 한나는 배트를 내려놓고 선생님을 향해 달려

갔다. 여든을 지긋이 넘긴 선생님은 여전히 예전의 그 표정 그대로였다. 상큼한 미소를 지어 보인 선생님은 선배들에게 잔소리를 시작하셨다.

"야. 너네들 결국 다 도망가서 좋은 데 취직했잖아! 필드에서 뛰어본 적도 없는 것들이 먹물 냄새는 아주 그냥…… 너네 쌍민자동차 파업 현장 나가 봤어? ITX파업은? 런던바게뜨, 병정오토텍 이름이나 들어봤니?"

선배들은 귀를 틀어막고 바닥을 데굴데굴 굴렀다.

"그때 니들 뭐 했어? 중아일보에서 나 까는 기사 쓴 거 민수 너지? 현철이 너는 삼정에서 월급이나 세고 앉았고. 만수 너는 아이티인가 뭔가 헛짓거리하다 요즘은 치킨 튀긴다며? 최루탄 냄새도 한번 안 맡아본 것들이 어디서 유세야? 유세는."

얼마 지나지 않아 선배들은 완전히 돌처럼 굳어 버렸다. 심 선생님의 잔소리를 참지 못하고 생명 활동을 정지한 모양이었다. 황당했다.

"와, 우리한텐 그렇게 재잘재잘 떠들어 댔으면서, 그거 한마디를 못 참네."

한나는 그렇게 말하며 굳어 버린 선배들을 발로 걸어찼다. 활동을 정지한 시신은 연탄재 부스러지듯 산산이 무너졌다.

"얘 한나야. 그동안 고생했다."

심 선생님이 칭찬하셨다. 분명 칭찬인데도 소름 끼칠 정도로 무서운 눈빛이셨다.

"예, 예에…… 선생님은 잘 지내셨어요?"

"그래, 보다시피 나야 뭐 항상 이 모양이지. 담배나 하나 줘 봐."

한나는 주머니에서 담배를 꺼내 선생님 입에 물려드렸다. 눈치 빠른 수진이 라이터를 되찾아와 불을 붙였다. 심 선생님은 담배 연기를 맛있게 뿜으며 눈을 감았다.

"너희는 이제 어떡할 생각이니?"

"일단 서울을 벗어나려고요. 안전한 장소를 찾은 다음엔 회원님들을 다시 모을 거고요."

"그건 계속할 거니?"

한나는 고개를 가로저었다.

"제사 없애기요? 아뇨. 저희가 문제의 근원을 착각하고 있었어요. 제사 없애기 운동본부는 현시점 부로 명칭과 목표를 바꿀 거예요. '조상 없애기 운동본부'로."

5.

한나와 수진, 미주와 심 선생님은 함께 봉고차에 올라 서울을 빠져나갔다. 한동안은 지리멸렬한 도주 생활이 이어졌다. 산으로 숨으면 안전할 거라 생각했건만, 대한민국 땅에 존재하는 산의 수만큼 등산을 즐기는 꼰대들이 있었다. "장비는 그렇게 쓰면 안 되지.", "텐트는 좋은 걸 써야지.", "여자들끼리 위험하게 산을 오르나?" 등등……. 네 사람은 결국 '산속에 숨어 적당히 시간 보내기' 작전을 폐기했다.

경부고속도로를 따라 충청도까지 내려온 한나 일행은 세종시 중심 부근의 버려진 아파트에 터를 잡았다. 이곳은 예전엔 허허벌판이었던 곳이어서 조상님들의 출몰이 상대적으로 적었다. 게다가 주민 대부분이 기러기 공무원이었던 탓에 남아 있는 사람도 많지 않았다. 다시 말해 도시 곳곳에 식량이 풍족하게 남겨져 있다는 뜻이었다.

물론 가끔은 조상님들과 마주쳐 전투를 벌여야 하는 때도 있었다. 그때는 한나와 미주가 헤드폰을 쓰고 욕받이 역할을 했고, 심 선생님이 잔소리로 그들을 제압했다. 수진은 회복 담당이었다. 그녀는 한나와 미주의 멘탈이 나가지 않게 안전한 곳에서 꽹과리를 치며 열심히 응원했다.

일주일에 한 번 마트에 들러 식량을 채집하는 날을 제외하면 거의 집 안에서 시간을 죽여야 했다. 세종시는 너무나 지루한 도시여서, 유기견들에게 사료를 나눠주거나 스마트폰으로 간단한 게임을 플레이하는 것 외에는 딱히 즐길 만한 것이 없었다. 사설 SNS 망에 접속해 서로의 소식을 전해 듣는 정도가 그나마 남은 삶의 낙이었다.

인터넷으로 드문드문 전해지는 바깥의 상황은 점점 나빠지고 있었다. 조상님들의 수는 빠르게 늘어났고, 세상을 가득 채울 정도로 세력이 성장했다. 처음엔 대한민국만의 일이라고 생각했는데, 알고 보니 지구상의 모두가 같은 문제로 고통받고 있었다. 미국에서는 스티브 잡스가 무덤에서 뛰쳐나와 아이폰 엔지니어들을 고문하고 있다고 했고, 유럽에서는 히틀러와 처칠, 드골 사이에서 3차 세계대전이 발발하기 직전이었다. 마오가 되살아난 중국은 참새를 잡느라 여념이 없었고.

그럼 한국은? 한국은 더 최악이었다. 되살아난 독재자들 밑으로 추종자들이 모이기 시작했고, 어찌 된 일인지 맥아더 장군까지 한국 땅에 나타났다. 그들의 지시를 받은 군 출신 조상님들에게 군대는 완전히 장악되었다. "야! 너 해병대 몇 기야?" 한마디에 귀신 잡는 해병대가 속수무책으로 와해되었다는 소문도 들렸다. 전차와 장갑차를 끌고 나타난 조상님들 앞에서 현대의 생존자들은 속수무책이었다.

그나마 다행인 것은, 한국전쟁 참전 용사들과 광복군이 되살아나 별도의 군대를 조직하고 있다는 사실이었다. 독재자들의 군대는 위로는 북한군, 아래로는 국민군과 동시에 전쟁을 벌이기 시작했다. 공산파와 자본파. 독재파와 민주파. 친일파와 독립파. NL과 PD. 출신에 따라 여러 패거리

로 나뉜 조상님들이 서로를 욕하고 싸운 덕분에 생존자들
에 대한 관심도 잠시 옅어졌다.

그렇게 별일 없이 1년이 흘렀다.

다시 봄이 되자 서울에서 탈출한 사람들이 점차 세종시
로 모여들었다. '조상 없애기 운동본부'의 존재를 알음알음
전해 듣고 찾아온 사람들이었다. 한나는 뜻있는 사람들을
규합해 세력을 불리고 체계적인 조직을 갖췄다. 그녀의 지
시에 따라, 회원들은 세종정부청사를 요새로 삼고 도시의
식량을 청사 내부에 그러모았다.

전투 요원들을 선발해 생존에 필요한 전투 기술도 가르
쳤다. 헤드폰으로 멘탈을 보호하는 법, 어르신에게 뻔뻔하
게 맞서는 법, 눈 똑바로 뜨고 대들기, 상대의 약점을 찾아
집요하게 잔소리하기 등등. 모두 조상님 사태 이전부터 경
험으로 습득한 지혜들이었다.

"조상님들은 혈압에 약해요. 혈압으로 제압해야 합니다.
그리고 용돈! 부모님 외엔 용돈은 절대 드리면 안 됩니다.
아시겠어요?"

한나의 가르침은 효과적이었다. '조상 없애기 운동본부'
의 전투 요원들은 작전 개시 수개월 만에 세종시에서 조상
님들을 축출해내는 데 성공했다. 이제 세종은 잔소리 청정
구역이 되었고, 사람들의 얼굴에서 조금씩 웃음이 되살아
났다. 농기계를 가져와 주변 땅을 농지로 개간하는 데 성

공한 후로는 식량 문제에도 해결의 실마리가 보이는 것 같았다.

그러나 겨울이 되자 희망은 산산이 부서졌다. 오랜 전쟁 끝에 세력을 통일한 독재자들의 군대가 추위를 피해 남하하기 시작한 것이었다. 정찰 부대의 보고에 따르면 청주에 주둔한 부대의 규모가 매일 커지고 있었다. 며칠 뒤에는 수십 대의 전차와 중화기도 도착했다. 만약 군대가 세종시로 밀고 들어온다면 세종청사는 하루도 버티지 못할 터였다.

그즈음, 계룡산 중턱에 생존자들을 위한 도피처가 마련되었다는 소문도 들려왔다. 소문에 따르면, 계룡산은 도인들이 마음수련 하던 곳이라 이곳에는 미련을 갖고 부활한 사람이 거의 없으며, 그나마 일부 부활한 조상님들도 다들 명상에 빠져 조용할 뿐이라는 거였다. 소문을 듣고 모여든 사람들이 조용조용 산성을 쌓아, 이제는 난공불락의 요새가 완성되기 직전이라고 했다.

"우리 계룡산으로 떠납시다."

미주가 제안했다.

"소문이 진짜일까요? 함정일 수도 있어요."

수진이 걱정스레 반론했다.

"어차피 군대가 밀고 들어오면 여긴 끝이야. 포탄 한 발이면 전부 박살 날걸?"

심 선생님도 의견을 거들었다.

모두 일리가 있는 말이었다. 한나는 수진의 품에 안긴 채 밤새 고민했다. 계룡산 도사들? 그런 뜬구름같은 소문에 도박을 걸어도 되는 걸까? 목숨 걸고 개척한 이 땅을 끝까지 사수해야 하지 않을까? 애초에 군대가 여길 그냥 지나칠 수도 있잖아. 여기가 아니라 대전으로 가는 걸 수도…….

아니야. 대전에 남은 거라곤 튀김소보로밖에 없는데 거길 왜 가. 독재자가 원하는 게 뭐겠어? 당연히 정부청사지. 여긴 상징이야. 대한민국 정부를 차지했다는 상징. 여기에 부하들 데려다 장관으로 앉히고, 고위 공무원도 한 자리씩 나눠주고 그러고 싶을 게 분명해.

거기까지 생각이 미치자 쉽게 결심이 섰다. 다음 날 아침, 한나는 회원들을 모두 모이도록 했다. 그리고 이렇게 지시했다.

"계룡산으로 갑시다."

그녀의 지시에 따라 사람들은 일사불란한 움직임으로 짐을 챙겼다. 각자 짐과 식량을 차에 싣고 무기를 챙기니 순식간에 떠날 채비가 완료되었다.

"오늘 밤, 달이 지면 출발합니다."

한나가 말했다.

해가 떨어지고 어두운 밤이 찾아왔다. 전기가 끊긴 도시는 칠흑처럼 어두웠고, 하늘에 박힌 별빛과 자동차 헤드라이트만이 흐릿하게 길을 밝히고 있었다.

선봉에 선 한나의 봉고차를 따라 수백 대의 차들이 줄지어 출발하기 시작했다. 대략 한 시간을 달려 목적지인 계룡산 근처까지 도착했을 때, 무전기에서 긴급한 외침이 들려왔다.

"습격이다!"

뒤이어 하늘에서 조명탄이 터지고 포탄 세례가 쏟아졌다. 눈앞의 도로가 폭발하며 파편이 하늘로 치솟았다. 한나는 급히 핸들을 꺾어 도로에 패인 웅덩이를 피했다.

"언늬이!"

수진이 그녀의 팔에 매달렸다. 차가 거칠게 흔들렸지만, 미주는 무전기를 들고 침착하게 지시를 내렸다. 뒤 칸에서는 심 선생님이 휠체어에 앉은 채로 소총을 꺼내 응사하고 있었다.

"각자 최대한 빨리 여기서 벗어나세요. 계획한 대로 차를 버리고 흩어지는 겁니다!"

한나는 무전기를 받아들고 마지막 지시를 내렸다.

"모두 살아서 계룡산에서 만납시다."

"예! 본부장님!"

한나는 무전기를 던져 버리고 밟을 수 있는 한도까지 액셀을 밟았다. 충분히 안전해졌다는 판단이 들자 그녀는 갓길에 차를 세웠다.

"선생님, 여기서부턴 걸어서 가야 해요."

그녀는 미주와 함께 심 선생님의 휠체어를 땅에 내렸다. 선생님은 말이 없었다. 고개를 아래로 떨군 채 한참을 고민하던 선생님은 결연한 표정으로 한나에게 말했다.

"얘들아, 날 두고 가렴."

"네? 안 돼요. 어떻게 여기 두고 가요!"

"난 어차피 죽은 몸이잖니."

한나는 당황했다.

"……알고 계셨어요?"

"어렴풋이."

한나도, 미주도, 수진도 말이 없었다. 선생님은 가볍게 미소지으며 그녀들을 위로했다.

"괜찮아. 내가 저놈들이랑 싸워온 게 몇 년인데."

"선생님……."

"어서 가. 붙잡히기 전에."

울음을 터뜨리려는 수진을 억지로 끌어당기며, 미주와 한나는 고개를 끄덕였다.

"선생님, 꼭 무사하셔야 해요."

세 사람은 마지막으로 인사하고 산을 오르기 시작했다. 한참 산을 올라 중턱에 이르렀을 즈음, 멀리서 선생님의 쩌렁쩌렁한 잔소리가 들리는 것 같았다.

"너희들 그 뱃지 안 떼냐? 육이오 때 태어나지도 않은

놈들이 무슨 낯짝으로 얼어 죽을 종북 타령이야, 종북 타
령은! 육시럴 것들 군대는 갔다 오긴 했냐?"

6.

대체 왜 이렇게 돼 버린 거지?

겨우 마음을 추스른 한나는 계룡산 요새 중심으로 향
했다. 한나의 명성을 익히 들은 각 단체의 지도자들이 그
녀를 반갑게 맞이했다.

"반가워요. 조상 없애기 운동본부장 요한나예요."

여러 단체의 리더 중에서도 가장 중심에 서 있는 남자가
그녀에게 다가와 악수를 청했다.

"내 부모 내 손으로 보내드리기 협회장 이시온입니다."

"상황은요?"

"계룡산 요새 안에는 현재 12개 단체에서 대략 14만 명
정도가 집결해 있습니다. 어쩌면 대한민국 최후의 생존자들
인 건지도 모르죠. 지금은 함께 힘을 모아 최후의 전투를
준비 중입니다. 식량은 충분하지만 무기는 많이 부족해요."

"들어올 때 살펴보니까 겨우 돌담뿐이던데, 몰려오는 조
상님들을 어떻게 막아내실 셈이죠?"

"여긴 산세가 험해 전차가 올라올 수 없습니다. 조상님

들은 대부분 뼈가 약해 여기까지 중화기를 짊어지고 오지
도 못하고요. 그동안 전투라고는 소총 사격을 주고받는 정
도여서 크게 위협이 되진 않았습니다."

남자는 자신만만한 표정을 지어 보였다. 하지만 한나는
걱정이었다.

"글쎄요. 앞으로도 그럴까요?"

* * *

밤이 되자 요새 앞으로 모여든 조상님들이 온갖 잔소리
를 해대기 시작했다. 한마음으로 공명을 일으킨 그들의 목
소리가 어찌나 컸던지 성벽을 지키던 병사들은 속수무책
으로 귀에서 피를 쏟으며 쓰러졌다.

"너네 공부는 열심히 하고 있니? 학교에서 몇 등 했어?
뭐? 아무튼 공부 못하는 것들이 환경 탓만 하지. 공부 그
거 다 의지력만 있으면 돼. 바위에 딱 앉아서 집중하라 이
거야. 정신머리가 썩어서 그래 썩어서. 눈은 동태눈을 해
가지고 생각이 있는 거니 없는 거니?", "으른 말이 우습냐?
왜 대꾸가 없어?", "어디서 따박따박 말대꾸야?", "너 몇 키
로야? 살은 좀 빠졌니? 운동은 하고 있어? 똥배가 추욱 늘
어져서는 쯔쯔……. 가만히 자빠져서 세끼 꼬박, 꼬박, 챙
겨 먹으면 살이 빠질 리가 있나.", "내 말이 말 같지가 않

냐?", "으른이 말씀하시면 예, 해야지?", "결혼은 언제 할 거니? 머리는 또 그게 뭐야?", "산 속에 비슷한 애들끼리 갇혀서 어디 제대로 된 사람이나 만나겠니?", "다 너 위해서 하는 말이야. 니가 꿀릴 게 뭐가 있어. 대기업 딱 취직해서 좋은 집에 시집가야 할 거 아니니."

"아무튼 요즘 젊은 것들은……."

"나약해 빠져가지고……."

"옛날이 좋았지……."

몇 달간 밤낮없이 잔소리가 계속되자, 지쳐 쓰러지는 사람들의 수도 점점 늘어났다. 성문을 열고 투항하자는 의견까지 나올 지경이었다. 그럴 때마다 한나는 반대파들에 맞서 결사 항전을 주장했으나, 언제까지 버텨낼 수 있을지는 장담할 수 없었다. 생존자들은 점점 심리적으로 궁지에 몰렸다.

절체절명의 상황에서 희망을 가져 온 것은 과학자들이었다. 다년간 연구를 이어온 '이성으로 미신을 물리치는 과학자들의 모임' 소속 연구자들이 조금씩 사태의 원인을 파악하기 시작한 것이었다.

이시온이 소집한 회의에서 과학자들이 성과를 발표했다.

"모든 사태의 원인은 양자 얽힘 현상이었습니다. 죽은 자들의 시신에 남은 원념이 초신성 폭발의 중력파와 양자적으로 공명을 일으켜 이런 현상이 일어난 겁니다."

"말도 안 돼. 정말로 양자가 원인이 맞다고?"

각 그룹의 리더들이 저마다 황망한 표정으로 웅성거리기 시작했다. 한나가 앞으로 나서며 과학자에게 물었다.

"그건 어떻게 알아내신 거예요?"

"한국천문연구원이랑 ETRI*가 사태 초기부터 해외 쪽이랑 함께 쭉 연구해 왔거든요. 최근에 저희가 예측 모형을 하나 보냈는데 LIGO** 쪽에서 중력파 검출에 성공했대요. 중력파-양자 얽힘이 원인일 거라는 저희 가설이 현실로 입증된 거죠. 조상님들의 군대가 대전까지 내려온 이유도 그 연구를 막으려 했던 거였고요."

어이가 없었다. 군대가 세종으로 오는 게 아니었다니. 한나는 허탈한 웃음을 지어 보였다.

"그래서 해법이 뭔데요?"

"멜론 머스킷 재단에 저희 연구 결과를 공유했더니, 그쪽에서 쓸 만한 방안이 하나 있답니다."

"멜론 머스킷? 그 갑부? 그 사람 아직 살아 있대요?"

"네. 지금은 우주 정거장에서 생활하고 있다네요."

"하긴, 우주 회사 사장이니."

"곧 화성으로 떠날 거랍니다. 화성엔 조상님이 안 계시

---

* 한국전자통신연구원

** Laser Interferometer Gravitational-Wave Observatory, 미국에 위치한 레이저 간섭계 중력파 관측소

니까."

"그건 좀 부럽네요."

"떠나기 전 마지막 선물로, 스텔라 링크 시스템 운영권을 우리 쪽으로 넘겨주기로 했습니다. 그걸 쓰면 지금 사태를 진정시킬 수 있을 거라고요."

"스텔…… 뭐요?"

"스텔라 링크 시스템(Stella Link System)요. 머스킷 재단이 궤도상에 쏘아 올린 1만 2000대의 통신 위성이에요. 지금 한나 씨가 스마트폰으로 통신할 수 있는 것도 다 그 위성들 때문이고요."

한나는 일단 아는 척을 했다.

"아…… 그거? 그래서 그걸로 뭘 할 수 있는 데요?"

"통신위성으로 일정한 전파를 발산하면 조상님들을 소환하고 있는 중력파에 다른 파동을 겹쳐 양자 요동의 균형을 깨뜨릴 수 있을 것 같습니다."

무슨 말인지는 모르겠으나 샘물 떠서 제사 지내자는 것보다는 현실적으로 느껴졌다.

"그럼 어떻게 되는데요?"

"전파를 발산하는 동안엔 조상님들이 되살아나는 현상이 중단될 겁니다."

"저 좀비들을 전부 없앨 수 있다고요?"

"아뇨. 이미 생겨난 사람들은 못 없애고요. 새로 생겨나

는 것만 막는 겁니다. 조상님들을 소환하는 파동과 정 반
대 속성의 파동을 보내서 중화시키는 거죠."

"파동이라……."

갑자기 한나의 머릿속에 아이디어가 떠올랐다.

"아뇨. 그걸론 부족해요. 이미 넘쳐나는 조상님들만으로
도 인류는 멸망 직전이에요. 그럴 거면 차라리 거꾸로 해
요. 같은 파동으로 공명을 일으켜서 더 빨리, 더 많은 조
상님을 부르는 거예요."

"한나 씨, 미치셨어요?"

이시온이 끼어들었다.

"안 미쳤어요. 제 말 들어보세요. 조상님들은 잔소리에
약해요. 그렇게 죽어라 잔소리를 해대면서, 정작 자기들은
몇 마디만 들어도 경기를 일으켜 굳어 버리거든요. 그러니
까 더 오래된 조상님들을 불러야 해요. 그럼 그분들이 젊
은 조상님들을 잔소리로 막아주실 거예요. 지금 독립군이
친일파들을 막아주고 있는 것처럼. 제 생각 어때요?"

그러자 이시온이 반론을 제기했다.

"하지만 그 말은 동시에 최강의 꼰…… 조상님을 소환하
겠다는 뜻이기도 해요. 지금보다 더 오래되고 더 강한 조
상님이, 그것도 점점 더 강한 조상님이 나타날 테니까요."

이미 예상했다는 듯, 한나는 어깨를 으쓱였다.

"상관없어요. 끝까지 가면 유교고 뭐고 예의범절이라는

게 없던 시절까지 거슬러 올라갈 테니까. 우끼끼 거리는 원숭이만 남게 되면 그때 기계를 끄고 제압하자고요."

"안 됩니다. 허락할 수 없어요. 너무 위험합니다."

이시온은 단호했다.

7.

한나는 텐트로 돌아오자마자 멤버들에게 상황을 공유했다.

"그래서 언니! 그놈한테 지고 돌아오신 거예요?"

흥분한 수진의 말을 들으니 다시금 울컥 화가 치솟았다.

"그 사람 말이 아주 틀린 건 아니야. 한나 씨 생각처럼 잘 풀릴 거라는 보장이 없는 건 사실이잖아. 잘못되면 조상님들 세력만 불려 주게 될 수도 있어."

미주의 냉철한 분석을 듣자 조금 기세가 꺾였다. 한나는 아까 전 못 다한 주장을 마저 펼쳤다.

"어차피 지금 상황이 계속 이어지면 우린 다 죽을 거야. 혹시나 일이 잘 풀려서 우리가 승리한다 쳐도, 전 세계의 다른 생존자들도 그럴 수 있을까? 미주 씨, 이거 전 인류의 목숨을 구하는 일이 될 수도 있어. 그냥 못 본 척 넘어가선 안 돼. 우리가 나서야 해."

"그치만 한나 씨, 이미 이시온이 안 된다고……."

갑자기 수진이 끼어들었다.

"이시온 그놈이 뭔데요? 언니가 왜 그놈 허락 같은 걸 받아야 해요?"

맞아. 내가 왜 그놈 허락을 얻어야 해?

* * *

세 사람은 늦은 밤 몰래 텐트를 빠져나와 '이성으로 미신을 물리치는 과학자들의 모임' 그룹의 야영지로 향했다. 아까 전 브리핑을 했던 과학자의 텐트를 찾아낸 그들은 조심스럽게 텐트 문을 열고 안으로 뛰어들었다.

"다, 당신들 대체 뭡니……."

"쉿."

한나는 재빨리 상대의 입을 틀어막았다.

"조용히 해요. 한 번만 더 떠들었다간 크게 다칠 수도 있어요."

과학자가 고개를 끄덕였다. 한나는 그의 입을 풀어 주었다. 미주가 다시 텐트 문을 잠갔고, 네 사람은 랜턴 주위에 둘러앉아 이야기를 시작했다.

"아까 전 제 계획 들으셨죠? 저희 좀 도와주세요."

한나가 말했다. 하지만 과학자는 단호했다.

"이시온 협회장 허락 없이는 못 합니다."

"아시잖아요. 이게 전 인류를 구할 유일한 길이라는 거."

"전 모릅니다. 도와드릴 장비도 없고요."

미주가 끼어들었다.

"거짓말. 스텔라 링크 시스템엔 아무 단말기에서나 접속 가능하잖아요. 특별한 장비가 필요한 건 아닐 텐데요. 갖고 계신 태블릿으로 접속할 수 있는 거 아녜요?"

과학자는 끝까지 침묵을 지켰다. 갑자기 수진이 벌떡 일어나 주머니에 감춰둔 무기를 빼들었다. 수진은 잔뜩 흥분한 상태였다.

"당신! 시키는 대로 안 하면 얼굴에 에프킬라 뿌려 버릴 거예요!"

"네?"

"당. 신. 콧. 구. 멍. 에. 다. 에. 프. 킬. 라. 뿌. 린. 다. 고. 요."

수진이 또박또박 한 글자씩 읊을 때마다 과학자의 표정이 점점 공포에 잠식되어 갔다.

"아, 알겠어요. 할게요. 한다고요."

당황한 과학자는 허겁지겁 태블릿을 꺼내 들었다. 머스크 재단의 앱을 열고 몇 번 터치하는 것만으로 금세 통신 시스템의 세팅이 끝났다.

"이제 언제든지 시작할 수 있어요. 근데……."

과학자는 사족을 붙였다.

"분명 이거 전부 당신들 책임인 겁니다. 전 아무 책임 없다고요."

"알겠으니까 바로 시작하세요."

한나가 지시했다. 과학자가 태블릿의 버튼을 누르자 스텔라 링크 시스템은 조상님들의 부활을 촉진하는 파동을 발산하기 시작했다.

순식간에 전 지구가 되살아난 조상님들로 뒤덮였다. 지금까지의 조상님들보다 훨씬 오래되고 위험한, 사악하고 강력한 존재들이 그들의 곁에 나타나 잔소리를 퍼붓기 시작한 것이었다.

한나는 성벽 위로 달려가 사태를 관찰했다.

"어허! 어디서 천한 것들이 양반 앞에서 고개를 빳빳이 들어?"

두루마기를 입고 갓을 쓰고 등장한 조상님이 젊은 조상님들을 갈구고 있었다.

잘한다, 조상님의 조상님. 화이팅, 슈퍼 꼰대.

"이놈이! 49재도 제대로 안 치르고! 뭐어? 3일 하고는 힘들다고 부모 장례를 마쳐? 쯧쯧…… 인륜도 모르는 상놈 같으니라고. 쯧쯧……."

그러자 그의 등 뒤에 새로운 조상님이 나타났다.

"뭣이? 49재? 사십구우재? 적어도 3년 상은 채워야지 이 때려죽일 놈들이! 전쟁통에도 꼭 치르는 것이 삼년상이여!

이 불효자 놈들아!"

그러자 그의 등 뒤에서는.

"뭐어? 부모님 돌아가시면 평생 무덤에 뼈를 묻어야지!"

그리고 그의 뒤에서.

"자고로 하늘의 뜻에 따라 나고 죽는 것이 이치이거 늘, 어찌 너희는 이 땅에 돌아와 이리 섭리를 어지럽히는 가. 꽃이 피고 지듯 자연스럽게 행동해야 마땅한 것이거 늘……."

또, 뒤에서.

"제발 철 좀 들거라! 하여튼 요즘 젊은것들이란 왜 이리 예의가 없는지. 쯧쯧……."

시대를 거슬러 거슬러 한없이 옛된 조상님들이 이 땅에 깨어나 젊은 조상들을 훈계하니, 잔소리를 참지 못한 조상 님들은 귀를 틀어막고 바닥에 드러눕기 시작했다. 그들은 부르르 떨며 비명을 지르다 이내 돌처럼 굳어 버렸다.

새로 모습을 드러내는 조상님들의 복식이 점점 과거로 돌아가고 있었다. 수수했던 조선 시대를 지나 화려한 고려 시대 복식으로 이어지더니, 당나라 풍이 가미된 통일신라 시대 복식이 나타나기 시작했다. 종래에는 옷감의 질이 점 점 떨어지고 화려함도 죽어 문명이 없던 시절로 회귀하고 있음을 확연히 알 수 있었다.

"이제 신호 멈출 준비 하세요!"

한나가 소리쳤다. 그녀의 목소리를 들은 과학자가 태블 릿을 손에 들고 정지 버튼을 터치할 준비를 했다.

이제 언어라는 것이 점차 사라지고, 짧은 단어만 주고받 는 시기가 되었다. 그럼에도 잔소리는 멈출 줄을 몰랐다. 곰 가죽을 뒤집어쓴 조상님이 뼈 몽둥이를 휘두르며 사람 들에게 우어우어 훈계하는 모습이 보였다. 인간이란 생물 은 문자도 없고, 언어도 없던 먼 옛날에도 남에게 이러저 러한 것들을 간섭하기 좋아했던 모양이었다.

"자, 이제 곧!"

한나가 소리쳤다. 언어라는 것이 완전히 사라지고, 인류 가 무리조차 이루지 않게 되는 시기가 도래했다. 조상님들 은 이제 사람이라기보단 유인원에 가까운 모습이었다.

"정지하세요!"

과학자가 태블릿을 터치했다. 그러나.

"어? 이게 왜 안 되지?"

당황한 과학자가 몇 번이나 화면을 터치했으나 스텔라 링크 시스템은 정지하지 않았다. 파동을 정지시킬 방법이 없었다. 한나는 그의 곁으로 허겁지겁 달려왔다.

"왜 그래요?"

"이, 이게 에러가 났나 봐요. 정지가 안 됩니다."

"뭐라고요?"

과학자가 망연자실한 표정으로 바닥에 주저앉았다. 그

가 떨어뜨린 태블릿 화면엔 하염없이 로딩 표시만 빙글빙글 돌고 있었다.

"언니! 우리 이제 어떡해요!"

수진이 한나의 팔에 매달려 소리쳤다.

"어떡하긴 뭘 어떡해. 망한 거지."

미주는 차분히 블루투스 헤드폰을 머리에 뒤집어썼다.

"미안, 수진아. 내가 괜한 오지랖을 부리는 바람에……."

한나가 망연히 중얼거렸다.

곧이어 매머드가 출현해 성곽에 머리를 들이받았다. 그 다음엔 온갖 비늘 달린 파충류들이, 그리고 결국 지상 최대의 조상님인 공룡들이 이 땅에 나타나기 시작했다. 다시 지상으로 풀려나온 공룡들이 매머드가 뚫어 놓은 구멍을 통해 성곽 안으로 쏟아져 들어왔다. 공룡들은 요새 내부를 질주하며 조상이건 후손이건 구분 없이 공평하게 모두를 차례차례 집어삼켰다.

* * *

그렇게 인류의 종말이 찾아왔으니.

뭐, 어쩌겠는가. 모두 그들의 오지랖이 원인인 것을.

탱탱

인천에서 거주 중이며 건설업에 종사하고 있다. 「몬탁 솔로」가 첫 출간작이다.

석모도라는 곳을 아십니까? 강화군에 속해 있는 섬 중의 섬입니다. 예전에는 강화도 서쪽에서 배를 타야만 닿을 수 있었습니다. 지금은 기다란 금속다리가 **흐랏챠챠!** 연결되어서 섬에 머무는 사람들이 원하면 언제든 밖으로 걸어나갈 수 있게 되었습니다.

섬에 사는 꿈 많은 어느 청년은 연결된 다리가 자신을 더 큰 세상으로 인도할 희망이라 여기며 오늘도 불타오릅니다. 왠지 그래 보였나 봅니다. 아무튼, 그의 꿈은…….

"간지 쩌는 드러머가 되겠어!"

랬어요……. 일단, 이 녀석 집에 드럼은 없습니다. 네 아직요. 핵심 포인트!

솔직히 말씀드리자면, 그의 꿈에 가장 큰 걸림돌이 되는 부분은 그가 사는 지역이 아닌 그 자신에게 있었답니다.

네, 그랬습니다. 인간적으로 연주 동호회나 학원 정도는 알아봤어야 했으나 "노, 노, 노우! 앞으로 크게 될 원석이 촌구석 사범들에게 맡겨질 수는 없지!"라며 '정당히' 거부해 오셨습니다. 갓 스물 먹은 자의 거침없는 패기!

연주해 본 적도 없으면서 '그것만이 나의 길'이라며 마이웨이를 지향합니다. 그는 마치 고독한 한 마리 늑대와 같군요. 자신의 꿈을 대하는 데에 있어, 이토록 구체적인 플랜을 세우는 이 청년에게 야망 점수는 좀 쳐 주도록 합시다.

"둠칫, 둠칫, 두둠칫."

미튜브(Me-tube)에 올라온 수많은, 드럼 장인들의, 솔로 영상이나 전설들이 남긴 레전드 영상들은 그를 **인간 드럼**으로 만들었습니다. 영혼만은 진짜이지만 솔직히 좀 추해요. 그 스스로 과몰입하는 만큼, 혹은 그의 영혼이 얼마나 순수했건간에, 이건 좀 아니다 싶은, 그런 몰골이었답니다.

잘생겼으니 봐주도록 합시다. 섬마을의 아주머니들, 할머니들 사이에서는 인기 최고에요. 하는 짓도 귀엽대나 뭐라나.

"놀지 말고! 3번 테이블! 갈비탕 네 개 나왔다."

"예, 압!"

대학을 '안 가서' 그렇지 공부 잘했습니다. 부모님께서 보문사 아래에 큰 식당 하시는데, 일도 야무지게 도와드렸고요! 주문받는 거 실수한 적도 없지, 누가 시골아이 아니랄까 봐 서글서글하니 성격도 좋네요.

꿈도 좀 야무져서 그렇지, 장래희망만 조금 수정하면 완벽해질 (아마도) 그런 녀석이었답니다.

아무튼, 밑도 끝도 없이 들이댈 수만은 없으니 기도라도 좀 하면 좋겠습니다. 다행히 그것만은 할 줄 아는 모양입니다. 집에서 가장 가까운 종교 법인 단체를 좀 알아보면 좋겠군요. 마침 가까운 곳에 보문사라는 절이 있네요. 그랬습니다!

매우 평화로운 사찰입니다. 오래된 목조건물들은 해묵은 염료의 질감처럼 차분히 가라앉았습니다. 빛바랜 여러 불교 그림들이 여기저기 치덕치덕, 하지만 숙성된 앤티크의 맛이 아주 제대로 베었습니다. 산 중턱에 파묻혀 있는 운치와 오래된 소나무 냄새, 항상 태우는 향 냄새가 마음을 가라앉혀 주는군요.

기와 아래 그늘 속, 여름 바람과 매미 소리가 어우러지고 있는 사이로 똑똑똑…… 빗방울을 닮은 일정한 간격이 산 내음처럼 울려 퍼집니다.

그런 조화로움, 사람의 손이 닿지 않은 한 폭의 자연경관 그 자체였으나 부드러운 고목의 질감으로 떨어져 내린 그 간격은 오오…… 옴마니반메훔! 불심에 이르고자 고요히 자아를 가라앉히는 인간의 개입이었습니다.

아무런 위화감 없이, 원래부터 그곳에 있었던 것처럼, 사찰을 숨겨준 산의 경관 그 자체가 되어 있었지요.

재작년 돌아가신, 그 청년의 할머니께서는 보문사의 신
도셨습니다. 그분 몸이 편찮아지셨을 때엔 아침저녁으로
할머니 업고 가파른 언덕을 오르내리며 절에 모셔드렸던
녀석입니다. 착하군요. 아무래도 부처님께서 상을 주실 것
같습니다. 본당에 들어와 절을 올리는 그를 내려다보던 불
상의 눈빛이 일순간 번뜩였거든요. 아무도 알아차리지는
못했습니다.

할머니 안 계신 지금, 청년의 이름은 신도 명부에 없지
만, 그동안 스님들과 터놓은 안면으로 본당에 들어가 절도
드립니다. 입장료를 멋대로 생략했다는 이야기입니다.

시주하지 않으니 별 도움은 안 되지만, 정성만큼은 갸륵
한지라 주지 스님이 매우 좋아합니다.

몇 년 전 어느 날, 기력이 너무 허하여 모자에 선글라스
까지 갖춘 변장으로 찾아간 산 아래 어느 식당에서, 당시
학생이었던 그가 갈비탕을 시킨 자신을 알아보지만 못했
더라도 대놓고 싫어할 수 있었을 텐데…… 아쉽지만 지난
일은 어쩔 수 없습니다. 그동안 입이 무거웠으니 주지 스님
은 그를 귀하게 여기기로 마음먹었습니다.

"지훈이는 불가에 귀의할 팔자란다."

뚜둔…… 운명의 데스티니……! 그렇습니다. 지훈의 사주
팔자는 자축인묘(?) 음양오행(?) 월화수목(?) 동서남북(?) 모

두 모두 그 자신이 중팔자임을 가리키고 있었던 것입니다.

그러므로.

주지 스님의 덕담은 악담이 아니라 사실이었습니다. 그분이 아니더라도, 그런 운명론적 이야기를 줄기차게 듣고 자란 미(?)청년 지훈은 들은 체하지 않습니다. 열 번째 큰 절에는 제멋대로 기도문을 붙여버립니다.

"간지 쩌는 드러머가 되게 해 주세요! 될지어다!"

주지 스님은 절하는 그의 뒤로 몰래 몰래 슬금슬금 접근했습니다. 지훈이 워너비 드러머 삼매경에 빠져 있는 틈을 노려 자신의 목탁을 지훈의 가방 안으로 집어넣었지요.

굿, 잡! 들키지 않고 성공하셨어요. 왜 그런 쓸데없는 짓을 하셨던 걸까요? 아무래도…… 매일 보고 싶은 귀한 녀석이라, '실수로' 넣어둔 목탁을 내일이나 모레쯤 가져와달라 부탁할 생각이셨나 봐요.

아무튼, 그 청년, 지훈의 기도는 부처님 마음에 닿았습니다.

귀가한 지훈은 꿈속에서 자욱한 안개를 마주치고, 곧이어 그 가운데를 고요히 헤쳐 나오시는 부처님을 뵙게 됩니다. 왼손에는 목탁을, 오른손에는 채를 들고 오셨습니다. 딱히 종교적으로다가 열정적이지는 않았던 그였기에, 별다른 호들갑은 없습니다.

'꿈이 좀 스펙타클 하구나.'

정도로 넘어가려던 찰나, 인자하지만 천둥 같은 그분의 목소리를 듣게 됩니다.

내 너에게 극락을 보여 주마.

그렇게 시작되었습니다. 목탁 솔로! 뼈와 살, 그리고 영혼에 찌든 번뇌가 떨어져 나갈 듯함 평화로움! 삼라만상을 품은 경쾌함!

두, 두, 두, 두, 두, 두, 두, 두!

부처님의 현란한 독주는 천수관음의 잔상을 남겨 지훈으로 하여금 꽃잎처럼 펼쳐진 여러 쌍의 팔을 보게 하셨습니다. 빠져들 것만 같은 현란한 기술! 같은 높이의 음, 단조로운 리듬이지만 미묘하게 조율되는 강, 약 중 강, 약의 섬세한 마력! 그 안에 녹아 있는 해탈의 울림!

"아니, 이것은!"

이 세상에 존재하지 않는 평화의 선율을 마주한 지훈은 저도 모를 감탄사를 뱉어 버립니다. 울리는 심장, 하지만 차분하게 가라앉는 마음으로서 스스로 고요한 호수가 되어 버립니다. 그는 그렇게 시간을 잊은 긴 꿈을 꿉니다.

그리고 다음 날 아침!

"아니야!"

눈을 뜬 지훈은 외마디를 지르고는 그날 있을 모든 일정, 가게일 도와드리는 것이라든지 등등을 모두 무시한 채 무작정 뛰어나갑니다. 그 섬에 더 있다가는 중이 되어 버릴 것만 같은 기분이 들었나 봅니다.

내가 행 31번 버스에 올라 덜컹덜컹, 그렇게 강화도 터미널까지 당도하였으나 지훈은 여전히 목탁 솔로의 마수에서 벗어나지 못하는군요.

차창 밖을 멍하니 내다보며 저도 모르게 중얼거리기를,

"두, 두, 두, 두, 두, 두, 두…… 헉, 이런!"

그의 몸은 진정한 음악 앞에 정직했습니다.

'이 소리가, 들리지 않을 때까지…… 일단 이 섬을 빠져나가자!'

도착한 그는 3000번 직행버스에 몸을 맡깁니다. 심신을 정화하기 위해, 가려진 예술가의 성지인 홍대로 가기 위함입니다.

그렇게 그의 급작스러운 여행길은 시작되었습니다. 어디론가 도망치는 듯하였으나 반대로, 무엇인가에 이끌려 나가는 듯했지요.

번화한 도회지 거리에 울리는 모든 음악은 물론, 호기롭게 길거리 공연을 치르는 그 어떤 음악가도 지훈의 머리에 박힌 목탁 솔로를 지우지 못했습니다. 뿐만 아니라, 단 하룻밤 사이에, 자신이 좋아하던 스타일의 화려한 음악들이 혼란스러운 소음으로만 들립니다.

그것은 그에게 저주와도 같습니다.

"이럴 수가……"

서울에 당도하기 전까지만 해도 영 뒤숭숭한 꿈자리 정
도에 지나지 않았던 목탁 솔로가 그의 인생을 짓누르기 시
작한 순간, 그리고 그것을 자각한 순간입니다. 하루 종일
배회하던 그는 밤하늘을 올려다봅니다.

때마침 그의 머릿속으로부터…… 두, 두, 두, 두, 두, 두.

가득 찬 만월이 어둠 위에 스며들어 있습니다. 청년이
나고 자란 고향보다 어두운 하늘이지만, 가려질 수 없는,
아름다운 달빛입니다. 달님은 위에서 물끄러미 내려다보며
지훈을 충동질하는 것만 같군요.

"더 멀리……."

그렇게 그의 걸음은 무엇인가를 떨쳐내려는 듯, 혹은 체
념하려는 듯, 듬성거리며 네온사인 사이를 가로지르게 되
었습니다.

얼마나 더 멀어져야만 그에게 내려진 그 저주가 풀릴까
요? 그는 그것이 알고 싶습니다. 일단은, 자신이 갈 수 있는
최대한을 노려봅니다. 지방이 좋겠군요. 지방 사람이지만!

그런 걸음으로 당도해 버린 혼잡스러운 서울역, 목탁 솔
로가 지배하는 지훈의 마음속은 평화롭습니다. 그와 동시
에 무척 혼란스럽습니다.

'두, 두, 두, 두, 두, 두, 두…….'

스스로 미쳤음을 인정해 버렸기에 얻어진 평화로움.

하지만 그는 아직 포기하지는 않았습니다. 운행표를 올

려다보며 동쪽의 강원도 방향이나 남쪽의 경상도 방향이나 심사숙고에 빠져듭니다. 그 즈음, 주변이 소란스러워진 것을 느낍니다.

"다 죽었어! 이 XX들!"

인파에 가려져 있던 정장 차림의 중년 남성 하나가 사람들 사이에 만취 상태로 튀어나왔습니다. 그러고는 자신의 몸에, 바닥에, 손에, 쥔 페트병 속 투명한 액체를 쏟아붓습니다. 물이겠거니 싶었던 그 액체는 차가운 냄새로 아주 날카롭습니다. 신나(Thinner) 혹은 휘발유예요. 행인들은 멀찌감치 그의 주위를 빙 둘렀습니다.

"내가 나만 죽을 것 같아! XX, 다 같이 뒈지는 거야!"

그러고는 바지 주머니, 외투 주머니를 툭툭 더듬거리는 군요. 뭘 찾는지 알 것 같습니다. 그나저나 정말로 각박한 세상이네요. 혼자만 죽지 않는다며 사람 북적거리는 곳에서 인화 물질을 출렁거리는 저 아저씨도 그렇지만 자기가 안전하겠다 싶은 만큼만 물러선 행인들은 도망도 더 안 가고 빙 둘러서 구경을 시작해요. 아무도 개입하려 하지 않습니다. 그렇다고 모르는 척 멀어지려 하지도 않습니다.

한마디로 구경났어요. 엷고 건조한 미소들, 그런 그들의 눈빛, 바비큐 파티를 설레는 마음으로 기다릴 때에도 지금과 같을 것 같네요.

휴대폰 카메라 안 꺼내든 사람은 그나마 점잖은 거예요.

미친 아저씨는 드디어 라이터를 찾았습니다. 어째 하고 싶은 말이 더 남았나 봐요. 부싯돌 그거 금방 튕길 수 있는 건데 은근슬쩍 미뤄둡니다. 그 대신, 살면서 못 다한 욕을 지금 다 하고 계십니다.

"XX, 구경 났어? XXX! XX! 일루 와! 이 XX들아!"

바닥을 적신 액체는 난리통을 틈타, 평지를 살살 흘러서, 여기저기 퍼졌어요. 까딱하면 대형사고가 날 지도 모르겠습니다. 이 시국에 우리의 주인공은 무엇을 하고 있을까요?

그렇습니다. 지훈은 피하지 않고 덩그러니 서 있습니다. 보나마나 머릿속으로 목탁 솔로 무한재생을 돌리고 있었을 겁니다. 아무튼, 그러다 보니, 미친 아저씨와 가장 가까운 곳에 위치한 꼴이 되어 버렸죠.

"넌 XX! 뭐야! 그래 같이 뒈지자!"

'두, 두, 두, 두, 두, 두, 두, 두……'

딱히, 돌려 드릴 만한 말씀이 생각나지 않았던 지훈은 대답하지 않았습니다.

이런 상황인데도, 지훈은 마치 열반에 이른 사람처럼 고요합니다. 왜일까요? 평소에 배짱이 두드러지던 청년은 아니었습니다.

'이걸 어찌해야 하나, 표 사러 가야 하는데 **길막**당했네.'

딱, 이 정도만 생각하고 있었죠, 바로 그 순간! 시간이 멈춰 버립니다!

"음?"

지훈을 포함한 모든 사물과 사람이 멈춰 버렸습니다. 물리적으로다가 말이 좀 안 되기는 하지만 말은 할 수 있네요.

"이거 왜 이러냐?"

왜긴요. 부처님께서 오신 것이지요!

불길에 휩싸인 저자에게 극락을 보여 주거라!

부처님 모습이 보이지는 않습니다. 목소리만 들리는 것 같아요. 갑작스럽게 찾아온 정지 화면 속의 급작스러움⋯⋯. 어쨌든 지훈은 황망히 대답 드려요.

"저 목탁 없어요."

아니, 너는 준비가 되었다!

빠른 전개!

천둥 같은 부처님 목소리를 끝으로 시간은 다시 흐르기 시작합니다. 지훈은 저도 모르게 탄식 비슷한 한마디를 내뱉습니다.

"헐⋯⋯."

"같이 뒈지자고, 이 XX야!"

아저씨는 여전히 칼칼하군요. 지훈은 꽤 오랫동안, 세상 저 너머에 다녀온 기분이 들어요. 알 수 없는 확신이 온몸에 흐르는 것을 느끼기도 하고요. 이를테면 자신이 무작정 들고나온 가방 안에는, 이유를 알 수는 없으나, 목탁이 들어 있음을 말이지요.

주섬주섬 더듬더듬.

'이게 왜 여기 들어 있지? 음…… 주지 스님 목탁인 것 같은데?'

아저씨는 이제 마음을 다잡은 것 같습니다. 금방이라도 부싯돌을 튕길 것처럼 거칠고 불규칙한 숨을 훅, 훅 거립니다. 그러거나 말거나, 지훈은 가방으로부터 주섬주섬 꺼내든 목탁으로 인해 이러저러한 혼란에 빠져들었어요.

'근데 나…… 할 수 있을 것 같아. 목탁 솔로!'

왼손에 나무 손잡이를 움켜쥐고 오른손에 채를 거머쥔 그 순간!

두, 두, 두, 두, 두, 두, 두, 두!!

그의 목탁 솔로가 시작됩니다. 아니 그걸 니, 가 왜 해? 그렇습니다……. 지훈도 저가 왜, 그 연주를 시작하는지 알지 못합니다. 다만, 감은 두 눈에 가려진 어둠 속에서, 자신이 만들어낸 일정한 간격에 집중하고 또 집중할 뿐입니다.

그 간격은 평화롭고 정교합니다. 순간적으로 미묘한 엇박은 그만의 독창적인 애드리브이자 목소리가 되어 넓은 서울역 안을 가득 메웁니다. 위에서부터 툭툭 떨어져 마음을 가라앉히는 것 같은 그 소리는 이제 막 떨어지기 시작한 빗방울처럼 그 공간을 적셔 버립니다.

고목의 질감, 부드러운 하나의 선율!

두, 두, 두, 두, 두, 두, 두.

효과가 있었던 것일까요? 미친 아저씨가 어째 뻥, 찐 얼굴을 하고서는 부싯돌 튕길 생각을 하지 못하네요. 미친 아저씨의 얼굴에 드러난, '뭐지, 이 미친놈은?'이라 말하는 듯한, 표정이 아주 인상적입니다. 아니꼬우면 불 붙이셔서 끝내 버려도 되는데 그러지를 못하는군요. 충격이 큰가 봅니다.

푸슉, 푸슉.

시간이 얼마나 지났던 걸까요?

경찰, 공익, 119 유니폼을 입은, 각기 다른, 세 명이 소화기를 들고 미친 아저씨를 포위하였습니다. 현장 용의자가 반응할 틈을 주지 않습니다. 트라이앵글 포메이션으로 분말을 끼얹어 버리는군요. 미친 아저씨는 잘 풀어진 계란옷에 휘적휘적 뒹굴고 밀가루에 파묻힌 대하 새우 꼴이 되어 버리셨습니다.

불 한번 붙여 보세요, 붙나 봅시다. 그렇게 되어 버리셨음에도, 그 자리에 우두커니 뻣뻣한 것이, 어째 여전히 멍하시군요. 목탁 솔로의 마수에 시달리는 중이신가 봅니다. 그래서인지 검거 및 경찰 인계도 아주 부드럽게 진행되는군요.

지훈은 소화기 발사되는 소리에 눈을 떴고 연주를 멈췄습니다.

'음? 내가 지금 무슨 짓을 한 거냐?'

웅성웅성.

부끄러운 마음은 항상 뒤늦게 찾아옵니다. 지훈은 크게 잘못한 사람처럼, 가방 안에 목탁을 급히! 집어넣고는 후다닥 뛰어서 서울역을 빠져나가 버립니다. 그렇게 지훈의 지방 도주 계획은 물거품이 되어 버렸습니다, 라기보다는, 될 대로 되라 식이 되어 버렸습니다. 그렇죠. 목탁 솔로에 육신까지 지배당한 자의 말로! 어디인들 구원받을 수 있으랴 싶은 마음으로 귀가하는 버스에 올라탑니다. 그렇게 그의 가출은 하루만에 귀가하는 것으로 끝났습니다.

　야 너, 미튜브(Metube)에 떴드라ㅋㅋㅋㅋㅋ 조회수 쩔어!ㅋ
ㅋㅋ

서울에서 돌아온 이후, 가게, 집 가게, 집의 무한 칩거 루틴을 반복하던 어느 날, 지훈은 친구로부터 심상치 않은 메신저를 한 통 받게 됩니다.

"올 것이 왔구나!"

일과를 끝낸 그날 밤, 그동안 접속하지 않았던 인터넷에 들어갑니다. 현실을 마주할 시간이 되었으며 어느 정도 마음의 준비가 되었노라 생각했지만 녹록하지 않습니다. 제목부터 가슴 아픈 하나의 영상, 그 영상의 주인공은 자기 자신, 그는 서울역에서 목탁을 두들기고 있습니다.

그날 서울역에는 수많은 구경꾼들이 핸드폰 카메라를 들고 있었습니다. 그중 가장 화질 좋고 앵글도 좋았던 한 영상이 대표 작품으로 선정되어 치솟은 조회수만큼의 유명세를 타고 있었습니다.

제목은, **미친놈을 제압하는 미친놈.**

"내 인생은 끝이로군! XX."

영상으로부터 울려 퍼지는 맑고 청아한 목탁 소리, 얄궂게도 너무나 깔끔하게 녹음되었군요.

두, 두, 두, 두, 두, 두, 두, 두!

그로부터 한동안, 잠자다 말고 이불을 세차게 발로 차 버릴 것만 같은, 마음 괴로운 일상이 그에게 찾아옵니다. 하지만 그는 미처 알지 못했습니다. 아마 그 영상을 조롱하며 관람한 모든 사람들도 뒤늦게 알아챘을 것입니다.

영상의 총 길이는 15분! 지훈이 목탁을 주섬주섬 꺼내는 것부터 방화미수범에게 소화기가 뿌려지기까지의 모든 과정이 잘 압축되어 담겨 있는 영상입니다.

미친 아저씨와 그곳의 모든 사람들, 그리고 지훈이 그리 길지 않은 시간으로만 느꼈던 그 순간의 객관적인 길이는 무려…… 15분이었던 것입니다. 그가 없었더라도 소화기 3인방이 제시간안에 방화미수범을 제압을 할 수 있었을까요?

목탁 솔로에는 사람을 진정시키는 힘이 깃들어 있습니다! 오오…… 옴마니반메홈! 그랬던 것입니다!

그렇기에, 조롱으로만 올라왔던 그 영상은 머지않아 다른 평가를 받게 됩니다. 그렇습니다. 그 영상에는 **목탁 솔로 라이브**가 녹음되어 있기 때문이지요!

올해의 최고 개그 영상에서 전설로 남을 치유의 음악으로 거듭나는 데에 걸린 시간은 단 일주일! **미친놈을 제압하는 미친놈**이란 제목은 어느새 **중독, 치유음악 4천왕 中 불심!**이라 바뀌어 알려지게 되었습니다.

어려운 수배를 거쳐 경찰 표창까지 받아린 지훈이었으나 영 탐탁지 않습니다.

"주지 스님 목탁이나 돌려드리자.

해가 기우는 초저녁 즈음, 그는 어두컴컴한 법당 안으로 발을 딛습니다. 오늘따라 아무도 없고 아주 조용하군요. 불경 서랍 위에 목탁을 올려놓은 직후 바로 돌아나가려 합니다. 오늘만큼은 절을 올리고 싶은 마음이 들지 않았지요.

하지만 **뜨든!** 부처님께서 친히 '그냥 나가려던' 그를 붙잡으십니다!

아주 잘했다. 너는 명부에 없는 많은 이들을 구했노라.

그때처럼 시간이 멈춰 버린지라 나갈 수가 없게 되어 버렸습니다. 욕을 한 바가지 시주 드리고 싶은 마음이 일었으나 상대가 너무 강하므로 그러지 않기로 합니다.

"저는 불가에 귀의하고 싶지 않습니다."

나도 싫다. 너는 속세에 너무 찌들었어. 하지만 잘했다. 그러니 상을 주마, 들어봐……

미튜브의 레전드가 된 이후, 지훈은 그 이전보다 더 열렬한, 전국구 단위의, 스님 스카우트를 받게 되었습니다. 일상이 되었지요. 하루에도 몇 번씩 거절을 해야 했습니다.

그러던 어느 날, 부처님께서 일러주신 그날 그 시간에 맞추어, 연예계 관계자 한 분이 가게에 찾아옵니다. 지훈은 알고 있었습니다.

"네가 지훈이구나, 조금 늦기는 했지만, 혹시 아이돌 해볼 생각 있니?"

그분의 이야기는 이러합니다. 지훈은 미친놈 혹은 치유의 음악가로 인터넷상에서 큰 유명세를 탔지만 그에 못지않게 잘생긴 외모가 아주 돋보였다는 말이죠. 지훈을 **절오빠**로 추앙하는 작은 팬클럽이 이미 몇몇 존재하고 있습니다.

돈 벌어야 하는 사람에게 있어 인기란 너무나 큰 가능성입니다.

예전의 고독한 늑대와 같은 그였다면 드러머 외길을 걷겠노라 대차게 거절했을 것입니다. 하지만 그는, 목탁 솔로를 거침으로서, 성숙한 음악관을 가지게 되었습니다. 자신이 가고자 하는 그 길은 무수히 뻗은 갈래 길일 수도, 단

한 가지의 외길이기도 하다는 것을 깨달았습니다.

꿈을 포기한 것이 아닙니다. 음악으로서 거듭나려는 것입니다.

"할래용!"

그리고 무엇을 하든 자신이 있습니다. 큰 상을 받았던 그날, 부처님께서 들려주신 이야기를 떠올립니다.

원래대로라면 너에게 빌려준 극락의 힘을 돌려받아야 마땅하나 그대로 두려 한다. 사바세계를 구르며 네가 하고 싶은 것을 하거라. 너는 부여 받은 그 힘으로서, 많은 사람에게 안식을 줄 것이다. 원하는 만큼 유명해지거라. 다만, 네가 행하는 모든 소리에 극락이 깃들어 있음을 가벼이 여기지는 말아라.

지훈이 행하는 모든 리듬에는 극락의 힘이 깃들어 있습니다. 강, 약 중 강, 약의 섬세한 마력! 그 안에 녹아 있는 해탈의 울림! 빗방울처럼 스며들어 마음을 가라앉히는 열반의 음성!

그는 앞으로 많은 사람의 마음을 치유할, 훌륭한, 가수가 될 것입니다. 그의 목탁 솔로는 이제 막, 진정으로, 시작되었습니다. 데뷔, 임박!

두, 두, 두, 두, 두, 두, 두.

맥아더 보살님의 특별한 하루

1판 1쇄 찍음 2021년 6월 10일
1판 1쇄 펴냄 2021년 6월 17일

지은이 | 유기농볼셰비키 외 10인
발행인 | 박근섭
편집인 | 김준혁
책임편집 | 최고운
펴낸곳 | 황금가지

출판등록 | 2009. 10. 8 (제2009-000273호)
주소 | 06027 서울 강남구 도산대로 1길 62 강남출판문화센터 5층
전화 | 영업부 515-2000 편집부 3446-8774 팩시밀리 515-2007
홈페이지 | www.goldenbough.co.kr

도서 파본 등의 이유로 반송이 필요할 경우에는 구매처에서 교환하시고
출판사 교환이 필요할 경우에는 아래 주소로 반송 사유를 적어 도서와 함께 보내주세요.
06027 서울 강남구 도산대로 1길 62 강남출판문화센터 6층 민음인 마케팅부

© 황금가지, 2021. Printed in Seoul, Korea
ISBN 979-11-5888-962-3 03810

㈜민음인은 민음사 출판 그룹의 자회사입니다.
황금가지는 ㈜민음인의 픽션 전문 출간 브랜드입니다.